Corazón Negro

HOLLY BLACK

Corazón Negro

LIBRO TRES DE LOS OBRADORES DE MALEFICIOS

Traducción de Carlos Loscertales Martínez

UMBRIEL

Argentina · Chile · Colombia · España
Estados Unidos · México · Perú · Uruguay

Título original: *The Curse Workers: Black Heart*
Editor original: Margaret K. McElderry Books
Traducción: Carlos Loscertales Martínez

1.ª edición: febrero 2023

© 2012 *by* Holly Black
Publicado en virtud de un acuerdo con el autor,
a través de BAROR INTERNATIONAL, INC., Armonk, New York, U.S.A.
All Rights Reserved
© de la traducción 2023 *by* Carlos Loscertales Martínez
© 2023 *by* Ediciones Urano, S.A.U.
Plaza de los Reyes Magos, 8, piso 1.º C y D – 28007 Madrid
www.umbrieleditores.com

ISBN: 978-84-16517-95-4
E-ISBN: 978-84-19251-32-9
Depósito legal: B-21.929-2022

Fotocomposición: Ediciones Urano, S.A.U.
Impreso por: Rotativas de Estella – Polígono Industrial San Miguel Parcelas E7-E8
31132 Villatuerta (Navarra)

Impreso en España – *Printed in Spain*

A mi gato Fizzgig, mi bolita de pelo gris: siempre parecía cabreado, pero era paciente y cariñoso.

Capítulo uno

Mi hermano Barron, sentado a mi lado, sorbe ruidosamente los restos de su granizado de té con leche a través de la ancha pajita amarilla. Ha abatido totalmente el asiento de mi Benz y tiene los pies apoyados en el salpicadero; el tacón de sus zapatos negros y puntiagudos araña el plástico. Con el pelo engominado y peinado hacia atrás y las gafas de sol espejadas tapándole los ojos, es la viva imagen de un villano.

En realidad es un agente federal juvenil. Todavía en formación, eso sí, pero ya tiene su tarjeta de seguridad, su placa y todo lo demás.

A decir verdad, también es un villano.

Repiqueteo impacientemente con los dedos enguantados en el volante y me llevo los prismáticos a la cara por enésima vez. Lo único que veo es un edificio tapiado en el lado chungo de Queens.

—¿Qué hará ahí dentro? Ya van cuarenta minutos.

—¿Tú qué crees? —me pregunta Barron—. Cosas malas. Ahora en eso consisten sus actividades extraescolares. Se ocupa de los asuntos turbios para que Zacharov no tenga que mancharse los guantes.

—Su padre no dejaría que corriera peligro de verdad —respondo, pero mi tono de voz deja bastante claro que estoy intentando convencerme a mí mismo más que a mi hermano.

Barron resopla.

—Acaba de entrar como soldado. Tiene que demostrar lo que vale. Zacharov no podría protegerla aunque lo intentara, y no creo que lo intente con demasiado entusiasmo. Los demás mafiosos la están observando, esperando a que se muestre débil. A que la cague. Zacharov lo sabe. Y tú también deberías.

La recuerdo a los doce años: una chica flaca de ojos demasiado grandes para su cara y una maraña de pelo rubio. La recuerdo encaramada a la rama de un árbol, comiéndose un regaliz rojo que le dejaba los labios pegajosos. Llevaba unas chanclas que se balanceaban al borde de sus dedos. Estaba grabando sus iniciales en la corteza del árbol, muy alto, para que su primo no pudiera acusarla de mentirosa cuando le dijera que había trepado más alto de lo que él podría trepar jamás.

Los chicos nunca se creen que puedo ganarles, me dijo en esa ocasión. *Pero al final yo siempre gano.*

—A lo mejor ha visto el coche y ha salido por la puerta trasera —digo finalmente.

—Es imposible que nos haya detectado. —Barron vuelve a sorber por la pajita. El vaso vacío vibra, produciendo un ruido que reverbera por todo el coche—. Somos *ninjas*.

—Muy sobrado te veo.

Al fin y al cabo, no es fácil seguir a alguien sin que te vea, y a Barron y a mí todavía no se nos da muy bien, diga lo que diga él. Yulikova, la agente responsable de mí, me ha sugerido acompañar a Barron para que vaya aprendiendo indirectamente y para que no me pase nada hasta que se le ocurra cómo decirles a sus jefes que tiene entre manos a un obrador de la transformación adolescente con mal genio y antecedentes penales. Y como Yulikova es la que manda, a Barron no le queda otra que enseñarme. Supuestamente serán solo unos meses, hasta mi graduación en Wallingford. Está por verse si Barron y yo nos aguantaremos tanto tiempo.

De todas formas, me parece que esta no es la clase de lección que Yulikova tenía en mente.

Barron sonríe, mostrando sus dientes blancos como una tirada de dados.

—¿Qué crees que haría Lila Zacharov si se enterara de que la has estado siguiendo?

Le devuelvo la sonrisa.

—Matarme, probablemente.

Barron asiente.

—Probablemente. Y a mí me mataría dos veces por ayudarte, probablemente.

—Te lo mereces, probablemente.

Barron suelta un resoplido.

En estos últimos meses he conseguido todo aquello que siempre he querido... y luego lo he tirado todo a la basura. Me ofrecieron en bandeja de plata todo lo que creía que no tendría jamás: la chica, el poder y un trabajo como mano derecha de Zacharov, el hombre más formidable que conozco. Ni siquiera me habría resultado especialmente difícil trabajar para él. Seguramente hasta me lo habría pasado bien. Y si no me importara a quién hago daño, todo eso seguiría siendo mío.

Levanto los prismáticos y vuelvo a observar la puerta: la pintura gastada y desconchada como migas de pan, el borde inferior roto como si lo hubieran roído las ratas.

Lila seguiría siendo mía.

Mía. Así de posesivo es el lenguaje del amor. Eso ya debería bastar para avisarnos que no nos va a hacer mejores personas.

Barron suelta un lamento y lanza el vaso vacío al asiento trasero.

—No me puedo creer que me obligaras a meterme en la pasma con chantajes y que ahora yo tenga que currar cinco días por semana con los demás novatos mientras tú aprovechas mi experiencia para acosar a tu novia. ¿Te parece justo?

—Uno: supongo que te refieres a los beneficios extremadamente dudosos de tu experiencia. Dos: Lila no es mi novia. Tres: solo quiero asegurarme de que esté bien. —Voy contando cada argumento con los dedos enguantados—. Y cuatro: lo último que deberías pedir tú es justicia.

—Acósala en el colegio —insiste Barron, ignorando todo lo que acabo de decir—. Venga, tengo que hacer una llamada. Vamos a dar por terminada la lección y a buscarnos unos trozos de pizza. Hasta te invito y todo.

Suspiro. El ambiente del coche está cargado y huele a café rancio. Me apetece estirar las piernas. Y seguramente Barron tiene razón: deberíamos dejarlo. No por los motivos que aduce él, sino por otro motivo implícito: que no está bien merodear en la calle para espiar a la chica que te gusta.

Acerco los dedos a regañadientes a las llaves del coche cuando Lila sale por la puerta desvencijada, como si mi rendición la hubiera invocado. Lleva unas botas de caña alta negras y una gabardina gris metálico. Observo los movimientos caprichosos de sus manos enguantadas, el vaivén de sus pendientes, el taconeo de las botas en los escalones y la sacudida de su cabello. Es tan guapa que casi me deja sin respiración. Detrás de ella sale un chico de tez más oscura que la mía, con el pelo trenzado en forma de dos cuernos de antílope. Viste unos vaqueros holgados y una sudadera con capucha. Se está guardando en un bolsillo interior lo que parece ser un fajo de billetes.

Cuando no está en el colegio, Lila no se molesta en llevar bufanda. Veo el macabro collar de cicatrices de su cuello, ennegrecidas por habérselas frotado con ceniza. Es parte de la ceremonia de ingreso en la familia mafiosa de su padre: te cortas la piel y juras que tu anterior vida ha muerto y has renacido en la maldad. Ni siquiera la hija de Zacharov se ha librado de hacerlo.

Ahora Lila es una de ellos. No hay vuelta atrás.

—Vaya, vaya —comenta Barron, contento—. Apuesto a que estás pensando que acabamos de ser testigos del final de una transacción de lo más sospechosa. Pero consideremos la posibilidad de que la hayamos pescado haciendo algo totalmente inocente, aunque embarazoso.

Lo miro sin comprender.

—¿Embarazoso?

—Como una quedada para jugar a uno de esos juegos de coleccionar cartas. *Pokémon. Magic the Gathering.* Quizás estén entrenando para un torneo. Y con la pasta que Lila le acaba de dar, yo diría que ha ganado el chico.

—Me parto de risa.

—Quizá le esté dando clase de latín. O han estado pintando miniaturas. O le esté enseñando a hacer sombras chinescas. —Barron cierra los dedos enguantados, imitando la silueta de la cabeza de un pato.

Le doy un puñetazo en el hombro, aunque no muy fuerte. Lo suficiente para que se calle. Barron se echa a reír y se recoloca las gafas de sol, subiéndoselas por la nariz.

El chico de las trenzas cruza la calle con la cabeza gacha y la capucha bien calada para taparse la cara. Lila sigue caminando hasta la esquina y levanta la mano para llamar a un taxi. El viento le agita el pelo, convirtiéndolo en un halo de oro.

Me pregunto si habrá hecho los deberes del lunes.

Me pregunto si podría volver a quererme.

Me pregunto cuánto se enfadaría si supiera que estoy aquí, espiándola. Seguramente se cabrearía un montón.

El frío aire de octubre invade de pronto el coche, zarandeando el vaso vacío del asiento trasero.

—Venga —dice Barron, apoyado en la puerta y sonriéndome. Ni me había dado cuenta de que se había bajado—. Trae tus cosas y unas monedas para el parquímetro. —Señala con la frente la dirección por la que se ha ido el chico de las trenzas—. Vamos a seguirlo.

—¿No ibas a llamar por teléfono? —replico. Solo llevo una delgada camiseta verde y el frío me hace tiritar. La cazadora de cuero está enrollada en el asiento trasero del coche. Me inclino para recogerla y me la pongo.

—Es que me aburría —dice Barron—. Ya no me aburro.

Esta mañana, cuando me ha dicho que íbamos a practicar la técnica de vigilancia, he elegido a Lila como objetivo (en broma, pero en parte también por un deseo enfermizo). Creía que Barron se negaría. No pensaba que la veríamos salir de su bloque de apartamentos y subirse a una limusina. Y desde luego no pensaba que terminaríamos aquí, a punto de descubrir qué es lo que hace cuando no está en el colegio.

Salgo del coche y cierro de un portazo.

Es lo que tiene la tentación. Que te tienta.

—Casi parecemos agentes de verdad, ¿eh? —dice Barron mientras caminamos por la calle, agachando la cabeza en contra del viento—. ¿Sabes? Si sorprendemos a tu novia cometiendo un delito, seguro que Yulikova nos da una recompensa o algo así por ser tan buenos alumnos.

—Pero no vamos a hacer eso.

—¿No querías que fuéramos de los buenos? —Me dedica una sonrisa demasiado amplia. Se lo pasa bien provocándome. Si le respondo, solo conseguiré incitarlo, pero no puedo contenerme.

—No si eso significa hacerle daño. —Pongo la voz más amenazadora que puedo—. A ella nunca.

—Captado. Nada de hacer daño. Pero ¿cuál es tu excusa para acosarla a ella y a sus amigos, hermanito?

—No pongo excusas. Lo hago y punto.

Seguir… *acosar* a alguien no es fácil. Procuras no mirarle demasiado, mantener la distancia y comportarte como si fueras otro transeúnte que se está helando el culo en las calles de Queens a finales de octubre. Y por encima de todo, procuras no parecer un aspirante a agente federal mal entrenado.

—No te preocupes tanto —me dice Barron, caminando a mi lado—. Aunque nos vea, seguramente ese tipo se sentirá halagado. Pensará que su reputación está creciendo si el gobierno lo vigila.

A Barron se le da mejor aparentar indiferencia que a mí. Supongo que es normal. Él no pierde nada si nos atrapan. Es imposible que Lila lo odie más que ahora. Además, seguramente él entrena a diario. En cambio, yo estoy en Wallingford, preparándome para entrar en una universidad a la que no iré en la vida.

Eso todavía me irrita. Desde niños hemos competido por muchísimas cosas. Y yo perdía en casi todo.

Él y yo éramos los pequeños. Cuando Philip salía con sus amigos los fines de semana, a Barron y a mí nos tocaba hacer los recados que nos encargaba nuestro padre o practicar alguna habilidad que consideraba que debíamos aprender.

Insistía especialmente en que mejoráramos nuestra técnica a la hora de robar carteras y forzar cerraduras.

Dos niños son el equipo de carteristas perfecto, solía decir. *Uno roba a la víctima y el otro la distrae o escamotea el botín.*

Practicábamos todas las fases. Primero identificábamos dónde llevaba la cartera nuestro padre, fijándonos en si tenía algún bulto en el bolsillo trasero o en si el sobaco de la chaqueta se veía más voluminoso, por llevar algo pesado dentro. Luego el robo en sí. A mí no se me daba mal; a Barron se le daba mejor.

Después practicábamos la distracción. Llorar. Preguntar por una dirección. Devolverle a la víctima una moneda que supuestamente se le había caído.

Es como un número de magia, decía mi padre. *Tenéis que conseguir que mire hacia otro lado para que no me dé cuenta de lo que está pasando delante de mis narices.*

Cuando a mi padre no le apetecía frustrar nuestros torpes intentos de robarle la cartera, nos llevaba al cobertizo y nos enseñaba su colección. Tenía una vieja caja metálica con cerraduras en todos los lados, de manera que había que superar siete cerraduras diferentes para abrirla. Ni Barron ni yo lo conseguimos nunca.

Una vez que aprendimos a abrir cerraduras con ganzúa, tuvimos que aprender a abrirlas con una horquilla o una percha. Después, con un palo o cualquier otro objeto que encontráramos. Yo albergaba la esperanza de descubrir que tenía un don natural para las cerraduras, ya que por entonces estaba bastante seguro de que no era un obrador y me sentía como un intruso en mi familia. Pensaba que, si encontraba una cosa que se me diera mejor que a ellos, compensaría todo lo demás.

Ser el benjamín es una mierda.

Si abres la supercaja, nos colaremos en el cine y veremos la peli que tú quieras, decía mi padre. O: *Dentro hay chucherías.* O: *Si tanto quieres ese videojuego, abre la caja y yo te lo consigo.* Pero daba igual lo que me prometiera. La cuestión es que solo conseguí abrir tres de esas cerraduras; Barron llegó a abrir cinco.

Y aquí estamos otra vez, aprendiendo habilidades nuevas. No puedo evitar querer ganarle y me siento un poco decepcionado por llevar tanto retraso. Al fin y al cabo, Yulikova cree que Barron tiene futuro en el FBI. Me lo ha dicho ella misma. Yo le respondí que los sociópatas siempre resultan encantadores.

Creo que se pensó que estaba bromeando.

—¿Qué más cosas te enseñan en el cole para agentes federales? —le pregunto. No debería fastidiarme que Barron se esté adaptando tan bien. ¿Qué más da que esté fingiendo? Me alegro por él.

Supongo que lo que me fastidia es que él finja mejor que yo.

Barron pone los ojos en blanco.

—Poca cosa. Lo básico: conseguir que la gente confíe en ti con técnicas de comportamiento especular. Ya sabes, imitar a la otra persona. —Se ríe—. Sinceramente, ir de infiltrado es igual que ser timador. Las técnicas son las mismas. Identificar al objetivo. Confraternizar con él. Y traicionarlo.

Comportamiento especular. Cuando la víctima bebe un trago de agua, tú haces lo mismo. Cuando sonríe, tú también. Si lo haces con sutileza, sin que llegue a dar mal rollo, la técnica es eficaz.

Mi madre me la enseñó a los diez años. *Cassel, ¿quieres saber cómo deslumbrar a cualquiera? Tienes que hacer que le recuerdes a su persona favorita. Y la persona favorita de cada cual siempre es uno mismo.*

—La diferencia es que ahora eres de los buenos —digo con una carcajada.

Él también se ríe, como si acabara de contar el mejor chiste del mundo.

Pero ahora que pienso en mi madre, no puedo evitar angustiarme. Lleva desaparecida desde que la pescaron utilizando su talento de obradora (las emociones) para manipular al gobernador Patton, un individuo que ya odiaba a los obradores de maleficios desde antes y que ahora sale todas las noches en el telediario, con las venas de la frente hinchadas, pidiendo la cabeza de mi madre. Espero que siga escondida. Ojalá supiera dónde está.

—Barron —digo, a punto de iniciar una conversación que hemos tenido un millón de veces, en la que los dos nos decimos que mamá está bien y que nos llamará pronto—. ¿Tú crees que…?

Más adelante, el chico de las trenzas entra en un salón de billar.

—Sígueme —dice Barron, señalando con la frente. Nos metemos en una tienda de comestibles al otro lado de la calle. Al menos se está calentito. Barron nos pide dos cafés y nos quedamos esperando cerca del escaparate.

—¿Cuándo vas a superar este rollo tuyo con Lila? —me pregunta. Ojalá hubiera sido yo quien rompiera el hielo, para poder elegir otro tema. Cualquier otro tema—. Es como una enfermedad. ¿Desde cuándo te gusta? ¿Desde los once años o así? —No respondo—. Por eso querías seguirla, ¿verdad? Porque crees que no eres digno de ella, pero tienes la esperanza de que haga algo horrible para que así seáis perfectos el uno para el otro.

—No es eso —digo entre dientes—. El amor no funciona así.

Barron suelta un resoplido.

—¿Seguro?

Me muerdo la lengua, tragándome todas las respuestas mordaces que se me ocurren. Si no consigue sacarme de mis casillas, a lo mejor se cansa y podré distraerlo. Nos quedamos varios minutos en silencio hasta que Barron suspira.

—Me aburro otra vez. Voy a llamar por teléfono.

—¿Y si ese chico sale? —pregunto con irritación—. ¿Cómo voy a…?

Barron abre mucho los ojos, burlándose de mi angustia.

—Improvisa.

Cuando sale de la tienda, la campanilla tintinea y el dependiente exclama su habitual: «Muchasgraciasyhastapronto».

En la acera, delante de la tienda, Barron se pone a ligar como un loco mientras camina de un lado a otro, dejando caer nombres de restaurantes franceses, como si todas las noches comiera fuera. Sujeta el móvil contra la mejilla y sonríe como si hasta él se tragara la retahíla de chorradas románticas que está soltando. Me siento mal por la chica, sea quien fuere, pero estoy contento.

Cuando Barron termine de hablar, voy a meterme con él hasta hartarme. No podré aguantarme ni aunque me muerda la lengua. Tendría que morderme la cara y arrancármela entera.

Barron me ve sonriéndole desde el escaparate, me da la espalda y se aleja hasta la entrada de una tienda de empeños cerrada, a media manzana de distancia. Mientras me miraba, me he puesto a menear las cejas.

Como no tengo otra cosa que hacer, monto guardia. Bebo más café. Me pongo a jugar con el móvil, disparando a unos zombis pixelados.

Aunque lo estaba esperando, el chico de las trenzas me toma desprevenido al salir del salón de billar. Lo acompaña un hombre, un tipo alto, de pómulos huesudos y cabello grasiento. El chico se apoya en la pared y enciende un cigarrillo, cubriéndolo con la palma de la mano. En momentos como este estaría bien haber recibido un poco más de formación. Evidentemente, salir corriendo de la tienda y ponerme a hacer aspavientos para llamar a Barron sería un error, pero no sé cuál es el movimiento adecuado si el chico se marcha. No tengo ni idea de cómo avisar a mi hermano.

Improvisa, me ha dicho.

Salgo de la tienda con la mayor indiferencia posible. Quizás el chico solo haya salido un momento a fumar. Quizá Barron se fije en mí y vuelva sin que yo tenga que hacer nada.

Veo una parada de autobús y me acomodo en el banco, intentando ver mejor al chico.

Me digo a mí mismo que esto no es una misión oficial. No importa que se nos escape. Probablemente no haya nada que ver. No sé qué hace para Lila, pero no hay razón para pensar que ahora esté trabajando.

En ese momento me fijo en que el chico se pone a hacer gestos amplios con las manos, dejando un rastro de humo de cigarrillo. Una distracción, un clásico de los timos y los trucos de magia. Con una mano le dice: *Mira aquí*. Debe de estar contándole un chiste, porque el hombre se está riendo. Pero entonces veo que el chico se está quitando poco a poco el guante de la otra mano.

Doy un brinco, pero tardo demasiado. Veo un destello de piel desnuda, de la muñeca y el pulgar.

Me dirijo hacia ellos sin pensar, cruzando la calle sin reparar apenas en el frenazo de un coche hasta que lo dejo atrás. La gente se gira hacia mí, pero nadie mira al chico. Hasta el idiota del salón de billar me está mirando a mí.

—*¡Huye!* —le grito.

El hombre de los pómulos marcados sigue mirándome cuando el chico le aprieta la garganta con la mano.

Yo agarro al chico por el hombro, pero es tarde. El hombre, sea quien fuere, se desploma como un saco de harina. El chico se gira hacia mí, buscándome la piel con los dedos desnudos. Yo le sujeto la muñeca y le retuerzo el brazo tan fuerte como puedo.

El chico suelta un gruñido y me da un puñetazo en la cara con la otra mano.

Retrocedo tambaleándome. Por un momento nos quedamos mirándonos. Veo su cara de cerca por primera vez; me sorprende descubrir que lleva las cejas cuidadosamente depiladas, formando dos curvas perfectas. Tiene unos grandes ojos castaños que entorna mientras me mira. Luego se da la vuelta y echa a correr.

Lo persigo. Es automático, instintivo. Mientras corro por la acera, me pregunto qué estoy haciendo. Me arriesgo a mirar a Barron por encima del hombro, pero mi hermano está de espaldas, hablando por el móvil.

Cómo no.

El chico es rápido, pero yo llevo tres años yendo a atletismo. Sé dosificar mis energías. Dejo que me saque ventaja al principio, cuando echa a correr a toda velocidad, y lo voy alcanzando a medida que se cansa. Recorremos una manzana tras otra. Cada vez estoy más cerca.

Esto es lo que tendré que hacer cuando sea agente federal, ¿no? Perseguir a los malos.

Pero no lo estoy persiguiendo por eso. Siento que persigo a mi propia sombra. Que no puedo parar.

Él me mira de reojo y se da cuenta de que le estoy ganando terreno, porque cambia de táctica. Gira bruscamente y se mete por un callejón.

Doblo la esquina justo a tiempo para verlo hurgar debajo de su sudadera. Busco el arma más cercana que encuentro: un tablón de madera tirado junto a un montón de basura.

Lo golpeo justo cuando él saca una pistola. Siento el hormigueo de mis músculos y oigo el crujido de la madera contra el metal. La pistola sale volando y choca contra la pared de ladrillo, como si fuera una pelota de béisbol y yo jugara en el campeonato nacional.

Creo que me he quedado tan sorprendido como él.

Avanzo despacio hacia él enarbolando el tablón, que se ha partido. El extremo superior cuelga de unas astillas y lo que queda tiene el borde dentado, puntiagudo como una lanza. El chico me observa, con todo el cuerpo en tensión. No parece mucho mayor que yo. Hasta es posible que sea más joven.

—¿Quién coño eres tú? —Cuando habla, me fijo en que tiene varios dientes de oro que centellean al sol del atardecer. Tres abajo y uno arriba. Está jadeando. Igual que yo.

Me inclino y recojo la pistola con la mano temblorosa. Le quito el seguro con el pulgar y suelto el tablón.

Ahora mismo no tengo ni idea de quién soy.

—¿Por qué? —le pregunto entre jadeos—. ¿Por qué te ha pagado para que matases a ese tipo?

—Oye —me dice levantando las dos manos, la enguantada y la desnuda, en un gesto de rendición. Aun así, parece más perplejo que asustado—. Si era colega tuyo...

—No era colega mío.

Baja las manos despacio hasta dejarlas a los costados, como si acabara de llegar a una conclusión sobre mí. Quizá que no soy poli. Quizá que no pasa nada por relajarse.

—Yo no les pregunto por qué quieren que haga nada. No lo sé, ¿vale? Solo es un trabajo.

Asiento con la cabeza.

—A ver el cuello.

—No llevo marcas. —Se tironea de la camiseta, pero no hay cicatrices—. Yo voy por libre. Soy demasiado guapo para esas mierdas. A Gage nadie le pone un collar.

—Vale.

—Esa chica... si la conoces, ya sabes con quién está. —Se mete la mano en la boca y se saca un diente (uno de verdad) con la raíz ennegrecida y podrida. Me lo muestra en la palma del guante, como una perla defectuosa, y sonríe—. Menos mal que los asesinatos se pagan bien, ¿eh? El oro no sale barato.

Procuro disimular mi sorpresa. Un obrador mortal que solamente pierde un diente cada vez que mata es alguien muy peligroso. Cada maleficio (físico, suerte, memoria, emoción, sueño, muerte y transformación) provoca una reacción negativa a quien lo administra. Como dice mi abuelo, el maleficio obra al obrador. Las reacciones pueden dejarte incapacitado o incluso llegar a matarte. Los maleficios mortales pudren una parte del cuerpo del obrador, desde un pulmón hasta un dedo. O, por lo visto, algo tan nimio como un diente.

—¿Y para qué necesita una pistola un obrador de la muerte? —le pregunto.

—Esa pipa tiene valor sentimental. Era de mi abuela. —Gage carraspea—. Mira, sé que no vas a matarme. Si fueras a disparar, lo habrías hecho ya. ¿Qué tal si...?

—¿Seguro que quieres ponerme a prueba? —le digo—. ¿Seguro?

Eso parece ponerlo nervioso. Se relame los dientes ruidosamente.

—Vale, yo solo sé lo que se cuenta por ahí, y no me lo ha dicho...
ella. Solo me ha dicho dónde podía encontrarlo. Pero se rumorea que ese tipo (Charlie West, se llama) la cagó con un encargo. Mató a una familia durante un simple robo. Es un borracho y un cobarde...

Me suena el teléfono.

Lo saco del bolsillo con una mano y miro la pantalla. Es Barron; seguramente acaba de darse cuenta de que me he largado. En ese momento Gage se lanza hacia la verja de metal.

Me lo quedo mirando mientras escapa. Se me emborrona la vista y ya no sé a quién veo. A mi padre. A mi hermano. A mí. Gage podría ser cualquiera de nosotros, podría haber sido cualquiera de nosotros, tratando de escapar después de un encargo y llevándose un tiro en la espalda mientras saltaba una verja.

No le grito que se baje de ahí. No efectúo un disparo de advertencia ni todas esas cosas que debería hacer un aprendiz de agente federal cuando un asesino se da a la fuga. Dejo que se vaya. Pero si Gage representa el papel que debería haberme correspondido a mí, entonces no tengo ni idea de cómo ser el que se queda en el callejón. El bueno.

Limpio la pistola en mi camiseta verde, me la guardo detrás de la cintura y la cubro con la cazadora. Después salgo del callejón y telefoneo a Barron.

Cuando llega, lo acompañan varios tipos trajeados.

Mi hermano me agarra por los hombros.

—¿Qué coño estabas haciendo? —Habla en voz baja, pero parece asustado de verdad—. ¡No tenía ni idea de dónde estabas! Te he llamado al móvil y no contestabas.

Ni lo he oído sonar, salvo la última vez.

—Estaba *improvisando* —contesto con chulería—. Y me habrías visto si no hubieras estado tan ocupado ligando.

A juzgar por su expresión, lo único que le impide estrangularme allí mismo es la presencia de los agentes.

—Estos tipos se han presentado en el escenario del crimen justo después de la poli —me dice, mirándome significativamente. Por muy enfadado que esté Barron, comprendo lo que intenta decirme. *Yo no los he llamado*, me dice con su expresión. *No les he contado nada de Lila. No te he traicionado. No te he traicionado todavía.*

Los agentes me toman declaración. Les digo que perseguí al asesino, pero que me llevaba ventaja, saltó la verja y le perdí la pista. No he podido verlo bien. Llevaba la capucha puesta. No, no dijo nada. No, no iba armado, salvo si contamos su mano desnuda. Sí, he hecho mal en perseguirlo. Sí, conozco a la agente Yulikova. Sí, ella responde por mí.

Y así es. Los agentes dejan que me vaya sin cachearme primero. La pistola sigue guardada en la cinturilla de mis vaqueros, raspándome la columna vertebral mientras Barron y yo regresamos al coche a pie.

—¿Qué ha pasado en realidad? —me pregunta Barron.

Yo sacudo la cabeza.

—Bueno, ¿y qué vas a hacer ahora? —me pregunta, como retándome. Como si hubiera duda posible—. A ese tipo lo han asesinado por orden de Lila.

—Nada —respondo—. ¿Tú qué crees? Y tú tampoco vas a hacer nada.

Mi abuelo me lo advirtió una vez. Las chicas como Lila crecen y se convierten en mujeres con agujeros de bala en vez de ojos y una boca hecha de cuchillos. Nunca descansan. Siempre tienen hambre. Son mala gente. Te engullen como si fueras un chupito de *whisky*. Enamorarse de ellas es como caer rodando por una escalera.

Pero, a pesar de todas esas advertencias, lo que no me dijo nadie es que, después de haberte caído por esa escalera, cuando ya sabes lo doloroso que es, harías cola para repetir.

Capítulo dos

Los domingos por la noche, el colegio privado de educación secundaria Wallingford está repleto de alumnos agotados que intentan terminar esos deberes que tan fáciles nos parecían el viernes, cuando teníamos por delante todo el fin de semana, lleno de horas muertas. Entro bostezando, tan culpable como el que más. Todavía me falta hacer una redacción y traducir un pasaje bastante largo de *Les Misérables*.

Sam Yu, mi compañero de habitación, está tumbado bocabajo en su cama, con los auriculares puestos y meneando la cabeza al ritmo de una música que no oigo. Es grandón, alto y pesado, así que los muelles de la cama chirrían cuando gira la cabeza al verme entrar. Las residencias de Wallingford están llenas de camas baratas que amenazan con romperse cada vez que nos sentamos, armarios de conglomerado y paredes agrietadas. No es que el campus de Wallingford no cuente con preciosas habitaciones con paneles de madera, techo alto y ventanas de vidrio plomado. Es que esas zonas son para profesores y exalumnos. Aunque nos dejan entrar en ellas, no son para nosotros.

Me meto en el armario compartido y me subo a una caja abombada. Después saco la pistola que ocultaba bajo la cazadora y la pego con cinta adhesiva en la pared del fondo, arriba del todo, por encima de la ropa. Coloco varios libros viejos en el estante de abajo, para evitar que se vea.

—Estarás de coña —dice Sam.

Es evidente que lo ha visto todo. Ni siquiera le he oído levantarse. Creo que estoy perdiendo facultades.

—No es mía —le aseguro—. Es que no sabía qué hacer con ella.

—¿Qué tal si *la tiras*? —dice, bajando la voz y susurrando con irritación—. Es una *pistola*. Una pistola, Cassel. Una pistooooooola.

—Sí. —Me bajo de un salto de la caja y aterrizo con un ruido sordo—. Ya lo sé. Me desharé de ella. Es que antes no he tenido tiempo. Mañana, te lo prometo.

—¿Cuánto se tarda en tirar una pistola al contenedor de la basura?

—¿Qué tal si dejas de repetir la palabra «pistola»? —digo en voz baja, tumbándome en mi cama y encendiendo el portátil—. Ahora no puedo hacer nada, a menos que quieras que la tire por la ventana. Mañana me ocuparé de ello.

Sam gruñe, regresa a su lado del cuarto y recoge los auriculares. Parece molesto, pero nada más. Supongo que se ha acostumbrado a verme hacer cosas de delincuente.

—¿De quién es? —pregunta, señalando el armario con la frente.

—De un tipo. Se le cayó.

Sam frunce el ceño.

—Sí, me lo creo. Y con eso quiero decir que no me lo creo para nada. Por cierto, ¿sabes que si alguien encuentra ese trasto aquí dentro, no solo te expulsarán del colegio? Te… te borrarán de todos los registros. Tacharán tu cara de los anuarios de Wallingford. Contratarán a un equipo de obradores de la memoria para asegurarse de que nadie recuerde que fue al colegio contigo. A los padres de los alumnos les prometen que en Wallingford no pasan este tipo de cosas, precisamente.

Un escalofrío me recorre los hombros cuando menciona a los obradores de la memoria. Barron lo es. Utilizó su poder para hacerme olvidar un montón de cosas: que soy un obrador de la transformación, que me obligó a convertirme en un asesino inquietantemente eficaz e incluso que transformé a Lila en una gata para que él pudiera enjaularla durante años. El sociópata de mi hermano mayor, que me robó trozos de mi vida. El único hermano que me queda. El que me está enseñando.

Así es la familia. No puedes vivir con ellos, pero tampoco asesinarlos. A menos que Barron se chive a Yulikova. En ese caso, a lo mejor me animo.

—Sí —digo, intentando retomar el hilo de la conversación—. Me libraré de ella, te lo prometo. No, espera, que ya te lo he prometido. ¿Qué quieres, que nos demos el meñique?

—Increíble —dice Sam, pero me doy cuenta de que no está enfadado. Mientras analizo el baile de emociones de su rostro, me doy cuenta de que tiene más de diez bolígrafos amontonados a su lado, sobre la manta azul marino, y está dibujando rayas en un bloc con todos ellos.

—¿Qué haces?

Sam sonríe.

—Los he comprado por eBay. Un estuche entero de bolígrafos de tinta que desaparece. Molan, ¿eh? Los usaba la KGB. Son herramientas de espía de verdad.

—¿Qué vas a hacer con ellos?

—Tengo dos opciones, principalmente. Podría gastar una broma épica con ellos... o quizá nos sirvan para algo en nuestro negocio de apuestas.

—Sam, ya lo hemos hablado. Si lo quieres, ahora es tuyo. Pero yo estoy fuera.

Desde que entré en Wallingford he sido el corredor de las apuestas más ridículas que hay. Si querías apostar por un partido de fútbol americano, acudías a mí. Si querías apostar a que esta semana habría tres días de filetes rusos en el menú, a que la directora Northcutt y el decano Wharton están liados o a que Harvey Silverman moriría por intoxicación etílica antes de graduarse, también acudías a mí. Yo calculaba las probabilidades, guardaba la pasta y cobraba comisión por las molestias. En un colegio lleno de niños ricos y aburridos, era una forma muy fácil de forrarme. Y también era bastante inofensiva, hasta que dejó de serlo. Hasta que los alumnos empezaron a apostar qué compañeros eran obradores de maleficios. Hasta que empezaron a acosar a dichos compañeros.

Entonces empecé a tener la sensación de que estaba cobrando dinero sucio.

Sam suspira.

—Bueno, aun así hay un montón de bromas que podríamos gastar. Imagínate que están haciendo un examen y luego, veinticuatro o cuarenta y ocho horas después, todas las respuestas se borran solas. O podríamos colarlo en el cuaderno de notas de un profesor. Menudo caos.

Sonrío. El caos, el hermoso caos.

—Bueno, ¿con cuál te quedas? Mis habilidades de carterista están a tu servicio.

Sam me lanza un bolígrafo.

—Acuérdate de no usarlo cuando hagas los deberes —me dice.

Lo atrapo en el aire justo antes de que se estrelle contra mi lámpara.

—¡Oye! —exclamo, volviéndome hacia él—. Ten cuidado. ¿A qué ha venido eso?

Me mira con una expresión extraña.

—Cassel —dice, bajando la voz y adoptando un tono franco—. ¿Tú podrías hablar con Daneca por mí?

Titubeo, contemplando el bolígrafo que tengo en las manos y haciéndolo girar con los dedos enguantados. Vuelvo a mirar a Sam.

—¿De qué?

—Ya me he disculpado —me explica—. No hago más que pedirle perdón. No sé qué quiere.

—¿Ha pasado algo?

—Quedamos para tomar un café, pero volvimos a la misma discusión de siempre. —Sacude la cabeza—. No lo entiendo. La que me mintió fue ella. No me dijo que era una obradora. Seguramente nunca me lo habría dicho si su hermano no nos lo hubiera soltado. ¿Por qué soy yo el que tiene que pedir perdón?

En toda relación existe un equilibrio de poder. Algunas relaciones son una lucha continua por llevar la voz cantante. En otras hay una persona al mando, aunque a veces la otra no lo sabe. Y luego… supongo que hay relaciones tan equitativas que nadie piensa en ello. De esas relaciones no sé nada. Lo que sí sé es que el poder puede cambiar de manos en cuestión de un momento. Al principio de su relación, Sam siempre cedía ante Daneca. Pero cuando se enfadó con ella, el enfado no se le terminaba de pasar.

Y cuando por fin estuvo dispuesto a aceptar una disculpa, ella ya no quería dársela. Así que llevan semanas dando volteretas: ninguno de los dos se arrepiente lo bastante para querer aplacar al otro, ninguno se arrepiente en el momento adecuado y los dos están seguros de que es el otro quien se equivoca.

No sé si eso significa que han roto. Sam tampoco lo sabe.

—Si no sabes por qué le estás pidiendo perdón, seguramente tu disculpa es una mierda.

Él sacude la cabeza.

—Lo sé. Pero yo solo quiero que las cosas vuelvan a ser como antes.

Conozco demasiado bien esa sensación.

—¿Qué quieres que le diga yo?

—Solo quiero que averigües qué tengo que hacer para arreglarlo.

Noto tal desesperación en su voz que acepto. Lo voy a intentar. Si Sam acude a mí para que le ayude en asuntos del corazón, es porque sabe que está bien jodido. No vale la pena restregárselo.

Por la mañana, mientras cruzo el patio, confiando en que el café que he bebido en la sala común me haga efecto pronto, me cruzo con Audrey Dolan, mi exnovia, acompañada por un grupito de amigas. Su cabello cobrizo reluce como una moneda limpia a la luz del sol. Sus ojos me siguen con reproche. Una de sus amigas comenta algo, bajando la voz para que yo no lo oiga, y las demás se ríen.

—Oye, Cassel —dice una de ellas, para obligarme a que me dé la vuelta—. ¿Sigues con lo de las apuestas?

—No —contesto.

¿Lo veis? Intento enderezar mi vida. Lo intento.

—Qué pena —exclama la chica—. Quería apostar cien pavos a que morirás solo.

A veces no sé por qué me esfuerzo tanto en quedarme aquí, en Wallingford. Mis notas, siempre decidida y contumazmente mediocres, se desplomaron el curso pasado. Está claro que no iré a la universidad. Pienso en Yulikova y en la formación que está recibiendo mi hermano. Solo tendría que abandonar el colegio. No estoy haciendo más que retrasar lo inevitable.

La chica vuelve a reírse. Audrey y las demás se ríen con ella.

Yo sigo caminando.

En Ética del Desarrollo hablamos un poco sobre los sesgos periodísticos y su influencia sobre lo que pensamos. Cuando nos piden un ejemplo, Kevin Brown saca un artículo sobre mi madre. En su opinión, demasiada gente echa la culpa a Patton por haberse dejado embaucar.

—Esa mujer es una delincuente —dice Kevin—. ¿Por qué todos dan por hecho que el gobernador Patton debería haber estado preparado por si su novia intentaba obrarlo? Es un claro ejemplo de un periodista que trata de desacreditar a una víctima. No me sorprendería que Shandra Singer también lo hubiera obrado a él.

Alguien se ríe entre dientes.

Yo sigo mirando fijamente mi pupitre, concentrado en el bolígrafo que tengo en la mano y en el chirrido de la tiza en la pizarra mientras el señor Lewis se apresura a cambiar de ejemplo y comenta una noticia reciente sobre Bosnia. Noto esa extraña hiperconcentración que se siente cuando todo se reduce al presente. El pasado y el futuro se desvanecen. Solo existe el ahora, el paso inexorable de los segundos hasta que suena el timbre y salimos del aula.

—Kevin —digo en voz baja.

Él se da la vuelta con una sonrisa chulesca. La gente pasa de largo con sus mochilas y sus libros. No son más que borrones de colores en mi visión periférica.

Le doy un puñetazo tan fuerte en la mandíbula que me vibran los huesos.

—¡Pelea! —grita un par de alumnos, pero varios profesores se acercan y me alejan de Kevin a rastras antes de que pueda levantarse.

Me dejo llevar. No siento el cuerpo; la adrenalina me recorre las venas y noto un hormigueo en los nervios: me he quedado con las ganas de hacer algo más. De hacerle algo a alguien.

Me llevan al despacho del decano y se van después de ponerme una hoja de papel en las manos. La estrujo y la lanzo contra la pared cuando me hacen pasar.

El despacho del decano Wharton está hasta arriba de papeles. Parece sorprendido de verme, porque se levanta, retira una torre de carpetas y crucigramas de una butaca y me indica que me siente en ella. Normalmente me meto en líos tan gordos que me mandan directamente al despacho de la directora.

—¿Se ha peleado? —dice, mirando la hoja—. Si ha empezado usted, son dos sanciones.

Asiento con la cabeza. Prefiero no hablar; no me fío de mí mismo.

—¿Quiere contarme lo que ha pasado?

—La verdad es que no, señor. Le he pegado. No… no estaba pensando con claridad.

El decano inclina la cabeza, como si meditara mi respuesta.

—¿Es consciente de que lo expulsaremos si recibe una sola sanción más? No podrá graduarse de secundaria, señor Sharpe.

—Sí, señor.

—El señor Brown llegará enseguida y me contará su versión de la historia. ¿Seguro que no tiene nada más que añadir?

—No, señor.

—Está bien —dice el decano Wharton, subiéndose las gafas para masajearse el puente de la nariz con los dedos enfundados en cuero marrón—. Espere fuera.

Salgo y me siento en una silla, delante de la secretaría del colegio. Al pasar frente a mí de camino al despacho de Wharton, Kevin suelta un gruñido. La piel de su mejilla se está tiñendo de un curioso color verduzco. El moratón va a ser de los buenos.

Sé lo que va a decirle a Wharton. *No sé qué le ha dado a Cassel. Se le ha ido la pinza. Yo no lo he provocado.*

Minutos después, Kevin vuelve a salir. Me lanza la misma sonrisa burlona mientras se dirige al pasillo. Yo le devuelvo el gesto.

—¿Puede volver a entrar un momento, señor Sharpe?

Entro, me siento de nuevo en la butaca y contemplo las montañas de papeles. Solo me haría falta tocar una de las torres para tirarlas todas.

—¿Está enfadado por algo? —me pregunta el decano Wharton, como si pudiera leerme la mente.

Abro la boca para negarlo, pero no puedo. Es como si llevara dentro algo desde hace mucho tiempo, sin saber siquiera lo que es. Y ha tenido que ser Wharton, precisamente él, quien ponga el dedo en la llaga.

Estoy *furioso*.

Pienso en que no sé lo que me llevó a intentar quitarle la pistola de las manos a un asesino. En lo satisfactorio que ha sido sacudirle a Kevin. En que quiero volver a hacerlo una y otra vez, hasta sentir el crujido de los huesos y el chorreo de la sangre. En la sensación de tenerlo tirado a mis pies, con la piel ardiéndome de rabia.

—No, señor —consigo contestar. Trago saliva, porque no sé en qué momento me he distanciado tanto de mí mismo. He sabido ver que Sam estaba enfadado mientras me hablaba de Daneca. ¿Cómo no me he dado cuenta de que yo también lo estoy?

Wharton carraspea.

—Sé que lo ha pasado muy mal, entre la muerte de su hermano Philip y los... contratiempos legales de su madre.

Contratiempos legales. Qué bueno. Asiento con la cabeza.

—No quiero que emprenda un camino que no tiene vuelta atrás, Cassel.

—Entendido —contesto—. ¿Puedo volver ya a clase?

—Adelante. Pero recuerde que ya tiene dos sanciones y aún no estamos ni a mitad de curso. Una más y se acabó. Puede irse.

Me levanto, me echo la mochila al hombro y regreso al centro académico justo antes de que suene el timbre. No veo a Lila por los pasillos, aunque me voy fijando en todas las rubias con las que me cruzo. No sé qué le diría si la viera. *Bueno, me he enterado de que has encargado tu primer asesinato. ¿Qué tal la experiencia?* Demasiado al grano.

Además, ¿quién me asegura que haya sido el primero?

Entro en los aseos, abro el grifo y me mojo la cara con agua fría.

El líquido me espabila al resbalarme por las mejillas hasta la garganta, salpicándome la camisa blanca. Se me ha olvidado quitarme los guantes y ahora están empapados. Hace falta ser idiota.

Despierta, me digo a mí mismo. *Espabila de una vez.*

En el reflejo del espejo, mis ojos parecen más sombríos que nunca. Mis pómulos sobresalen como si tuviera la piel demasiado tirante.

No llamas para nada la atención, me digo. *Papá estaría orgulloso. Los tienes a todos comiendo de tu mano, Cassel Sharpe.*

Llego al aula de Física antes que Daneca, por suerte. En teoría seguimos siendo amigos, aunque me evita desde que empezó a pelearse con Sam. Si quiero hablar con ella, tendré que acorralarla.

No tenemos asientos asignados, así que me resulta fácil encontrar un pupitre cerca de donde suele sentarse Daneca y dejar mis cosas en la silla. Luego me levanto y me pongo a charlar con alguien en la otra punta del aula. Willow Davis. Parece sospechar cuando le pregunto algo relacionado con los deberes, pero me responde sin demasiada vacilación. Me está contando que el espacio tiene diez dimensiones y el tiempo una sola, todas enredadas entre sí, cuando entra Daneca.

—¿Lo has entendido? —pregunta Willow—. Por eso podría haber otras versiones de nosotros que vivan en otros mundos. Podría haber un mundo donde existieran los fantasmas y los monstruos. O donde no hubiera nadie hiperbatigámmico. O donde todos tuviéramos cabeza de serpiente.

Sacudo la cabeza.

—No puede ser verdad. No puede ser que la ciencia diga eso. Es la hostia.

—No has leído el texto que tocaba, ¿verdad?

Decido que este es el momento ideal para retirarme a mi nuevo pupitre.

Cuando regreso, veo que mi plan ha funcionado. Daneca se ha sentado donde siempre. Quito la mochila de la silla y me siento. Ella me mira sorprendida. Es demasiado tarde para levantarse sin que resulte totalmente evidente que no quiere sentarse a mi lado. Escudriña el aula, como devanándose los sesos para buscar alguna excusa para irse, pero casi todos los asientos están ocupados.

—Hola —digo con una sonrisa forzada—. Cuánto tiempo.

Daneca suspira, como resignada.

—Me han dicho que te has peleado. —Viste la chaqueta y la falda plisada de Wallingford con unas medias de color morado neón y unos guantes morados aún más chillones. Hacen juego con las mechas moradas de su abundante mata de cabello castaño y rizado. Da golpecitos en las patas de la mesa con sus zapatos de punta redonda.

—Así que sigues enfadada con Sam, ¿eh?

Soy consciente de que probablemente Sam no querría que sacara el tema así, pero necesito información y la clase está a punto de empezar.

Ella hace una mueca.

—¿Te lo ha contado?

—Somos compañeros de cuarto. Me vale con verle la cara de bajón.

Ella suspira de nuevo.

—No quiero hacerle daño.

—Pues no se lo hagas.

Daneca se inclina hacia mí y baja la voz:

—Dime una cosa.

—Sí, lo siente muchísimo —me adelanto—. Sabe que su reacción fue exagerada. ¿Qué tal si os perdonáis y empezáis a...?

—No es sobre Sam —dice justo cuando la doctora Jonahdab entra en el aula y empieza a escribir la ley de Ohm en la pizarra. Solo lo sé porque encima ha escrito «Ley de Ohm».

Abro mi cuaderno, escribo «¿Entonces?» y lo giro para que lo vea Daneca.

Ella niega con la cabeza y no suelta una palabra más.

Al final de la clase, creo que no he mejorado mi comprensión de la relación entre corrientes, resistencias y distancias, pero resulta que Willow Davis tenía razón: puede existir una dimensión en la que todos tengamos cabeza de serpiente.

Cuando suena el timbre, Daneca me agarra del brazo y me clava los dedos enguantados justo encima del codo.

—¿Quién mató a Philip? —pregunta de repente.

—Eh...

Si le respondo, tengo que mentir. Y no quiero mentirle.

Daneca baja la voz y me habla en un susurro apremiante:

—Mi madre era tu abogada. Ella te consiguió ese acuerdo de inmunidad para quitarte de encima a los federales, ¿recuerdas? Hiciste un trato con ellos a cambio de decirles quién había matado a las personas de esos expedientes. Y a Philip. Para conseguir *inmunidad*. ¿Para qué necesitabas tú la inmunidad? ¿Qué hiciste?

Cuando los federales me entregaron ese montón de carpetas y me dijeron que Philip había prometido darles el nombre del asesino, no impedí que Daneca leyera los expedientes. Sabía que era un error incluso antes de darme cuenta de que se trataba de los expedientes de todas las personas que yo había transformado, una lista de cuerpos que no se han encontrado hasta ahora. Más recuerdos perdidos.

—Tenemos que irnos —le digo. El aula está vacía y empiezan a llegar algunos alumnos de la clase siguiente—. Vamos a llegar tarde.

A regañadientes, Daneca me suelta el brazo y me sigue mientras salgo del aula. Es curioso que hayamos cambiado nuestra posición: ahora es ella la que intenta acorralarme.

—Trabajamos juntos en ese caso —me recuerda Daneca. Más o menos es verdad—. *¿Qué hiciste?* —susurra.

La miro con atención, intentando averiguar cuál piensa ella que es la respuesta.

—Yo no le hice daño a Philip. Nunca le hice daño.

—¿Y a Barron? ¿Qué le hiciste a él?

Frunzo el ceño. Estoy tan perplejo que no se me ocurre qué responder. ¿De dónde ha sacado eso?

—¡Nada! —contesto, levantando las manos enfáticamente—. ¿A Barron? ¿Estás loca?

Se ruboriza un poco.

—No sé... —dice—. Has tenido que hacerle algo a *alguien*. Necesitabas inmunidad. Una buena persona no necesita inmunidad jurídica, Cassel.

Tiene razón, claro. Yo no soy buena persona. Lo curioso de las buenas personas (como Daneca) es que son incapaces de entender la tentación del mal. Les cuesta muchísimo hacerse a la idea de que alguien capaz de hacerles sonreír también pueda ser capaz de hacer cosas terribles. Y por eso, aunque me está acusando de ser un asesino, parece sentir más fastidio que temor por la posibilidad de que la mate. Daneca insiste en pensar que, si le hago caso y consigue hacerme comprender lo malas que son mis malas decisiones, dejaré de tomarlas.

Me detengo cerca de las escaleras.

—Mira, ¿qué tal si nos vemos después de cenar y me preguntas todo lo que quieras? Y luego podemos hablar de Sam.

No puedo contárselo todo, pero Daneca es mi amiga y podría haberle contado más de lo que sabe. Se merece toda la verdad que pueda permitirme contar. ¿Y quién sabe? A lo mejor si le hago caso por una vez, pueda empezar a tomar mejores decisiones.

Porque peores ya es imposible.

Daneca se recoge un rizo castaño detrás de la oreja. Se ha manchado de tinta el guante morado.

—¿Me vas a contar lo que eres? ¿Me vas a contar eso?

Me quedo sin aliento, sinceramente sorprendido. Luego me río. No le he contado mi mayor secreto: que soy un obrador de la transformación. Supongo que ya es hora. Seguro que ya ha adivinado algo; si no, no me lo preguntaría.

—Me has atrapado. Ahí me has atrapado. Vale, te lo contaré. Te contaré todo lo que pueda.

Daneca asiente despacio.

—Bien. Después de cenar estaré en la biblioteca. Tengo que documentarme para un trabajo.

—Genial.

Bajo al trote las escaleras. Al llegar al patio, echo a correr a toda velocidad. A ver si puedo llegar a clase de alfarería antes de que suene el timbre. Ya llevo dos sanciones. Suficientes líos para un solo día.

La vasija me sale totalmente deforme. Y parece que tiene una burbuja de aire, porque estalla cuando la meto en el horno, destrozando las tazas y los jarrones de otros tres alumnos.

De camino al entrenamiento de atletismo, me suena el móvil. Lo abro y me lo llevo a la mejilla.

—Cassel —dice la agente Yulikova—. Me gustaría que te pasaras por mi despacho. Ahora. Creo que ya has terminado tus clases de hoy y he hecho unas gestiones para que te dejen salir. Creen que tienes cita con el médico.

—Voy de camino a la pista de atletismo —protesto, confiando en que note mi vacilación. La bolsa de deporte que llevo al hombro me va rebotando en la pierna. El viento agita las copas de los árboles, cubriendo el campus con un manto de hojas del color del amanecer—. Me he perdido un montón de entrenamientos.

—Entonces no les extrañará que te saltes otro. Hablo en serio, Cassel. Ayer casi haces que te maten. Me gustaría hablar contigo acerca de ese incidente.

Pienso en la pistola pegada con cinta adhesiva al armario de mi habitación.

—No fue nada del otro mundo.

—Me alegro. —Dicho esto, cuelga el teléfono.

Me dirijo al coche, levantando las hojas secas con los pies.

Capítulo tres

Al cabo de unos minutos, la agente Yulikova está amontonando papeles y quitándolos de en medio para poder verme mejor. Es una mujer de cabello liso y gris, cortado a ras de la mandíbula. Su cara, delicada y de nariz alargada, me recuerda a un pájaro. En el cuello lleva varios collares de cuentas gruesas. A pesar de que sostiene una taza de té humeante y lleva un jersey debajo de la chaqueta de pana azul marino, tiene los labios algo amoratados, como si tuviera frío. O quizás esté resfriada. En cualquier caso, tiene más pinta de profesora de Wallingford que de encargada de un programa federal para entrenar a jóvenes obradores. Sé que probablemente se viste así a propósito, para que sus reclutas se sientan cómodos. Seguramente todo lo que hace persigue algún propósito.

Y funciona.

Ella es la agente responsable de meterme en el programa en cuanto cumpla los dieciocho años, según el trato que hice con los federales. Hasta entonces… en fin, no sé muy bien qué debe hacer conmigo. Y me da que ella tampoco lo sabe.

—¿Qué tal todo, Cassel? —me pregunta sonriente. Actúa como si de verdad le interesara saberlo.

—Bien, supongo. —Es una trola gordísima y ridícula. No pego ojo. Me atormentan los remordimientos. Estoy obsesionado con una chica que me odia. He robado una pistola. Pero es lo que hay que responder cuando alguien está evaluando tu estado mental.

Yulikova bebe un trago de su taza.

—¿Cómo va lo de acompañar a tu hermano?

—Bien.

—Seguro que con la muerte de Philip sientes que debes proteger más a Barron. —Su expresión es agradable, sin sombra de amenaza. El tono de voz es neutro—. Ahora solo quedáis vosotros dos. Y aunque tú seas el pequeño, has tenido que cargar con muchas responsabilidades... —No termina la frase. Me encojo de hombros—. Pero si ayer Barron te puso en peligro, tenemos que terminar con esto inmediatamente.

—No, no es eso. Solo estábamos siguiendo a alguien, a una persona cualquiera, y de pronto llamaron por teléfono a Barron. Me dejó solo un par de minutos y entonces vi el asesinato. Salí corriendo detrás del chico... del asesino. Fue una tontería, supongo. Pero se me escapó. Eso fue todo.

—¿Hablaste con él? —me pregunta.

—No —miento.

—Pero lo acorralaste en el callejón, ¿cierto?

Asiento, pero luego lo reconsidero.

—Bueno, lo acorralé durante un segundo. Luego escapó saltando la verja.

—Encontramos un tablón roto cerca de allí. ¿Te atacó con él?

—No —contesto—. No, nada de eso. A lo mejor lo pisó mientras huía. Todo sucedió muy deprisa.

—¿Podrías darme su descripción?

Se inclina hacia mí, mirándome fijamente, como si pudiera percibir hasta mis pensamientos más efímeros en cada gesto y reacción de mi cuerpo. Espero que no sea así, la verdad. Miento bien, pero no tanto. He practicado sobre todo con dos clases de adultos: los delincuentes, porque sé anticiparme a su comportamiento, y las víctimas, porque se dejan manipular. Pero Yulikova me viene grande. No tengo ni idea de lo que es capaz.

—No creo —respondo, encogiéndome de hombros.

Ella asiente un par de veces, como si lo estuviera sopesando.

—¿Quieres contarme algo más sobre lo que pasó?

Sé que debería reconocer que me llevé la pistola. Pero si confieso ahora, me preguntará por qué lo hice. O hablará con Barron y le preguntará qué estábamos haciendo. A quién seguíamos. En función de cómo lo agarre, a lo mejor mi hermano se lo cuenta. O peor aún, se inventará una historia tan fantasiosa que la conducirá hasta Lila más deprisa que si le contara la verdad.

No es que yo quiera ser así. No quiero volver a hacer lo que no debo, mentir a Yulikova. Quiero aprender a hacer lo correcto, aunque lo odie. Aunque odie a Yulikova por ello. Pero en esta ocasión no puedo.

La próxima vez... la próxima vez lo haré mejor. Se lo contaré todo. La próxima vez.

—No —respondo—. No fue nada, de verdad. Cometí una estupidez. Tendré más cuidado.

Ella recoge de su mesa un fajo de papeles sujetos con un clip y me los suelta delante, mirándome atentamente. Ya sé lo que dicen. En cuanto los firme, dejaré de ser un ciudadano corriente. Accederé a respetar una serie de normas y leyes internas. Si la cago, habré accedido a que me juzguen en un tribunal interno. Nada de jurados populares.

—Puede que haya llegado la hora de que te olvides de Wallingford y empieces a formarte a tiempo completo con Barron y los demás estudiantes.

—Eso ya me lo dijo antes.

—Y tú te negaste. —Me sonríe. Luego abre uno de los cajones de su escritorio, saca un pañuelo, se tapa la boca con él y tose. Una mancha oscura cubre el papel antes de que Yulikova lo estruje—. Sospecho que ahora también te vas a negar.

—Quiero ser agente federal y trabajar para la DMA. Quiero... —Me interrumpo. *Quiero ser mejor persona. Quiero que usted me haga mejor persona. Pero no puedo decir eso, porque es una locura*—. El fracaso escolar no era precisamente mi objetivo en la vida. Y en cualquier caso, el acuerdo de inmunidad...

Me interrumpe:

—A lo mejor podemos mover los hilos para conseguirte el graduado.

Me imagino lo que sería no tener que ver a Lila, su cabello dorado y rizado en la nuca, su voz ronca que me distrae tanto que apenas puedo prestar atención a lo que estoy haciendo mientras ella habla. Me imagino lo que sería no tener que apretar los dientes para no llamarla cada vez que me cruzo con ella por los pasillos.

—Falta poco. Solo quiero terminar este curso.

Yulikova asiente, decepcionada pero no sorprendida. ¿Qué pasa con esa tos y ese pañuelo? ¿La mancha era de sangre? No me siento cómodo preguntándoselo. No me siento cómodo con nada de esto.

—¿Cómo te va con los amuletos?

Busco en mi bolsillo y los saco. Cinco discos de piedra perfectos con un agujero en el centro. Cinco amuletos de la transformación capaces de detener un maleficio de un obrador como yo, aunque no seamos muchos. Fabricar estos amuletos ha sido agotador, pero al menos no he sufrido reacciones. Llevan una semana guardados en la guantera de mi coche, esperando a que los entregue.

—Son muy escasos —continúa Yulikova—. ¿Alguna vez has llevado uno mientras obrabas un maleficio?

Niego con la cabeza.

—¿Qué pasaría?

Yulikova me sonríe.

—Pues nada. La piedra se rajaría y tú te quedarías hecho polvo.

—Ah —digo, extrañamente decepcionado. No sé qué esperaba. Sacudo la cabeza y dejo los amuletos en el escritorio, delante de ella. Giran y ruedan como monedas. Yulikova los mira un buen rato y luego levanta la vista.

—Es muy importante para mí que estés a salvo.

Bebe otro trago de té y vuelve a sonreírme. Seguramente les dice lo mismo a docenas de candidatos a reclutas, pero aun así me gusta que me lo diga.

Me dispongo a marcharme cuando Yulikova me toca el brazo con la mano enguantada.

—¿Sabes algo de tu madre? —Me habla con dulzura, como si estuviera preocupadísima por un chico de diecisiete años que está solo y teme por su madre. Pero apuesto a que está husmeando para obtener información. Ojalá la tuviera.

—No. Ni siquiera sé si está viva. —Por una vez no estoy mintiendo.

—Me gustaría ayudarla, Cassel. Barron y tú sois importantes para este programa. Nos gustaría mantener unida a vuestra familia.

Asiento con la cabeza, sin decir nada en realidad.

A los delincuentes les echan el guante tarde o temprano. Es algo que aceptas cuando entras en este mundillo. Pero quizá con los agentes del gobierno no pase lo mismo. Quizá sus madres nunca pisen la cárcel. Supongo que debería estar deseando que fuera así.

Visto desde fuera, el edificio no llama la atención: una sobria estructura de hormigón de tamaño mediano en mitad de un aparcamiento, con ventanas polarizadas que reflejan la luz del atardecer. Nadie sospecharía que hay una agencia federal en las plantas superiores, principalmente porque el letrero de la fachada dice RICHARDSON & Co., ADHESIVOS Y SELLADORES, y casi todos los que entran y salen llevan trajes elegantes.

Los árboles están marrones o sin hojas; el frío viento de octubre difumina los tonos rojizos y dorados de principios de otoño. Mi Benz está donde lo he dejado, recordándome la vida que podría haber tenido si hubiera aceptado la oferta del padre de Lila y me hubiera convertido en su arma secreta.

Cada vez estoy más convencido de que estoy tirando piedras contra mi propio tejado.

Conduzco hasta Wallingford y llego con el tiempo justo para dejar la bolsa de deporte y comerme una barrita de muesli antes de ir a ver a Daneca a la biblioteca. Subo al trote las escaleras y estoy a punto de abrir la puerta de mi habitación cuando me doy cuenta de que ya está abierta.

—¿Hola? —digo al entrar.

En mi cama hay una chica sentada. La he visto alguna vez por el campus, pero creo que no hemos hablado nunca. Es de segundo, asiática (coreana, me parece), con una larga melena negra que le cae hasta la cintura como una cascada. Lleva unos gruesos calcetines blancos casi hasta la rodilla y los ojos maquillados de un color azul resplandeciente. Me mira, entornando esos ojos de largas pestañas, y sonríe con timidez.

Debo reconocer que me quedo un poco aturullado. Estas cosas no suelen pasar.

—¿Estás esperando a Sam?

—Quería hablar contigo. —Se pone de pie, recogiendo su mochila rosa y mordiéndose el labio inferior—. Me llamo Mina. Mina Lange —añade con un titubeo.

—No deberías estar en mi habitación, la verdad —le digo, soltando mi bolsa de deporte.

Su sonrisa se ensancha.

—Ya lo sé.

—Yo tengo que irme ya —continúo, mirando la puerta de reojo. No sé a qué está jugando Mina, pero la última vez que apareció una chica en mi cama, todo se fue a tomar por saco. No soy precisamente optimista—. No quiero ser maleducado, Mina, pero si quieres decirme algo, es mejor que me lo digas ya.

—¿No te puedes quedar? —pregunta, avanzando un paso hacia mí—. Tengo que pedirte un favor muy grande y no me puede ayudar nadie más.

—Me extraña. —La voz me sale un poco ahogada. Pienso en Daneca y en todas las cosas que tengo que explicarle. Lo último que necesito ahora es llegar con retraso y tener que explicarle eso también—. Pero si es importante, supongo que puedo esperar un par de minutos.

—¿Y si vamos a otro sitio? —me dice. Lleva un brillo de labios rosado que les da un aspecto suave y terso. Se enrosca un mechón de pelo en el dedo de su guante blanco y juguetea con él—. Por favor.

—Mina, dímelo de una vez —insisto, pero mi tono de voz no impone demasiado. No me importa regodearme en la ilusión de que yo soy el único que puede hacer algo absolutamente vital para ayudar a una chica guapa, aunque no me la trague. No me importa esperar y fingir un poco más.

—Tienes cosas que hacer —dice ella—. No debería retrasarte. Sé que tú y yo no… Sé que no me conoces de nada. Y todo esto es culpa mía. Pero, por favor, ¿podemos hablar en otro momento?

—Sí. Por supuesto. Pero ¿no querías…?

—No, volveré más tarde —me interrumpe—. Sabía que serías majo conmigo, Cassel. Lo sabía.

Al salir de la habitación, pasa tan cerca de mí que noto el calor de su cuerpo. Al cabo de un momento oigo sus pasos alejándose rápidamente por el pasillo. Me quedo plantado en mitad de mi habitación durante un buen rato, intentando entender lo que acaba de ocurrir.

El aire fresco se ha convertido en ese frío que te cala los huesos y se te cuela hasta el tuétano. Ese frío que te hace seguir tiritando después de haber entrado en un sitio cálido, como si tuvieras que esperar a que se te descongelasen las venas. Casi he llegado a la biblioteca.

—Hola —dice alguien a mi espalda. Conozco esa voz.

Me doy la vuelta.

Lila me mira desde el césped. Lleva un abrigo largo y negro; al hablar se le condensa el aliento, como si fueran fantasmas de palabras no pronunciadas. Ella misma parece un espectro blanco y negro, a la sombra de los árboles desnudos.

—Mi padre quiere verte.

—Vale. —Dicho esto, la sigo. Sin rechistar. Creo que si Lila se tira-ra por un puente, yo iría detrás.

Me lleva hasta un Jaguar XK plateado que espera en el aparcamien-to. No sé cuándo ha conseguido ese coche (ni cuándo se ha sacado el carnet). Quiero hacer algún comentario, felicitarla o algo por el estilo, pero en cuanto abro la boca me pone una cara que hace que me trague las palabras.

Me acomodo en silencio en el asiento del copiloto y saco el móvil. El coche huele a chicle de hierbabuena, perfume y humo de tabaco. En el portavasos hay una botella de refresco light medio vacía.

Le mando un mensaje a Daneca: *Esta noche no voy a poder.*

Unos segundos después empieza a sonarme el móvil, pero lo pongo en vibración y lo ignoro. Me siento mal por tener que dejarla plantada después de haberle prometido ser más sincero con ella, pero se me an-toja imposible explicarle a dónde voy (y por qué).

Lila me echa una mirada. Tiene media cara iluminada por una fa-rola, cuya luz le dora las pestañas rubias y la ceja arqueada. Es tan guapa que me duelen los dientes. En primer curso, en clase de Psicolo-gía, el profesor nos contó la teoría de que todos tenemos un «instinto de muerte», una parte de nosotros que nos empuja hacia el olvido, hacia el inframundo, hacia Tánatos. Es una sensación sobrecogedora, como dar un paso al vacío desde la azotea de un rascacielos. Así me siento ahora.

—¿Dónde está tu padre? —le pregunto.

—Con tu madre —responde Lila.

—¿Está viva? —Mi sorpresa es tal que no deja sitio al alivio. ¿Mi madre está con Zacharov? No sé qué pensar.

Lila me devuelve la mirada, pero su sonrisa no me ofrece ningún consuelo.

—Por ahora.

El coche arranca y salimos del aparcamiento. Veo mi rostro refleja-do en la curva de la ventanilla tintada. Puede que me esté dirigiendo a mi propia ejecución, pero no parezco demasiado consternado.

Capítulo cuatro

Entramos en el garaje del sótano y Lila aparca en una plaza numerada, al lado de un Lincoln Town Car y dos BMW. Esto sería un paraíso para un ladrón de coches... salvo por el hecho de que cualquiera que sea tan tonto como para robarle a Zacharov seguramente acabará en el fondo del mar, con un bloque de cemento en los pies.

Cuando Lila apaga el motor, caigo en la cuenta de que esta va a ser la primera vez que veré el apartamento en el que vive cuando está con su padre. No ha dicho nada durante el trayecto, así que he tenido tiempo de sobra para preguntarme si Lila sabe que ayer la seguí, que la División de Minorías Autorizadas intenta reclutarme, que he visto cómo ordenaba un asesinato o que la pistola de Gage la tengo yo.

Y también si estoy a punto de morir.

—Lila. —Me giro y apoyo la mano enguantada en el salpicadero—. Lo que pasó entre tú y yo...

—Ni se te ocurra. —Me mira directamente a los ojos. Después de haberme pasado un mes evitándola, me siento desnudo ante su mirada—. Regálame el oído todo lo que quieras, capullo, pero no vas a volver a meterte en mi corazón con tus trolas.

—No quiero hacer eso —le aseguro—. Nunca lo he querido.

Lila sale del coche.

—Vamos. Tenemos que volver a Wallingford antes del toque de queda.

La sigo hasta el ascensor, procurando controlarme y desentrañar sus palabras. Pulsa el botón A3. Me imagino que la A es de «ático», porque el ascensor empieza a subir tan deprisa que se me taponan los oídos. Lila deja resbalar su bandolera del hombro y se encorva con su largo abrigo negro. Durante un momento la noto frágil y cansada, como un pájaro refugiándose de una tormenta.

—¿Cómo ha terminado mi madre aquí?

Lila suspira.

—Hizo algo muy grave.

No sé si se refiere al maleficio de Patton o a otra cosa. Pienso en la gema rojiza que mi madre llevaba en el dedo la última vez que la vi. Pienso también en una fotografía que encontré en la casa vieja, una foto de mi madre mucho más joven, en lencería y con pinta de Bettie Page, una foto que obviamente sacó un hombre que no era mi padre y que quizá fuera Zacharov. Me sobran motivos para estar preocupado.

Las puertas del ascensor se abren y nos dan paso a una inmensa estancia de paredes blancas, suelo de mármol blanco y negro y lo que parece ser un techo de madera de estilo árabe a cinco metros de altura como mínimo. No hay alfombra, así que nuestros pasos reverberan mientras caminamos hacia la chimenea encendida que hay al fondo, flanqueada por unos sofás y donde aguardan dos personas casi ocultas en la penumbra. Tres grandes ventanales nos muestran Central Park de noche, una mancha casi totalmente negra en la luminosa ciudad que la rodea.

Mi madre está sentada en uno de los sofás, con una bebida de color ambarino en la mano. Lleva un vestido blanco vaporoso que no me suena. Parece caro. Doy por hecho que se levantará de un brinco, que se mostrará tan vivaracha como siempre, pero la sonrisa con la que me recibe es sumisa, casi temerosa.

Pese a todo, casi me caigo al suelo de puro alivio.

—Estás bien.

—Bienvenido, Cassel —me dice Zacharov, de pie junto a la chimenea. Cuando llegamos, él se acerca a Lila y le da un beso en la frente. Parece el dueño de una mansión nobiliaria, en lugar de un sórdido jefe mafioso en su gran apartamento de Manhattan.

Inclino la cabeza, esperando que lo tome como un saludo respetuoso.

—Bonita casa.

Zacharov muestra su sonrisa de tiburón. Su cabello blanco parece dorado a la luz de la chimenea. Hasta sus dientes parecen dorados, algo que me recuerda desagradablemente a Gage y la pistola pegada con cinta en el armario.

—Lila, puedes ir a hacer los deberes.

Ella se toca sutilmente la garganta, rozando con los dedos enguantados las marcas que se hizo, las marcas que la convierten en un miembro oficial de su familia mafiosa y no solo en su hija; todo su semblante irradia furia. Zacharov apenas repara en ello. Estoy seguro de que no es consciente de que acaba de ningunearla como si fuera una niña.

Mi madre carraspea.

—Si te parece bien, Ivan, me gustaría hablar un momento con Cassel a solas.

Zacharov asiente.

Mi madre se levanta, se acerca, se me cuelga del brazo y me lleva por un pasillo hasta una inmensa cocina con suelo de ébano y una isla central con la encimera de piedra de color verde vivo, quizá malaquita. Mientras yo tomo asiento en un taburete, ella coloca una tetera de cristal transparente en uno de los fogones. Me da mala espina que parezca conocer bien el apartamento de Zacharov.

Quiero agarrarla del brazo para asegurarme de que esto esté pasando de verdad, pero ella va de acá para allá sin hacerme caso.

—Mamá, me alegro muchísimo de que... Pero ¿por qué no nos llamaste ni...?

—Cometí un grave error —dice mi madre—. Gravísimo. —Saca un cigarrillo de un estuche plateado, pero en lugar de encenderlo lo deja en la encimera. Nunca la había visto tan alterada—. Necesito tu ayuda, cariño.

Me recuerda inquietantemente a Mina Lange.

—Estábamos muy preocupados —insisto—. Llevamos semanas sin saber nada de ti. Y sales en las noticias, ¿sabes? Patton quiere tu cabeza.

—¿«Llevamos»? —pregunta con una sonrisa.

—Yo. Barron. El abuelo.

—Qué bien que tu hermano y tú os volváis a llevar bien. Mis niños.

—Mamá, sales en todos los telediarios. En serio. La poli te está buscando por todas partes.

Ella sacude la cabeza, desechando mis palabras.

—Cuando salí de la cárcel, quería ganar dinero cuanto antes. Estar allí encerrada fue muy duro para mí, cielo. Cuando no estaba preparando la apelación, me pasaba el tiempo planeando lo que haría cuando saliera. Tenía que cobrarme un par de favores y había escondido algunas cosas para cuando llegara una mala racha.

—¿Por ejemplo?

—El diamante de la resurrección —contesta, bajando la voz.

La he visto llevarlo. Se lo puso una vez, cuando salimos a comer después de la muerte de Philip. La gema es de un color muy característico, como una gota de sangre diluida en agua. Pero a pesar de haberlo visto, supuse que tenía que tratarse de un error, que me había equivocado. Aunque sabía que Zacharov llevaba un diamante falso en el alfiler de su corbata, eso no quería decir que hubiera perdido el auténtico. Y mucho menos que se lo hubiera robado *mi madre*.

—¿Lo robaste? —Muevo los labios sin hablar, señalando la sala de estar—. ¿Se lo robaste *a él*?

—Fue hace mucho tiempo.

No me puedo creer que hable de esto con tanta naturalidad. Yo sigo sin levantar la voz.

—¿Cuando te lo tirabas?

Después de tantos años, creo que por fin la he dejado sin palabras.

—Eh…

—Encontré una foto —continúo—. Mientras limpiaba la casa. Quien la sacó tenía el mismo anillo que llevaba Zacharov en una foto que vi en casa del abuelo. No estaba seguro, pero ahora sí.

Mi madre mira de reojo hacia la otra sala. Luego me mira a mí y se muerde el labio inferior, manchándose los dientes con pintalabios.

—Sí, de acuerdo, fue en esa época —confiesa—. Una de esas veces. El caso es que lo robé y encargué que fabricaran una copia. Pero sabía que él querría recuperar el auténtico, incluso después de tanto tiempo. No tenerlo le hace quedar mal.

Se está quedando muy corta. Si eres el jefe de una familia mafiosa, no te conviene que la gente se entere de que te robaron tu posesión más preciada. Y desde luego no te conviene que se entere de que te la robaron hace años y que desde entonces llevas una falsificación encima. Y mucho menos si tu posesión más preciada es el diamante de la resurrección, el cual, según las leyendas, hace invulnerable a su portador. Si lo pierdes, de pronto todos te considerarán vulnerable.

—Sí —contesto sin más.

—Así que se me ocurrió vendérselo.

—¿Que *qué*? ¿Te has vuelto loca? —Esta vez se me ha olvidado bajar la voz.

—No iba a pasarme nada.

Se lleva el cigarrillo a la boca y se inclina sobre el quemador de la cocina para encenderlo. Le da una profunda calada, haciendo brillar las brasas, y sopla para echar el humo.

El agua del té empieza a hervir. Veo que le tiembla la mano.

—¿No le importa que fumes en su casa?

—Tenía un buen plan —continúa sin responderme—. Iba a venderlo a través de un intermediario y todo. Pero resultó que yo tampoco tenía el auténtico. La gema ha desaparecido.

Me la quedo mirando fijamente un buen rato.

—¿Entonces alguien encontró el tuyo y te dio el cambiazo?

Ella asiente rápidamente.

—Tuvo que ser eso.

Esto se está convirtiendo en una de esas historias en las que cada nuevo dato es peor que el anterior. No quiero pedir más detalles, pero sospecho que no tengo más remedio.

—¿Y?

—Bueno, a Ivan no le habría importado pagar un poco de dinero para recuperarlo, sobre todo porque seguramente ya había renunciado a que le devolvieran el auténtico. Creo que habría aceptado el trato sin más. Pero cuando descubrió que esa gema también era falsa, mató al intermediario y averiguó que yo estaba detrás.

—¿Cómo lo averiguó?

—Resulta que, para matar al intermediario, primero...

Levanto la mano para interrumpirla.

—Está bien. Mejor nos saltamos esa parte.

Ella le da otra calada al cigarrillo y dibuja tres anillos de humo perfectos. De niño me encantaban. Intentaba meter la mano por el centro sin romperlos con el movimiento del aire, pero nunca lo conseguía.

—Así que Ivan... se enfadó. Pero él me conoce, claro, y decidió no matarme directamente. Nos conocemos desde hace mucho. Me dijo que tenía que hacer un trabajo para él.

—¿Un trabajo?

—Patton —contesta—. A Ivan siempre le ha interesado el gobierno. Decía que era importante impedir que la propuesta 2 fuera aprobada en Nueva Jersey. Si fuera aprobada en un estado, podría serlo en cualquier otro. Yo solamente tenía que conseguir que Patton renunciara a ello. Ivan creía que entonces todo el asunto se vendría abajo solo...

Me llevo la mano a la frente.

—Espera. Un momento. ¡No tiene ningún sentido! ¿Cuándo fue todo eso? ¿Antes de que muriera Philip?

La tetera empieza a silbar.

—Oh, sí —dice mi madre—. Pero lo fastidié, ¿sabes? El trabajo. No conseguí desacreditar a Patton en absoluto. De hecho, creo que ahora las posibilidades de que se apruebe la propuesta 2 son más altas que nunca. Ya sabes que la política nunca ha sido lo mío, cielo. Yo sé convencer a los hombres de que me hagan regalos y sé cuándo largarme antes de que la cosa se tuerza. Los asistentes de Patton, esos metomentodo, siempre estaban haciendo preguntas e investigándome. Yo no trabajo así.

Asiento con la cabeza, perplejo.

—Así que ahora Ivan dice que tengo que recuperar la gema. ¡Pero yo no tengo ni idea de dónde está! Y dice que no dejará que me vaya hasta que se la devuelva. Pero ¿cómo se la voy a devolver si ni siquiera puedo buscarla?

—Y por eso estoy yo aquí.

Mi madre se echa a reír. Por un momento casi parece la misma.

—Exacto, cariño. Vas a encontrar la gema de mamá para que pueda volver a casa.

Claro. Saldrá bailando del apartamento de Zacharov y caerá en brazos de todos los policías de Nueva Jersey. Pero asiento de nuevo, intentando asimilar todo lo que ha dicho.

—Espera. Cuando quedé contigo y con Barron para ir a comer *sushi*, la última vez que te vi, llevabas puesto el anillo. ¿Zacharov ya te había encargado lo de Patton?

—Sí. Ya te lo he dicho. Pero pensé que, ya que el diamante era falso, no pasaba nada por llevarlo puesto.

—¡Mamá!

Zacharov aparece en el umbral como una sombra de cabello plateado. Pasa de largo, se dirige al fogón y apaga la tetera. Cuando esta deja de silbar, me doy cuenta del ruido que estaba haciendo.

—¿Habéis terminado ya? —nos pregunta—. Lila dice que tiene que volver a Wallingford. Si quieres irte con ella, te sugiero que lo hagas ahora mismo.

—Un minuto más —le digo. Me sudan las manos bajo los guantes. No sé ni por dónde empezar a buscar el auténtico diamante de la resurrección. Y si no lo encuentro antes de que a Zacharov se le agote la paciencia, mi madre podría terminar muerta.

Zacharov nos mira fijamente, primero a mi madre y luego a mí.

—Daos prisa —nos dice antes de alejarse por el pasillo.

—Vale. —Me vuelvo hacia mi madre—. ¿Dónde viste la gema por última vez? ¿Dónde la guardabas?

Ella asiente.

—La escondía envuelta en un camisón, al fondo de un cajón de mi cómoda.

—¿Seguía allí cuando saliste de la cárcel? ¿Exactamente en el mismo sitio?

Ella asiente de nuevo.

Mi madre tiene dos cómodas, ambas ocultas tras inmensos montones de zapatos, abrigos y vestidos, algunos podridos y la mayoría apolillados. La idea de que alguien haya estado hurgando en ese amasijo y después en sus cajones me parece improbable, sobre todo si no sabía que la gema estaba en el dormitorio.

—¿Y nadie más sabía que estaba ahí? ¿No se lo contaste a nadie? ¿Ni en la cárcel ni en ningún otro momento? ¿A nadie?

Ella niega con la cabeza. La ceniza del cigarrillo se está acumulando. Le va a caer en el guante.

—A nadie.

Pienso durante un rato.

—Has dicho que cambiaste la gema por otra falsa. ¿Quién la fabricó?

—Un falsificador de Paterson, amigo de tu padre. Sigue en el negocio y tiene fama de discreto.

—Quizá fabricó dos falsificaciones y se quedó con el diamante auténtico. —Ella no parece convencida—. ¿Me apuntas su dirección? —Miro hacia el pasillo—. Hablaré con él.

Se pone a abrir unos cuantos cajones de la cocina. Un taco de madera con cuchillos. Servilletas. Finalmente encuentra un bolígrafo en un cajón lleno de rollos de bolsas de basura y cinta adhesiva. Me escribe los datos en el brazo. «Bob – Central Fine Jewelry» y la palabra «Paterson».

—A ver qué puedo averiguar —le digo mientras me despido con un rápido abrazo. Ella me abraza también y me estruja hasta que me duelen los huesos. Luego me suelta, me da la espalda y arroja el cigarrillo al fregadero—. Todo se va a arreglar —le digo. No me contesta.

Vuelvo a la sala de estar. Lila me está esperando con el abrigo puesto y la bandolera al hombro. Zacharov está a su lado. Los dos me miran con expresión distante.

—¿Entiendes lo que tienes que hacer? —me pregunta Zacharov.

Asiento con la cabeza.

Nos acompaña al ascensor. Está justo donde otros tendrían la puerta principal de su apartamento. El exterior es dorado, con un sinuoso patrón grabado en la superficie.

Cuando las puertas se abren, me doy la vuelta para mirarlo. Sus ojos azules son tan fríos como el hielo.

—Como toque a mi madre, le mato —le digo.

Zacharov me sonríe.

—Así me gusta, chico.

Las puertas se cierran. Lila y yo nos quedamos solos. La luz del techo parpadea cuando el ascensor empieza a bajar.

Salimos del garaje y nos dirigimos al túnel que se aleja de la ciudad. Vemos pasar las luces de los bares, los restaurantes y los clubes que vomitan parroquianos en las aceras. Los taxis tocan el claxon. La noche de Manhattan empieza a arrancar en toda su humeante gloria.

—¿Podemos hablar? —le pregunto a Lila.

Ella niega con la cabeza.

—De eso nada, Cassel. Creo que ya me has humillado suficiente.

—Por favor. Solo quiero decirte que siento mucho…

—Déjalo. —Lila enciende la radio y pasa por varias emisoras. En las noticias, el locutor comenta que el gobernador Patton ha cesado a todos los individuos hiperbatigámmicos que ocupaban puestos gubernamentales, incluso a los que no han cometido delito alguno. Al final pone una emisora que escupe música pop a todo trapo. Una chica canta una canción que habla de bailar en la mente de otra persona y dar color a sus sueños. Lila sube el volumen.

—No quería hacerte daño —grito para hacerme oír por encima de la música.

—La que te va a hacer daño soy *yo*, como no te calles —me grita ella a su vez—. Sí, ya lo sé. Lo pasaste fatal al tenerme llorando, suplicándote que fueras mi novio y echándome en tus brazos. Recuerdo las caras que ponías. Recuerdo todas las mentiras. Seguro que fue muy embarazoso. Para los dos.

Pulso el botón de la radio y se hace un silencio repentino en el coche. Cuando hablo, noto la voz ronca:

—No. No fue así. Tú no lo entiendes. Te deseaba. Te *quiero* más de lo que he querido a nadie. Más de lo que nunca querré a nadie. Y aunque me odies, me alivia poder contártelo. Quería protegerte de mí y de mis sentimientos, porque no me fiaba de mí mismo. Tenía que recordarme constantemente que no era verdad, que tú no sentías lo mismo que yo... En cualquier caso, lo siento. Lamento que sientas vergüenza. Y me apena haberte hecho sentir así. Espero que no... Siento haber dejado que las cosas llegaran tan lejos.

Durante un buen rato nos quedamos los dos callados. Luego Lila da un volantazo hacia la izquierda; las ruedas chirrían cuando se sale de la carretera y da la vuelta para regresar a la ciudad.

—Vale, ya está —le digo—. Ya me callo.

Ella estampa la mano contra la radio, encendiéndola otra vez y subiendo tanto el volumen que el coche queda ahogado en sonido. Tiene el rostro vuelto, pero le brillan los ojos como si los tuviera húmedos.

Recorremos otra manzana y de pronto Lila detiene el coche junto a la acera. Estamos delante de la estación de autobuses.

—Lila...

—Bájate. —Sigue sin mirarme y le tiembla la voz.

—Venga ya. No puedo ir en autobús. En serio. Llegaré después del toque de queda y me expulsarán. Ya tengo dos sanciones.

—No es problema mío. —Rebusca en su bolso, saca unas voluminosas gafas de sol y se las pone, ocultándome gran parte de su rostro. Aunque sus ojos eran mucho más expresivos, veo que tiene las comisuras de la boca tensas y curvadas.

Es evidente que está llorando.

—Por favor, Lil. —No la llamaba así desde que éramos niños—. No diré ni una palabra durante todo el viaje. Te lo juro. Y lo siento.

—Dios, cómo te odio —me suelta—. Te odio a muerte. ¿Por qué los chicos creéis que es mejor mentirnos, decirnos que nos queréis mucho y que nos habéis dejado por nuestro propio bien? ¿Que si habéis intentado reordenarnos el cerebro, ha sido por nuestro propio bien? ¿Así te sientes mejor, Cassel? ¿Eh? Porque desde mi punto de vista, es una mierda.

Abro la boca para negarlo, pero entonces me acuerdo de que he prometido no hablar. Me limito a negar con la cabeza.

De pronto el coche se aleja de la acera, acelerando tanto que la inercia me estampa contra el asiento. No despego los ojos de la carretera. Guardamos silencio hasta que llegamos a Wallingford.

Me acuesto cansado y me levanto agotado.

Mientras me pongo el uniforme, no puedo dejar de pensar en el frío y enorme apartamento de Zacharov, donde está encerrada mi madre. ¿Qué sentirá Lila al despertarse un sábado y entrar en esa cocina para prepararse un café?

Me pregunto cuánto tiempo será capaz de mirar a mi madre antes de confesarle a Zacharov lo que le hizo. Me pregunto si, cada vez que la ve, Lila recuerda lo que sentía al verse obligada a amarme. Me pregunto si cada vez me odiará un poquito más.

La veo de nuevo en su coche, con la cabeza girada y los ojos llenos de lágrimas.

No sé cómo hacer que Lila empiece a perdonarme. Y no tengo ni idea de cómo ayudar a mi madre. Lo único que se me ocurre para aplacar a Zacharov, aparte de buscar el diamante, sería acceder a trabajar para él. Lo cual significaría traicionar a los federales. Lo cual significaría renunciar a mi propósito de ser mejor persona. Y una vez que empiece a trabajar para los Zacharov… En fin, ya se sabe que es imposible saldar una deuda con la mafia. Los intereses siempre crecen.

—Vamos —dice Sam, alborotándose el pelo al rascarse la cabeza—. Vamos a perdernos el desayuno otra vez.

Respondo con un gruñido y voy al cuarto de baño para cepillarme los dientes. Me afeito. Cuando me aparto el pelo de la cara, hago una mueca al ver lo rojos que tengo los ojos.

En la cafetería me preparo un moca con café y un sobre de chocolate en polvo. El azúcar y la cafeína me espabilan lo suficiente para resolver un par de problemas que tenía pendientes para la clase de Probabilidad y Estadística. Kevin Brown me fulmina con la mirada desde la otra punta de la cafetería. Tiene un moratón cada vez más oscuro en el pómulo. No puedo evitarlo: le sonrío de oreja a oreja.

—¿Sabes? Si hicieras los deberes por la noche, no tendrías que hacerlos durante otras clases —me dice Sam.

—Tampoco si alguien que yo me sé me dejara copiar.

—De eso nada. Ahora vas por el buen camino. Nada de hacer trampas.

Suelto un lamento y me levanto, apartando la silla.

—Te veo a la hora de comer.

Escucho los anuncios matinales desplomado en una silla, usando los brazos como almohada. Entrego los deberes hechos deprisa y corriendo y apunto los problemas nuevos de la pizarra. Al final de la tercera clase, mientras salgo del aula de Lengua y avanzo a trompicones por el pasillo, una chica se materializa a mi lado.

—Hola —dice Mina—. ¿Te importa que te acompañe?

—Eh, claro que no… —Frunzo el ceño. Nadie me lo había preguntado nunca—. ¿Estás bien?

Mina titubea un momento y luego me suelta rápidamente:

—Me están chantajeando, Cassel.

Dejo de caminar y me la quedo mirando un buen rato, mientras los estudiantes pasan de largo.

—¿Quién?

Ella sacude la cabeza.

—No lo sé. Eso da igual, ¿no?

—Supongo. Pero ¿qué puedo hacer yo?

—Algo —contesta—. Tú conseguiste que expulsaran del colegio a Greg Harmsford.

—No.

Ella me mira con los ojos entornados.

—Por favor. Necesito que me ayudes. Sé que tú eres capaz de solucionar problemas.

—La verdad, no creo que yo pueda...

—Sé que hiciste desaparecer rumores. Aunque fueran ciertos.

—Baja la vista mientras me habla, como si le diera miedo que me enfadase.

Suspiro. Ser el corredor de apuestas del colegio tenía sus ventajas.

—No he dicho que no lo vaya a *intentar*. Solo digo que no esperes mucho.

Mina me sonríe y se echa sobre los hombros esa resplandeciente melena negra, que resbala por su espalda como una capa.

—Y —añado, levantando la mano como para advertirle que no se emocione todavía— vas a tener que contarme lo que pasa. Desde el principio. —Ella asiente y su sonrisa flaquea un poco—. Estaría bien que me lo contaras ya. Claro que también puedes seguir retrasándolo y...

—Hice unas fotos. —Aprieta los labios con nerviosismo—. Unas fotos donde salía yo... desnuda. Iba a enviárselas a mi novio. No llegué a hacerlo, pero las dejé guardadas en mi cámara. Qué tonta, ¿verdad?

Hay preguntas para las que no hay una buena respuesta.

—¿Quién es tu novio?

Mina baja la mirada y alarga la mano para ajustarse la correa de la mochila, un gesto que la hace parecer más pequeña y vulnerable.

—Ya hemos roto. Él ni siquiera lo sabía. Es imposible que haya tenido nada que ver.

Está mintiendo.

No sé en qué me miente exactamente, pero ahora que hemos llegado a los detalles, sus gestos la delatan. No me mira a los ojos. No puede dejar las manos quietas.

—Entonces supongo que alguien las encontró... —digo, animándola a continuar. Ella asiente.

—Me robaron la cámara hace dos semanas. Luego, el domingo pasado, alguien deslizó una nota bajo mi puerta. Decía que tengo una semana para conseguir cinco mil dólares. Tengo que llevarlos al campo de béisbol a las seis de la mañana del martes que viene o les enseñarán las fotos a todo el mundo.

—¿Al campo de béisbol? —Frunzo el ceño—. A ver esa nota.

Mina busca en su mochila y me entrega una hoja de papel blanco doblada, seguramente de una de las salas de informática del campus. La nota dice exactamente lo que me acaba de decir.

Frunzo el ceño otra vez. Algo no encaja.

Mina traga saliva.

—No tengo tanto dinero como me piden, pero podría pagarte a ti. Podría pagarte... de alguna manera.

Por su forma de decirlo, batiendo las pestañas y bajando la voz, sé lo que insinúa. Y aunque no creo que esté dispuesta a hacerlo de verdad, parece que le da miedo probar esta táctica.

A muchas personas las timan porque no se enteran de nada. Por su credulidad. Pero hay muchas víctimas que sospechan cuando alguien intenta timarlas. Quizá la inversión inicial sea lo bastante pequeña para que puedan permitirse perderla. Quizá estén aburridas. O sean optimistas. Pero os sorprendería saber cuánta gente se mete en un timo a pesar de saber que hay muchas probabilidades de que *sea* un timo. Todas las señales están ahí. Pero las ignoran una y otra vez. Porque quieren creer en las posibilidades. Y aunque no sean tontos, se van dejando llevar.

—¿Entonces vas a ayudarme? —me pregunta—. ¿Lo vas a intentar?

La falta de talento para mentir de Mina me conmueve. Sé que me está timando (como todos esos incautos), pero viendo este conato de manipulación tan evidente, no tengo ánimos para rechazarla.

—Lo intentaré.

No entiendo lo que está pasando, salvo que una chica guapa me está mirando como si yo fuera capaz de resolver todos sus problemas. Quiero ayudarla, aunque estaría bien que me contara en qué consisten de verdad esos problemas.

Ahora mismo me vendría muy bien una pequeña victoria.

Mina se abraza a mi cuello para darme las gracias. Huele a gel de ducha de coco.

Capítulo cinco

Entro discretamente en el aula de Física y ocupo mi nuevo asiento al lado de Daneca, que está abriendo su cuaderno y alisándose la falda negra. Se gira y me lanza una mirada venenosa. Yo desvío la vista y me fijo en el ribete dorado de la insignia de Wallingford que lleva en el bolsillo de la chaqueta. Se le está deshilachando.

—Perdona por no haber podido ir a la biblioteca ayer —le digo, llevándome la mano enguantada al corazón—. Quería ir, de verdad.

Daneca no me contesta. Agarra su cabello castaño con mechas moradas, se hace un moño no muy apretado y se lo sujeta con el coletero que lleva en la muñeca. Me da la impresión de que debería deshacérsele, pero aguanta.

—Ayer vi a Lila —continúo—. Tenía que contarme algo sobre mi familia. Era urgente, de verdad. —Daneca suelta un resoplido—. Pregúntaselo a ella si no me crees.

Saca un lapicero mordisqueado de su mochila y me señala con él.

—Si te hago una pregunta, ¿me dirás la verdad?

—No sé.

Hay cosas de las que no puedo hablar y otras de las que no sé si quiero. Pero al menos le estoy diciendo la verdad sobre mi incertidumbre. A mí me parece algo positivo, aunque no creo que ella piense igual.

—¿Qué fue de la gata que sacamos del refugio de animales?

Titubeo.

Ese es el problema de decir la verdad: las personas inteligentes deducen lo que no les cuentas tú. Una mentira puede ser perfecta e impenetrable. Pero la verdad siempre es caótica. Cuando le conté a Daneca que mis hermanos me habían alterado la memoria, que querían que matara a Zacharov y que habían tenido prisionera a Lila, omití un dato esencial. No le conté que soy un obrador de la transformación.

Me daba miedo. Estaba depositando mucha confianza en ella y no me atrevía a revelarle ese último secreto. Y también me daba miedo el secreto en sí, me asustaba decirlo en voz alta. Pero ahora Daneca ha estado atando cabos y ha encontrado el dato que falta. La gata que vio en mis brazos... y que ya no ha vuelto a ver nunca.

—Puedo explicarlo.

Daneca sacude la cabeza.

—Sabía que dirías eso. —Me da la espalda.

—¡Venga! Puedo explicarlo, de verdad. Dame una oportunidad.

—Ya te la di —susurra mientras la doctora Jonahdab empieza a pasar lista—. Y la cagaste.

Por muy cabreada que esté Daneca, sé que siempre quiere respuestas. A lo mejor es que piensa que ya las tiene.

Algo la ha llevado a reflexionar sobre cosas que pasaron hace siete meses. Tiene que haber sido Lila; le habrá dicho algo. Puede que incluso le haya contado que soy un obrador de la transformación, que por mi culpa se pasó años encerrada en un cuerpo que no era el suyo, que ella era esa gata que robamos. Daneca y Lila pasan mucho tiempo juntas últimamente. Quizá Lila necesitaba a alguien con quien pudiera hablar. El secreto es tan mío como de ella.

Y ahora parece que ese secreto también es de Daneca.

Me salto el entrenamiento de atletismo, me desplomo en el sofá de la sala común de mi residencia y busco «Central Fine Jewelry en Paterson» en Google. Sale una página web muy cutre en la que anuncian que compran oro y aceptan ventas por consignación. Solo abre hasta las seis, así que es imposible que llegue antes de que cierren.

Llamo al número que aparece. Me hago pasar por un cliente habitual y pregunto cuándo estará Bob, ya que es el único al que puedo confiarle ciertas joyas antiguas. La mujer que contesta me dice con voz malhumorada que Bob estará el domingo. Le doy las gracias y cuelgo. Parece que ya tengo planes para este fin de semana.

Central Fine Jewelry no parece la clase de local en el que alguien seguiría trabajando después de haber ganado una fortuna vendiendo el diamante de la resurrección, así que no tengo muchas esperanzas.

En la web hay una sección de amuletos. Parecen auténticos, porque no ofrecen amuletos de la transformación. Que los anunciasen sería una señal segura de estafa, porque solamente un obrador de la transformación puede crearlos. La mayoría de las piedras del inventario son contra la magia de la suerte. También hay unos cuantos amuletos menos habituales, que te protegen de los obradores de la memoria o de la muerte... Bueno, te protegen una vez, porque luego el amuleto se parte y no te queda más remedio que comprarte otro, pero no veo nada que me parezca demasiado bonito para ser verdad. Si Bob conocía a mi padre, debía de tener vínculos con los obradores de maleficios. Y su inventario demuestra que aún los tiene.

Tiene sentido que un falsificador trabaje con obradores. Como la magia de maleficios es ilegal, utilizarla te convierte en un delincuente. Y los delincuentes hacen piña.

Eso me hace pensar inevitablemente en Lila.

Por mucho que me odie ahora, me va a odiar muchísimo más cuando firme esos documentos y me convierta en un agente federal. En Carney, donde pasábamos los veranos de pequeños, si un obrador de maleficios se vendía al gobierno, lo consideraban un traidor, lo peor de lo peor. Alguien que no merecía ni que le escupieran encima aunque se estuviera quemando vivo.

Una parte de mí siente un perverso placer por estar haciendo la única cosa capaz de hacer que una panda de asesinos, timadores y embusteros se echen las manos a la cabeza, escandalizados.

Seguro que no me creían capaz.

Pero nunca he querido hacer daño a Lila (al menos no más del que ya le he hecho). Y sin importar lo que piensen de mí, nunca dejaré que el gobierno le eche el guante.

Jace, otro alumno de último curso, entra en la sala común y enciende el televisor. Pone un *reality* sobre unas reinas de la belleza que sobreviven en una isla desierta. No le presto atención. Empiezo a darle vueltas a lo de Mina Lange y su chantaje.

Prefiero no saber por qué he pasado de pensar en Lila a pensar en Mina.

Repaso su historia una y otra vez, intentando sacar alguna pista de lo poco que me ha contado. ¿Por qué el ladrón tardó dos semanas en empezar a chantajear a Mina después de haberle robado la cámara? Además, al que roba una cámara normalmente le interesa la cámara en sí, no su contenido. ¿Quién se pone a rebuscar en las fotos de otra persona? Aunque, pensándolo bien, la mayoría de los alumnos de Wallingford tienen dinero de sobra para comprarse una cámara y es sorprendente la cantidad de niños ricos que roban solo por diversión. Hurtan comida en la tienda de la esquina, se cuelan en la habitación de otro alumno para robarle una caja de galletas o fuerzan una puerta como buenamente pueden para llevarse un iPod.

Por desgracia, eso no hace más que ampliar la lista de sospechosos, en lugar de reducirla. El chantajista podría ser cualquiera. Y es más que probable que lo de los cinco mil dólares y el campo de béisbol sea una simple broma para asustar a Mina. Esa crueldad indirecta apunta a una o varias chicas. Sean quienes fueren, seguramente solo quieren hacerle pasar un mal rato a Mina.

Si estoy en lo cierto, es un timo bastante bueno. Aunque Mina se dé cuenta de que van de farol, no puede hacer gran cosa, porque no quiere que las fotos salgan a la luz. Seguramente esas chicas no pueden evitar reírse entre dientes cada vez que Mina entra en la cafetería o meterse con ella en clase, aunque no aludan directamente a las fotos.

Ojalá estuviera seguro de que Mina me ha contado la verdad.

Los agentes del FBI se ocupan de casos como este, ¿no? Ellos lo hacen a una escala mucho mayor, pero usan las mismas técnicas. Puedo tomarme esto como uno de los ejercicios que le encargan a Barron, salvo por que este es mío. Una pequeña investigación para practicar en secreto. Así, cuando finalmente me una a la DMA, habrá algo que se me dé mejor que a Barron.

Una pequeña investigación para demostrarme a mí mismo que estoy tomando la decisión correcta.

Sigo escurriéndome el coco para buscar maneras de hacer salir al chantajista cuando el *reality* se interrumpe para dar paso a una declaración del gobernador Patton. Está en la escalinata del juzgado, rodeado de micrófonos y despotricando:

—*¿Sabían ustedes que existen organismos del gobierno donde trabajan únicamente obradores de maleficios, obradores con acceso a sus archivos confidenciales? ¿Sabían que no se hacen pruebas a los candidatos a puestos de responsabilidad para determinar cuáles de ellos son delincuentes peligrosos en potencia? ¡Hay que arrancar de raíz a todos los obradores de nuestro gobierno! ¿Cómo vamos a proteger a nuestros representantes políticos cuando su personal, sus asistentes e incluso sus electores pueden estar conspirando para socavar las políticas destinadas a sacar a la luz a esos siniestros depredadores, solo porque esas políticas serían una molestia para ellos?*

Entonces la imagen pasa a la cara seria y perfectamente compuesta del periodista, que nos informa de que un senador de Nueva York, James Raeburn, también ha hecho una declaración para denunciar la posición de Patton. El senador Raeburn aparece frente a un telón azul, hablando desde un atril con el escudo del estado.

—*Me decepcionan profundamente las declaraciones y las acciones que el gobernador Patton ha hecho recientemente.* —Raeburn es joven para ser senador. Luce la sonrisa de los que están acostumbrados a convencer a la gente de cualquier cosa, pero no me parece un hipócrita. Quiero que me caiga bien. Me recuerda a mi padre—. *¿Acaso no nos enseñan que aquellos que superan las tentaciones son más virtuosos que los que nunca han hecho frente a sus propios demonios? ¿Acaso las personas que nacen hiperbatigámmicas, que se ven tentadas por la vida delictiva y animadas a usar su poder en beneficio propio, no son iguales que nosotros, que resistimos la tentación y optamos por trabajar para protegernos de quienes tienen menos escrúpulos? ¿No deberíamos rendirles homenaje, en lugar de someterlos a la caza de brujas del gobernador Patton?*

El periodista nos dice que pronto se dará más información y que seguramente otros miembros del gobierno harán declaraciones.

Busco a tientas el mando a distancia y cambio de canal para poner un concurso cualquiera. Jace ha encendido su portátil y no parece darse cuenta, por suerte. Es bueno que Patton esté distraído con otras cosas y ya no hable sobre mi madre, pero aun así no aguanto verle la cara.

Antes de cenar, subo a mi cuarto para dejar los libros. Cuando llego a lo alto de las escaleras veo a Sam acercándose por el pasillo a zancadas. Va todo despeinado y tiene el cuello y las mejillas enrojecidos. Los ojos le brillan demasiado, como les ocurre a los enamorados, los cabreados y los chiflados.

—¿Qué te pasa? —le pregunto.

—Quiere que le devuelva todas sus cosas. —Estampa la mano contra la pared, resquebrajando el yeso. Es un gesto tan impropio de él que me lo quedo mirando fijamente. Es un grandullón, pero nunca lo había visto usar la violencia.

—¿Daneca? —pregunto como un imbécil. Pues claro. ¿De quién más puede estar hablando? Lo que pasa es que no tiene sentido. Sí, se han peleado, pero por una tontería. Los dos se quieren más de lo que les importa un malentendido exagerado—. ¿Qué ha pasado?

—Me ha llamado y me ha dicho que hemos terminado. Que hace semanas que habíamos terminado. —Sam se encorva y recuesta la frente en el brazo apoyado en la pared—. Ni siquiera quiere venir ella misma a por sus cosas, para no verme. Le he dicho que lo siento, se lo he dicho por activa y por pasiva. Que haré cualquier cosa para recuperarla. ¿Qué más tengo que hacer?

—A lo mejor solo necesita tiempo.

Sam sacude la cabeza con tristeza.

—Ya está saliendo con otro.

—Qué va —protesto—. Venga ya, no te pongas...

—Es verdad —me interrumpe—. Me lo ha dicho ella misma.

—¿Con quién? —Intento recordar si he visto a Daneca hablando con algún chico, mirándolo o acompañándolo por los pasillos más de una vez. Si alguien se quedaba después de las reuniones de HEX para hablar con ella. Pero nada. No me la imagino con nadie.

Sam sacude la cabeza.

—No ha querido decírmelo.

—Oye —le digo—. Lo siento muchísimo. Voy a dejar la mochila y nos vamos del campus ahora mismo, a comer una pizza o algo. A salir de este antro durante un par de horas. —Pensaba hablar con Mina esta noche, en el comedor, pero desecho la idea.

Sam niega con la cabeza.

—No. Me apetece estar solo un rato.

—¿Estás seguro?

Asiente, se aparta de la pared y baja pesadamente las escaleras.

Entro en nuestra habitación y lanzo a la cama mi mochila con los libros. Me dispongo a salir otra vez cuando veo a Lila en el suelo, arrodillada, mirando bajo la cómoda de Sam. El cabello dorado y corto le cae sobre la cara. Lleva la camisa remangada y me fijo en que no se ha puesto medias, solo unos calcetines tobilleros.

—Hola —le digo, atónito.

Ella se incorpora. No consigo leer su expresión, pero me parece que se ha ruborizado un poco.

—No sabía que ibas a estar aquí.

—Vivo aquí.

Lila se gira y se sienta en el suelo con las piernas cruzadas y la falda plisada subida por encima de los muslos. Me esfuerzo por no mirar, por no recordar el tacto de su piel, pero es imposible.

—¿Sabes dónde está el búho de peluche de Daneca? Ella insiste en que se lo dejó aquí, pero Sam dice que no lo ha visto.

—Yo tampoco lo he visto.

Lila suspira.

—¿Y su ejemplar de *Roba este libro* de Abbie Hoffman?

—Eso sí —digo mientras lo saco de uno de mis cajones. Lila me mira mal—. ¿Qué? Lo tomé prestado porque creía que era de Sam.

Ella se levanta con un solo movimiento fluido y me quita el libro de la mano enguantada.

—No es eso. No sé. No sé cómo me he dejado convencer para hacer esto. Es que Daneca estaba muy alterada.

—¿Que estaba alterada? Ha sido ella la que le ha roto el corazón a Sam.

Espero a que Lila suelte alguna crueldad sobre Sam, sobre mí o sobre el amor en general, pero se limita a asentir.

—Sí.

—Anoche…

Lila sacude la cabeza y camina por la habitación.

—¿Y una camiseta que dice FRIKI Y A MUCHA HONRA? ¿La has visto?

Niego con la cabeza mientras ella recoge ropa del suelo.

—Veo que os habéis hecho muy amigas. Daneca y tú.

Lila se encoge de hombros.

—Está intentando ayudarme.

Frunzo el ceño.

—¿Con qué?

—Con los estudios. Voy un poco atrasada. Es posible que me vaya pronto de aquí.

Lila se yergue con una camiseta arrugada en la mano. Al mirarme, parece más triste que enfadada.

—¿Qué? ¿Por qué? —Avanzo un paso hacia ella. Recuerdo que Daneca comentó que Lila tenía que hacer deberes de refuerzo. Dejó de ir al colegio a los catorce años; tiene que ponerse al día con muchas cosas. Aun así, di por hecho que sería capaz. Di por hecho que ella podría con cualquier cosa.

—Si vine aquí, fue solo por ti. Los estudios no son lo mío. —Despega una postal de la pared de la cama de Sam, para lo cual tiene que subirse al colchón, encendiendo de paso todos mis malos pensamientos—. Vale, creo que ya está todo.

—Lila —le digo cuando se dirige a la puerta—. Eres una de las personas más inteligentes que conozco...

—Daneca tampoco quiere verte a ti —me interrumpe—. No sé qué le has hecho, pero creo que está más enfadada contigo que con Sam.

—¿Conmigo? —Bajo la voz para que no nos oigan—. Yo no le he hecho nada. Has sido tú quien le ha contado que te transformé en gata.

—¿Qué? —Lila se queda algo boquiabierta—. Tú estás loco. ¡Yo no se lo he contado!

—Ah —digo, totalmente perplejo—. Pensaba que habías sido tú. Daneca me ha estado haciendo un montón de preguntas raras. Perdóname. No he querido decir nada. Eso te pasó a ti y puedes contárselo si quieres. Yo no tengo derecho a...

Lila sacude la cabeza.

—Por tu bien, esperemos que no lo adivine sola. La loca de su madre es una activista de los obradores, seguro que Daneca iría a hablar con el gobierno. Terminarían presionándote para que entrases en uno de esos programas federales donde te lavan el coco.

Le muestro una sonrisa culpable.

—Bueno, me alegro de que no le hayas contado nada.

Lila pone los ojos en blanco.

—Sé guardar un secreto.

Mientras ella se marcha con las cosas de Daneca, me avergüenza darme cuenta de la cantidad de secretos míos que guarda Lila. Ha podido arruinarme la vida prácticamente desde que volvió a ser humana. Una sola palabra a su padre y estoy muerto. Y desde que mi madre la obró, tiene un motivo aún mayor. Es un milagro que no lo haya hecho. Y no tengo ni la menor idea de por qué no lo ha contado ahora que el maleficio se ha disipado.

Me tumbo en mi cama.

Me han criado desde pequeño para que fuera un timador, para que leyera lo que se oculta bajo las palabras de la gente. Pero ahora mismo soy incapaz de leer a Lila.

Durante la cena, Mina asegura que no conoce a nadie que pueda estar chantajeándola por rencor. Nadie se ha metido nunca con ella en Wallingford, nadie se ha reído de ella a sus espaldas. Se lleva bien con todo el mundo.

Nos sentamos juntos y cenamos sin prisa el pollo asado con patatas mientras ella responde a mis preguntas. Espero un rato por si Sam aparece, pero no. Lila tampoco entra en el comedor.

Después de insistirle un poco, Mina me cuenta que su exnovio no estudia en Wallingford. Por lo visto se llama Jay Smith y va a un instituto público, aunque no sabe decirme a cuál. Mina lo conoció en el centro comercial, pero no me da los detalles exactos. Los padres de Jay son muy estrictos, así que ella nunca ha estado en su casa. Cuando rompieron, Mina borró su número.

Todo son callejones sin salida.

Es como si Mina no quisiera que sospechase de nadie. Como si no quisiera que investigase aquello que me ha pedido que solucione.

Como si ella *ya supiera quién la chantajea*. Pero eso no tiene lógica. Si ya lo sabe, ¿por qué me mete en esto?

Cuando me levanto de la mesa, Mina me da un abrazo y me dice que soy el chico más majo del mundo. Aunque no lo piensa de verdad y seguramente lo dice por motivos equivocados, me gusta.

Cuando vuelvo a la habitación, me encuentro a Sam metido en la cama, con los auriculares puestos. Se pasa toda la hora de estudio ahí, suspirando. Duerme vestido.

El miércoles apenas habla, apenas come. En la cafetería, juega con la comida y responde a mis chistes más atroces con gruñidos. Cuando lo veo por los pasillos, parece que está poseído.

El jueves intenta hablar con Daneca después del desayuno y la persigue hasta el jardín del colegio. Yo salgo también, con un nudo de temor en el estómago. El cielo está nublado y hace tanto frío que no me sorprendería que cayera una granizada en lugar de llover. Wallingford parece descolorido y grisáceo. Por un momento Sam y Daneca están muy cerca el uno del otro; puede que Sam tenga una oportunidad. Pero entonces ella retrocede bruscamente y se aleja en dirección al centro académico, agitando las trenzas.

—¿Quién es? —vocifera Sam—. Dime quién es. Dime por qué es mejor que yo.

—No debería haberte dicho nada —chilla ella.

La gente quiere apostar por la identidad de ese novio misterioso, pero nadie se atreve a hablar con Sam para proponérselo. Merodea por el campus como un chiflado, con los ojos desorbitados. Cuando acuden a mí, me alegro mucho de haberme retirado del negocio.

El viernes estoy tan preocupado por Sam que lo obligo a venir a mi casa. Dejo el Benz en Wallingford y conducimos hasta la vieja casa de mi madre en el coche fúnebre de Sam, que funciona con grasa. Cuando llegamos, veo otro coche aparcado en la entrada. Ha venido el abuelo.

Capítulo seis

Voy hasta la puerta principal de la casa, seguido por Sam. No está cerrada con llave y se oye el traqueteo del lavaplatos. Mi abuelo está en la cocina, picando patatas y cebolla. Se ha quitado los guantes, dejando al descubierto los muñones ennegrecidos de sus dedos. Cuatro dedos, cuatro muertes. Es un obrador mortal.

Y con una de esas muertes me salvó la vida.

El abuelo levanta la mirada.

—Sam Yu, ¿no? El compañero de habitación.

Sam asiente.

—Has venido desde Carney —le digo—. Y estás haciendo la cena. ¿Qué ocurre aquí? ¿Cómo sabías que iba a venir a casa este fin de semana?

—No lo sabía. ¿Sabes algo de esa madre tuya? —pregunta el abuelo. Al ver mi vacilación, suelta un gruñido—. Lo suponía. No quiero que te mezcle en sus líos. —Señala a Sam con la frente—. ¿Este chico sabe guardar un secreto?

—Ahora mismo conoce casi todos los míos —contesto.

—¿Casi todos? —dice Sam, inclinando una comisura de la boca. Es lo más parecido a una sonrisa que le he visto desde hace días.

—Pues escuchadme bien los dos. Cassel, ya sé que es tu madre, pero no puedes hacer nada por ella. Shandra se ha metido hasta el cuello en algo muy gordo. Y tiene que salir ella sola. ¿Entiendes? —Asiento con la cabeza—. No me des la razón si no lo piensas —me advierte el abuelo.

—No voy a cometer ninguna locura. Solo intento encontrar algo que perdió. —Miro de reojo a Sam.

—Algo que *robó* —me corrige el abuelo.

—¿Le ha robado al gobernador Patton? —pregunta Sam, claramente apabullado.

—Ojalá ese imbécil fuera su única preocupación —dice el abuelo mientras sigue picando ingredientes—. Id a sentaros un rato. Voy a hacer filetes. Habrá de sobra para los tres.

Sacudiendo la cabeza, voy a la sala de estar y dejo la mochila al lado del sofá. Sam me sigue.

—¿Qué está pasando? ¿De quién habla tu abuelo?

—Mi madre robó una cosa y luego intentó venderle una réplica falsa al dueño. —Esa me parece la explicación más simple. Si le doy detalles, solo conseguiré confundirlo. Sam ya sabe que el padre de Lila es un jefe mafioso, pero no creo que se imagine que el padre de alguien puede ser potencialmente letal—. El tipo quiere el original, pero mi madre no recuerda dónde lo dejó.

Sam asiente despacio.

—Por lo menos está bien. Supongo que estará escondida, pero bien.

—Sí —contesto, aunque no me lo creo ni yo.

Me llega el olor de la cebolla friéndose en la sartén. Se me hace la boca agua.

—Tu familia es la hostia —dice Sam—. Dejan el listón muy alto.

Se me escapa la risa.

—Mi familia está como una cabra, ese es el único listón. Por cierto, no hagas caso a mi abuelo. Esta noche podemos hacer lo que te dé la gana. Colarnos en un club de *striptease*. Ver pelis malas. Llamar a alguna chica del colegio para vacilarla. Irnos a Atlantic City y perder todo nuestro dinero jugando al *gin rummy*. Lo que tú quieras.

—¿En Atlantic City juegan al *gin rummy*?

—Seguramente no —admito—. Pero apuesto a que podremos encontrar algún vejestorio al que no le importe jugar con nosotros y dejarnos limpios.

—Me apetece emborracharme —dice con aire melancólico—. Emborracharme tanto que me olvide de esta noche y de los últimos seis meses de mi vida, más o menos.

Sus palabras me hacen pensar desagradablemente en Barron y sus maleficios de la memoria. Me pregunto cuánto estaría dispuesto a pagar Sam ahora mismo con tal de conseguirlo. Olvidar a Daneca. Olvidar que la quería.

O hacer que ella olvide que ya no le quiere.

Eso era lo que Philip hacía con Maura, su mujer: Barron la hacía olvidar que quería abandonar a su marido. Pero no salió bien. Volvían a pelearse cada vez que ella se desenamoraba de él, exactamente igual que antes. Una y otra vez. Hasta que ella terminó pegándole un tiro en el pecho.

—¿Cassel? —dice Sam, dándome en el hombro con la mano enguantada—. ¿Hay alguien en casa?

—Perdona. —Sacudo la cabeza—. Emborracharnos. Vale. Déjame que evalúe la situación etílica.

Siempre ha habido un armario de licores en la sala de estar. No creo que nadie lo haya abierto desde que mi padre murió y mi madre fue a la cárcel, porque había tantos trastos delante que no resultaba fácil llegar hasta él. Encuentro un par de botellas de vino al fondo, algunos licores parduzcos con etiquetas que no me suenan y unas cuantas bebidas de aspecto más reciente delante. El cuello de las botellas está polvoriento. Las saco todas y las voy dejando en la mesa del comedor.

—¿Qué es el armañac? —le pregunto a Sam.

—Un *brandy* muy fino —contesta mi abuelo desde la cocina. Al cabo de un momento asoma la cabeza—. ¿Qué es todo eso?

—Los licores de mamá —contesto.

El abuelo examina la etiqueta de una botella de vino y luego la pone del revés.

—Tiene muchos posos. Una de dos: o es lo mejor que bebéis en vuestra vida o sabe a vinagre.

El inventario está compuesto por tres botellas de vino posiblemente rancio, el armañac, una botella de *whisky* de centeno casi llena, un *brandy* de pera con un trozo de fruta descolorido flotando y una botella de Campari, que tiene un color rojo vivo y huele a jarabe para la tos.

El abuelo descorcha las tres botellas de vino cuando nos sentamos a cenar. Sirve una copa de la primera. Tiene un color ambarino oscuro, casi igual que el *whisky*.

Sacude la cabeza.

—Nada. Para tirar.

—¿No deberíamos probarlo primero? —pregunto.

Sam mira a mi abuelo con aire nervioso, como si creyera que nos hemos metido en un lío por haber saqueado el armario de las bebidas. No hace falta que le diga que a casi todos mis conocidos les trae sin cuidado la edad legal para beber; bastaría con que recordara el convite del entierro de Philip.

El abuelo se echa a reír.

—Pruébalo si quieres, pero te vas a arrepentir. Seguramente el depósito de tu coche lo acepte mejor que tu estómago.

Decido fiarme de su palabra.

El segundo vino es casi tan negro como la tinta. El abuelo prueba un sorbo y sonríe.

—Esto ya es otra cosa. Vais a alucinar, niños. Paladeadlo bien.

En las revistas de lujo que lee mi madre cuando anda a la caza de hombres, analizan vinos y los elogian porque saben a cosas que a mí no me gustaría beber, como la mantequilla, la hierba recién cortada o el roble. Me hacían gracia esas descripciones, pero resulta que este vino sabe a ciruela y a pimienta negra, con un amargor delicioso que me inunda la boca.

—¡Vaya! —dice Sam.

Terminamos el vino y pasamos al *whisky*. Sam se sirve el suyo en un vaso de agua.

—Bueno, ¿qué te ha pasado? —le pregunta el abuelo.

Sam le da un pequeño cabezazo a la mesa y luego se toma su *whisky* de tres largos tragos. Parece que ya no le preocupa que le digan algo por estar bebiendo.

—Me ha dejado mi novia.

—Hum —dice el abuelo, inclinando la cabeza—. ¿Esa jovencita que te acompañó al funeral de Philip? Me acuerdo de ella, parecía simpática. Vaya por Dios. Lo siento, chico.

—La… la quería de verdad —dice Sam antes de rellenarse el vaso.

El abuelo sale de la habitación para traer el armañac.

—¿Y qué ha salido mal?

—Me ocultó algo muy importante. Cuando me enteré, me cabreé un montón. Y ella me pidió perdón. Pero cuando se me pasó y quise perdonarla, la que se cabreó fue ella. Y el que tenía que pedir perdón era yo. Pero no se lo pedí. Y ahora que se lo pido, ella ya se ha echado otro novio.

Mi abuelo sacude la cabeza.

—A veces las chicas necesitan alejarse de uno para darse cuenta de lo que quieren.

Sam se sirve armañac en su vaso, que todavía tiene posos de *whisky*. Remata el brebaje con un chorro de Campari.

—¡No te bebas eso! —le digo, pero Sam levanta el vaso para brindar por nosotros y se lo bebe de un trago.

Hasta el abuelo hace una mueca.

—Ninguna chica se merece la resaca que vas a tener mañana.

—Daneca, sí —replica Sam con la voz pastosa.

—Te quedan muchas chicas por conocer. Aún eres joven. El primer amor es el más dulce, pero no dura.

—¿Nunca? —pregunto yo.

El abuelo me mira con una seriedad que se reserva para cuando quiere que le preste toda mi atención.

—La primera vez, en realidad no nos enamoramos de la chica. Nos enamoramos del amor. No sabemos nada de quién es ella de verdad ni de lo que es capaz de hacer. Nos enamoramos de la idea que tenemos de ella y de cómo somos nosotros cuando estamos con ella. Hace falta ser idiota.

Me levanto y empiezo a apilar los platos en el fregadero. Me tambaleo un poco, pero lo consigo.

Supongo que así fue como me enamoré de Lila de pequeño. Incluso cuando creía que la había matado seguía viéndola como la chica ideal, el culmen de la feminidad al que ninguna otra podría acercarse jamás. Cuando volvió, tuve que verla como era en realidad: complicada, irascible y mucho más parecida a mí de lo que había imaginado. Aunque no sepa de qué es capaz Lila, sí que la conozco.

El amor nos cambia, pero nosotros también cambiamos nuestra forma de amar.

—¡Venga! —dice Sam desde la mesa, sirviendo el licor rojo en unas tazas de té que ha encontrado por ahí—. Unos chupitos.

Cuando despierto, noto un horrible sabor a jarabe para la tos.

Alguien está aporreando la puerta. Me doy la vuelta y me tapo la cabeza con una almohada. Me da igual quién sea. No pienso bajar.

—¡Cassel! —La voz de mi abuelo retumba por toda la casa.

—¿Qué? —grito yo.

—Tienes visita. Dice que es del gobierno.

Salgo de la cama con un gemido. Al final me toca bajar. Me pongo los vaqueros sobre los calzoncillos, me froto los ojos para espabilarme y busco una camiseta y un par de guantes limpios. La barba incipiente hace que me piquen las mejillas.

Mientras me cepillo los dientes para intentar quitarme el sabor de la noche anterior, el miedo por fin me da alcance. Si mi abuelo deduce que me estoy planteando trabajar para Yulikova, no tengo ni idea de lo que hará. Para los tipos como mi abuelo, no existe peor traición. Y aunque sé que me quiere mucho, también sé que es una persona que antepone el deber a los sentimientos.

Bajo las escaleras arrastrando los pies.

Es el agente Jones. Vaya sorpresa. No he vuelto a verlos ni a él ni al agente Hunt desde que nos entregaron a Barron y a mí a la División de Minorías Autorizadas. Está igual que siempre: traje oscuro y gafas de sol polarizadas. La única diferencia que detecto es que su piel pálida tiene las mejillas enrojecidas, como si hubiera tomado demasiado el sol. O quizá sea por el viento frío. Me espera en el umbral, con el hombro apoyado en el marco como si estuviera dispuesto a entrar por la fuerza. Es evidente que el abuelo no le ha invitado a pasar.

—Ah, hola —le digo, acercándome.

—¿Podemos hablar? —Le lanza a mi abuelo una mirada torva—. ¿Fuera?

Asiento con la cabeza, pero mi abuelo me pone la mano desnuda en el hombro.

—No tienes por qué acompañarlo a ningún sitio, chico.

El agente Jones mira fijamente la mano de mi abuelo, como si fuera una serpiente.

—No pasa nada —le aseguro—. Estuvo investigando el asesinato de Philip.

—Para lo que sirvió… —dice el abuelo, pero me suelta. Se dirige a la encimera y sirve dos tazas de café—. ¿Lo toma con leche o azúcar, sanguijuela del gobierno?

—No, gracias —contesta Jones. Señala la mano del abuelo—. Parece que se ha hecho daño.

—El que se hizo daño no fui yo. —Me da una de las tazas.

Bebo un sorbo y sigo a Jones, que cruza el porche combado y se detiene en el jardín.

—¿Qué quiere? —le pregunto entre dientes. Estamos al lado de su reluciente coche negro con las ventanillas tintadas. La brisa helada atraviesa la fina tela de mi camiseta. Trato de calentarme con la taza de café, pero se está enfriando rápidamente.

—¿Algún problema? ¿Te da miedo que el viejo descubra en qué andas metido? —Sonríe con deleite.

—Si tiene algo que decirme, escúpalo ya.

Jones se cruza de brazos, dejándome ver el bulto de su pistola. Me recuerda a todos los mafiosos que conozco, aunque él es menos educado.

—Yulikova quiere verte. Me ha pedido que te dijera que siente molestarte en fin de semana, pero que ha pasado algo muy gordo. Dice que te conviene saberlo.

—¿Demasiado gordo para contárselo a usted?

No sé por qué intento provocarlo. Supongo que me asusta que Jones esté demostrando mi conexión con los federales delante de mi abuelo. Y también me enfada, siento esa clase de enfado que te arde por dentro. La clase de enfado que te hace cometer estupideces.

Jones tuerce el gesto.

—Venga, sube al coche.

Niego con la cabeza.

—Ni de broma. No puedo. Dígale a Yulikova que me pasaré más tarde. Primero tengo que inventarme una excusa.

—Tienes exactamente diez minutos para arreglar lo de tu abuelo o yo mismo le diré que incriminaste a tu propio hermano. Que lo delataste.

—Yulikova no le ha dicho que hiciera eso. —Un escalofrío me recorre la espalda. Y no solo es por el viento—. Se cabrearía mucho si se enterara de que me está amenazando.

—Puede que sí, puede que no. En cualquier caso, el que está jodido eres tú. Bueno, ¿vas a venir o no?

Trago saliva.

—Está bien. Voy a por el abrigo.

El agente Jones no deja de sonreír mientras regreso a la casa. Apuro mi café, aunque está helado.

—¡Abuelo! —exclamo—. Quieren hacerme unas preguntas sobre mamá. Vuelvo enseguida.

El abuelo se asoma por las escaleras. Se ha puesto los guantes.

—No tienes por qué ir.

—No pasa nada. —Me pongo un largo abrigo negro y guardo el móvil y la cartera.

Me siento fatal.

No estoy seguro de muchas cosas, pero sí de que no está bien timar a tus seres queridos.

—¿Quieres que te acompañe? —dice el abuelo, mirándome fijamente.

—Es mejor que alguien se quede con Sam —contesto.

Cuando menciono su nombre, Sam se incorpora desde el sofá, donde estaba tumbado. De pronto pone una cara muy rara y se abalanza sobre el cubo de la basura.

Me cuesta creerlo, pero esta mañana alguien va a pasarlo aún peor que yo.

Guardo silencio mientras el agente Jones conduce. Me pongo a jugar con el móvil y miro por la ventanilla de vez en cuando para comprobar por dónde vamos. Al cabo de un rato me doy cuenta de que no estamos tomando la ruta correcta para llegar a la oficina de Yulikova, pero sigo sin decir nada. Lo que sí hago es empezar a trazar un plan.

Dentro de un par de minutos le diré que necesito parar un momento. Y entonces me escaparé. Si consigo encontrar un coche lo bastante viejo cerca, puedo hacerle un puente para arrancarlo, pero lo mejor sería camelarme a alguien para que me llevase. Repaso mentalmente varias excusas y me decanto por buscar una pareja de mediana edad: el marido tiene que ser lo bastante corpulento para no sentirse intimidado por mi altura y mi tez morena, y la mujer será quien se ponga de mi parte. Lo ideal es una pareja que tenga hijos de mi edad. Les contaré que anoche un colega mío estaba borracho y quería conducir. Intenté quitarle las llaves, pero me dejó tirado y ahora no sé cómo volver a casa.

Voy a tener que ser rápido.

Mientras yo sigo dándole vueltas al plan, el coche entra en el aparcamiento de un hospital, tres enormes torres de ladrillo unidas por la base; una ambulancia de luces rojas parpadeantes aguarda frente a la entrada de emergencias. Suspiro. Escapar de un hospital es pan comido.

—¿Yulikova está aquí? —pregunto con incredulidad. Luego recapacito—. ¿Se encuentra bien?

—Tan bien como siempre —responde Jones.

No quiero reconocer que no sé lo que significa eso. En vez de responder, tiro de la manilla de la puerta y bajo de un salto en cuanto se abre. Caminamos juntos hasta una de las puertas laterales del hospital. El pasillo es aséptico, muy típico. Nadie nos pregunta nada.

Parece que Jones sabe a dónde vamos. Al pasar por un mostrador de enfermería, Jones saluda con la frente a la mujer mayor que está detrás. Luego recorremos otro pasillo largo. Me asomo por una puerta abierta y veo a un hombre de larga barba grisácea que lleva unos globos alrededor de las muñecas para que no pueda tocarse la cara con las manos. Me lanza una mirada perturbadora.

Nos detenemos en la siguiente puerta (cerrada). El agente Jones llama una sola vez y entra.

Es una habitación de hospital corriente, pero más grande y mejor amueblada que las que hemos visto antes. Hay una manta afgana de colores extendida al pie de la cama y varias macetas con árboles de jade en el alféizar de la ventana. Frente a la cama también hay dos sillones de aspecto cómodo aunque anodino.

Yulikova lleva una bata de estampado batik y unas pantuflas. Está regando las plantas con un vaso de plástico cuando entramos. No va maquillada ni se ha peinado (tampoco es que tenga el pelo alborotado), pero por lo demás parece estar bien.

—Hola, Cassel. Agente Jones.

—Hola. —Me quedo en el umbral como si estuviera visitando a un pariente enfermo al que llevaba tiempo sin ver—. ¿Qué pasa aquí?

Ella mira a su alrededor y se echa a reír.

—Ah, claro. Seguro que esto te parece un poco exagerado.

—Sí, y el agente Jones me ha traído aquí como si hubiera un incendio y yo fuera el único cubo de agua de la ciudad. —Solo sueno la mitad de irritado de lo que estoy, que ya es bastante—. No me he podido ni duchar. Tengo resaca y seguramente apesto como si hubiera usado licor en lugar de loción, y eso que tampoco me he podido afeitar. ¿De qué va esto?

Jones me fulmina con la mirada.

Yulikova se ríe discretamente, mira a Jones y sacude la cabeza.

—Lo siento, Cassel. Ahí tienes un cuarto de baño, puedes usarlo si quieres. El hospital tiene bolsitas de artículos de aseo.

—Sí —le digo—. Creo que lo haré.

—Y el agente Jones puede bajar a la cafetería y traernos algo de comer. No hay gran cosa, pero la comida de hospital ya no es tan mala como antes. Tienen hamburguesas decentes y aperitivos. —Rodea la cama, abre uno de los cajones de la mesilla y saca una libreta con tapas de cuero marrón—. Ed, ¿qué tal si nos traes unos cuantos sándwiches y unos cafés? La ensalada de huevo no está mal. Y un par de bolsas de patatas fritas, algo de fruta y algún postre. Sube también unos sobres de mostaza para Cassel, que sé que le gusta. Nos sentaremos a comer como es debido.

—Como personas civilizadas —comento yo.

Yulikova hace ademán de buscar su cartera, pero Jones la ignora y se dirige a la puerta.

—Muy bien. Vuelvo enseguida. —Nos mira a los dos—. No te creas todo lo que te cuente esta rata. Lo conozco bien.

Cuando Jones sale, Yulikova me dedica una mirada de disculpa.

—Perdona si Jones te ha hecho pasar un mal rato. Necesitaba enviar a un agente y quería que fuera uno que ya hubiera trabajado contigo. Lo último que necesitamos es que se corra la voz de que eres un obrador de la transformación. Ni siquiera aquí puedo garantizar la discreción absoluta.

—¿Le preocupa que haya una filtración de información?

—Queremos asegurarnos de que cuando alguien se entere de tu existencia, si es que ocurre, reciba la información directamente de nosotros. ¿Sabes que se rumorea que hay un obrador de la transformación en China? Muchos en nuestro gobierno creen que esa información está perfectamente calculada.

—¿Quiere decir que en realidad no tienen ninguno?

Ella asiente, esbozando una sonrisa ladeada.

—Exacto. Venga, ve a lavarte.

En el cuarto de baño consigo peinarme con agua y afeitarme con una cuchilla. Hago gárgaras con enjuague bucal. Cuando salgo, estoy envuelto en una nube de menta.

Yulikova ha traído otra silla de alguna parte y está colocando las tres cerca de la ventana.

—Así está mejor —dice.

Es algo que diría una madre. La mía no, pero otras sí.

—¿Le ayudo con algo? —le pregunto. No sé si debería estar moviendo muebles.

—No, no. Siéntate, Cassel. Estoy bien.

Agarro una de las sillas.

—No quiero ser un cotilla, pero estamos en un hospital. ¿Seguro que se encuentra bien?

Ella suelta un pesado suspiro.

—No se te escapa una, ¿eh?

—También suelo fijarme en que el agua moja. Tengo ojo de detective.

Tiene la amabilidad de sonreír.

—Soy una obradora física. Eso quiere decir que puedo alterar el cuerpo de las personas. No tanto como tú, claro. Solo puedo hacer cosas sencillas y toscas. Puedo partir piernas y curarlas. Puedo eliminar algunos tumores o al menos reducirlos de tamaño. Puedo extraer infecciones de la sangre. Puedo hacer que los pulmones de un niño respiren.

Procuro que no note lo sorprendido que estoy. No sabía que los obradores físicos pudieran hacer eso. Creía que solo causaban dolor: cortes, quemaduras, ampollas... Philip era obrador físico y jamás lo vi usar su poder para ayudar a nadie.

—Y a veces hago todas esas cosas. Pero luego me pongo muy enferma. Tanto hacer daño como sanar me provoca esto. Y con el tiempo ha ido a peor. Ahora la enfermedad es permanente.

No le pregunto si lo que hace es legal. No me importa. Y si a ella tampoco le importa, bueno, quizá después de todo sí que tenemos algo en común.

—¿No puede curarse usted misma?

—Ah, la vieja sentencia. «¡Médico, cúrate a ti mismo!» —recita—. Es una pregunta totalmente lógica, pero me temo que no soy capaz. La reacción que sufro cancela cualquier efecto positivo. Así que, de vez en cuando, tengo que venir aquí y quedarme ingresada un tiempo.

Titubeo antes de hacerle la siguiente pregunta, porque es terrible. Aun así, si estoy a punto de renunciar a mi libertad por sus promesas, necesito saberlo.

—¿Se está muriendo?

—Todos nos morimos, Cassel. Pero algunos lo hacemos más deprisa que otros.

Asiento con la cabeza. Tengo que conformarme con esa respuesta, porque el agente Jones entra entonces en la habitación con una bandeja naranja de la cafetería, cargada de sándwiches, magdalenas, fruta y café.

—Déjala en la cama. La usaremos como bufé —le dice ella.

Yo me apodero de un sándwich de jamón, un vaso de café y una naranja y me siento mientras Jones y Yulikova eligen su menú.

—De acuerdo —dice ella, desenvolviendo lo que parece ser una magdalena de limón con semillas de amapola—. A ver, Cassel, seguro que conoces al gobernador Patton.

Suelto un resoplido.

—¿Patton? Ah, sí. ¡Qué bien me cae!

Jones parece tener ganas de quitarme el sarcasmo a golpes, pero Yulikova se echa a reír.

—Suponía que dirías algo así. Pero tienes que entender que después de lo que le hizo tu madre y lo que le hicieron más tarde para revertirlo, se ha vuelto cada vez más inestable. —Abro la boca para protestar, pero ella levanta la mano—. No. Entiendo que tengas el impulso de defender a tu madre. Es muy noble, pero ahora mismo es irrelevante. No importa quién tenga la culpa. Debo contarte algo confidencial y necesito que me prometas que no saldrá de aquí.

—De acuerdo —contesto.

—Si has visto a Patton en las noticias últimamente —continúa Yulikova—, casi se puede ver cómo va perdiendo cada vez más el control. Dice y hace cosas extremas, incluso para un radical antiobrador. Pero lo que no se ve es lo paranoico y hermético que se ha vuelto. Hay gente muy preocupada en las altas esferas del gobierno. Cuando se apruebe la propuesta 2, me temo que intentará confinar el estado de Nueva Jersey con el fin de detener y encarcelar a los obradores. Creo, y no soy la única, que quiere volver a instaurar los campos de trabajo.

—Es imposible —digo. No es que no piense que a Patton no le gustaría, pero no puedo creer que intente hacerlo de verdad. Tampoco que Yulikova admita sus sospechas, y menos delante de mí.

—Tiene muchos aliados en Washington —continúa ella—. Y sigue colocándolos. Lo apoya la policía del estado y también unos cuantos tipos de la base militar de Fort Dix. Sabemos que ha estado reuniéndose con todos ellos.

Pienso en Lila agarrada a los barrotes del calabozo en el que nos metieron cuando nos detuvieron en la manifestación de Newark a la que fuimos con Daneca y Sam. Sin llamadas, sin cargos, sin nada. Y luego pienso en los demás manifestantes, que presuntamente se pasaron días encerrados.

Miro al agente Jones. No parece que a él le importe mucho todo esto, pero debería. Aunque no quiera reconocerlo, el hecho de que trabaje en esta división del gobierno federal implica que él también es obrador. Si de verdad Patton está tan loco, una placa no bastará para salvar a Jones.

Inclino la cabeza, invitando a Yulikova a continuar.

—He estado hablando con mis superiores y todos coincidimos en que hay que detenerlo antes de que haga algo todavía peor. Hay rumores de asesinatos, de cosas terribles, pero no hay pruebas sólidas. Si lo arrestamos ahora, Patton podría usarlo como ventaja política. Un juicio mediático y sin pruebas suficientes en su contra sería una jugada perfecta para él. —Asiento de nuevo—. Me han dado permiso para organizar una pequeña operación con el objetivo de apartar a Patton del poder. Pero necesito tu ayuda, Cassel. Te prometo que tu seguridad será nuestra mayor prioridad. Puedes cancelar la misión en cualquier momento si no te sientes totalmente a salvo. Nosotros nos ocuparemos de gestionar la planificación y los riesgos.

—¿De qué estamos hablando exactamente? —pregunto.

—Queremos que transformes a Patton. —Yulikova me mira con ojos amables, como diciéndome que no me equivocaré más allá de lo que responda. Bebe un trago de café.

—Oh. —Por un momento me quedo tan perplejo que sus palabras rebotan dentro de mi cabeza.

Entonces caigo en la cuenta de que este momento tenía que llegar. Pues claro. Lo más valioso de mí es que soy un obrador de la transformación: por eso quieren meterme en el programa, por eso han hecho la vista gorda con mis anteriores asesinatos.

Hacen la vista gorda porque quieren que asesine para ellos.

—Lo siento —le digo—. Es que estoy sorprendido.

—Cuesta asimilarlo —responde Yulikova—. Sé que no te sientes cómodo con tus habilidades. —El agente Jones suelta un resoplido burlón y Yulikova lo fulmina con la mirada. Cuando se gira de nuevo hacia mí, todavía queda algo de ese enfado en sus ojos—. Y sé que lo que te pido no es fácil. Pero necesitamos que no quede ni rastro de él. Esto no puede parecer un asesinato.

—¿Aunque lo sea? —pregunto.

Parece que eso no se lo esperaba.

—Queremos que lo transformes en un ser vivo. Tengo entendido que de esa manera podría seguir vivo indefinidamente. No habrá muerto. Tan solo lo tendremos controlado.

Estar enjaulado, atrapado como Lila en su cuerpo de gata, para siempre, me parece un destino tan terrible como la muerte. Pero quizá así Yulikova podrá dormir mejor por las noches.

Se inclina hacia mí.

—Me han dado autorización para que te hiciera una oferta, en vista del tremendo servicio que nos estarías haciendo. Haremos desaparecer los cargos contra tu madre.

Jones da un fuerte manotazo en el reposabrazos de su sillón.

—¿Vais a hacer *otro* trato con él? Su familia es más turbia que el agua de alcantarilla.

—¿Me vas a obligar a echarte de la habitación? —dice Yulikova con voz acerada—. Es una operación peligrosa y él ni siquiera forma parte del programa todavía. Tiene diecisiete años, Ed. Así tendrá una preocupación menos.

El agente Jones nos mira a los dos y luego aparta la vista.

—Como quieras —dice.

—En la DMA solemos decir que los héroes son aquellos que se ensucian las manos para que las de los demás puedan seguir limpias. Hacemos cosas terribles para que tú no tengas que hacerlas. Pero en este caso vas a tener que hacerlas, o al menos es lo que te pedimos.

—¿Y qué pasa si no acepto? ¿Qué pasa con mi madre, quiero decir?

Yulikova pellizca un trozo de magdalena.

—No lo sé. Mi jefe me ha autorizado a ofrecerte esto, pero sería él quien se ocuparía. Supongo que tu madre podría seguir huyendo de la justicia, o podrían detenerla y extraditarla en caso de que se encuentre fuera del estado. Si la encierran en algún sitio que esté al alcance de Patton, yo temería por su seguridad.

De pronto me invade la certeza de que Yulikova sabe exactamente dónde está mi madre.

Me están manipulando. Yulikova me deja ver lo enferma que está, me dice cosas agradables, nos invita a comer con ella, los tres sentaditos. Y Jones se porta como un gilipollas. Es el clásico número del poli bueno y el poli malo. Lo cual no quiere decir que no esté funcionando.

Patton es mala gente y se la tiene jurada a mi madre. Yo quiero que le paren los pies a él y protegerla a ella. Cualquier solución que me permita conseguir ambas cosas me tienta mucho. Y también está el hecho de que estoy entre la espada y la pared. Mi madre necesita el indulto.

Y si no me fío de mi propio instinto del bien y del mal, tengo que confiar en el de los demás. Por eso quería unirme al gobierno, ¿no? De esa manera, si hago cosas malas, al menos será al servicio de los buenos.

Soy un arma. Y me he puesto en manos de Yulikova.

Ahora tengo que dejar que me utilice como le parezca.

Inspiro hondo.

—Sí. Puedo hacerlo. Puedo transformarlo.

—Cassel —dice Yulikova—. Quiero que entiendas que puedes negarte. Puedes decirnos que no.

No, no puedo negarme. Ella se ha asegurado de que no pudiera.

Jones no suelta ningún comentario sarcástico.

—Lo entiendo. —Asiento para demostrárselo—. Lo entiendo y le digo que sí.

—Será una misión muy discreta —me asegura Yulikova—. Un equipo muy reducido que actuará con el apoyo tácito de mis superiores, siempre que salga bien. Si saliera mal, se lavarán las manos del asunto como si no supieran nada. Yo dirigiré la operación, así que cualquier pregunta que tengas debes hacérmela a mí. Nadie más debe saberlo. Confío en contar con la discreción de los dos.

—Quieres decir que, si algo se tuerce, adiós a nuestra carrera —dice Jones.

Yulikova bebe otro trago de café.

—Cassel no es el único que puede elegir. Tú tampoco tienes por qué formar parte de esto.

El agente Jones no responde. Me pregunto si su carrera saldrá perjudicada de todos modos. Me pregunto si sabrá siquiera que está representando el papel de poli malo. Sospecho que no.

Me como mi sándwich. Una enfermera asoma la cabeza y dice que traerá la medicación en diez minutos. Yulikova se levanta y empieza a recoger los vasos usados y a tirarlos a la papelera.

—Ya lo hago yo —me ofrezco, levantándome y recogiendo el envoltorio de un sándwich.

Ella me pone las manos enguantadas en los brazos y me mira a los ojos, como si intentara buscar la respuesta de una pregunta que no ha formulado.

—No pasa nada si cambias de opinión, Cassel. En cualquier momento.

—No voy a cambiar de opinión.

Me aprieta los brazos.

—Te creo. De verdad. Me pondré en contacto contigo en unos días para darte los detalles.

—Es mejor que no la cansemos más —me dice Jones frunciendo el ceño—. Deberíamos irnos ya.

Me siento mal por dejar a Yulikova recogiendo, pero ahora los dos me miran, como dando la entrevista por terminada. Jones se dirige a la puerta y yo lo sigo.

—Para que conste, esto no me gusta un pelo —dice el agente Jones, apoyando la mano enguantada en el marco de la puerta.

Yulikova asiente, haciéndole ver que lo ha escuchado, pero noto la sombra de una sonrisa en su boca.

Ahora estoy aún más seguro de que he hecho lo correcto. Si al agente Jones le pareciera bien lo que estoy haciendo, empezaría a preocuparme de verdad.

Capítulo siete

Sigo a Jones por los pasillos del hospital, pero cuando llegamos al aparcamiento, me planto. Este tipo no me aguanta. No pienso dejar que me lleve hasta mi casa. No quiero que vuelva a hablar con mi abuelo.

—Yo me largo ya —le informo—. Hasta la vista.

El agente Jones me mira con cara de incredulidad y suelta un bufido.

—¿Piensas volver andando?

—Llamaré a un colega.

—Súbete al coche —me ruge, pasando de divertido a impaciente en un suspiro. Su expresión me confirma que irme con él es mala idea.

—Oblígueme —le digo—. A ver qué hace.

Cuando me aseguro de que el tipo no va a abalanzarse sobre mí, saco el móvil y llamo a Barron.

—Hermanito —me saluda con voz melosa, respondiendo al primer tono—. De verdad, no sé a qué esperas para dejar los estudios y venirte con los federales. Anoche hicimos una redada en un club de *striptease* para obradores y no veas qué guantes. ¿Sabías que los desmontables ya no usan velcro? Los nuevos llevan unos imanes, los puedes deslizar sobre la mano y…

—Qué… interesante —digo—. Pero ahora mismo necesitaría que vinieras a buscarme.

—¿Por dónde andas?

Le doy el nombre del hospital bajo la mirada fría y furiosa del agente Jones. No nos caemos bien. Debería ser un alivio para él no verse obligado a pasar más tiempo conmigo, pero es evidente que hierve de rabia. Cuanto más estudio su expresión, más nervioso me pongo. No me mira como los adultos miran a un niño irritante. Me observa como quien mide a un enemigo.

Me siento en las escaleras de la entrada y espero mientras el frío me va calando la piel. Barron tarda un buen rato en llegar, hasta el punto de que me planteo llamar a alguien más. Pero justo cuando decido volver a entrar para pedirme una bebida caliente o camelarme a alguna enfermera para que me dé una manta, Barron llega en un Ferrari rojo. Baja la ventanilla tintada y me sonríe.

—Lo has robado —le digo.

—Mucho mejor. A esta preciosidad la confiscaron en una redada. ¿Te lo puedes creer? Tienen un almacén entero lleno de cosas confiscadas que se quedan acumulando polvo hasta que terminan el papeleo. El mejor almacén de la historia. Venga, sube.

No hace falta que me lo diga dos veces. Barron parece muy orgulloso de sí mismo.

—No solo me acabo de agenciar un coche nuevo; también he llenado el maletero de latas de caviar y botellas de Krug que estaban ahí tiradas. Ah, y unos cuantos teléfonos móviles que seguro que puedo revender. En general diría que ha sido un sábado muy provechoso. ¿Qué tal tú?

Pongo los ojos en blanco, pero la calefacción del coche me relaja mientras me voy reclinando en el asiento.

—Tengo que contarte unas cuantas cosas. ¿Vamos a algún sitio?

—Adonde quieras, chico —dice Barron.

A pesar de su extravagante oferta, terminamos comprando comida china y yendo a su casa, en Trenton. Ha hecho algunas reformas. Ha arreglado las ventanas rotas, que antes tenía tapadas con cartones, e incluso ha comprado algunos muebles. Nos sentamos en un flamante sofá de cuero negro y apoyamos los pies en el baúl que usa como mesa de centro. Me pasa la caja de los fideos *lo mein*.

A primera vista su casa parece más normal que antes, pero cuando voy al armario a por un vaso me encuentro con el habitual mosaico de notas adhesivas en la nevera, que le recuerdan su número de teléfono, su dirección, su nombre... Cada vez que Barron altera los recuerdos de alguien, la reacción también le quita algunos a él. Y no tiene forma de saber qué será lo que olvide. Podría perder algo insignificante, como el recuerdo de lo que cenó anoche, o algo importante, como el recuerdo del funeral de nuestro padre.

No tener pasado te convierte en alguien diferente. Va devorando tu personalidad hasta que lo único que queda es pura fachada, puro artificio.

Me gustaría creer que Barron ha dejado de obrar a la gente, como me prometió, y que a todos estos recordatorios los mantiene por costumbre o en caso de emergencia, pero no soy imbécil. Ese almacén del que habla tenía que estar vigilado. Seguro que ha tenido que hacer que alguien «recuerde» algún documento que daba permiso a Barron para cargar un coche con lo que le diera la gana y llevárselo de un edificio del gobierno. Y luego habrá tenido que hacer olvidar a esa misma persona.

Cuando vuelvo a la sala de estar, Barron está mezclando salsa agridulce y mostaza picante en su plato.

—Bueno, ¿qué pasa? —me pregunta.

Le explico lo de nuestra madre y su fallido intento de venderle a Zacharov su propio diamante, además del largo romance que al parecer tuvo con él. Entonces me doy cuenta de que también tengo que explicarle que ella se lo robó.

Barron me mira como si estuviera a punto de acusarme de mentir.

—¿Mamá y Zacharov?

Me encojo de hombros.

—Ya. Es raro, ¿verdad? Procuro no darle demasiadas vueltas.

—¿Lo dices porque si Zacharov se hubiera casado con mamá, Lila sería tu hermana? —Mi hermano se echa a reír, dejándose caer sobre los cojines.

Le lanzo un puñado de arroz blanco. Aunque algunos granos se le pegan a la camisa, la mayoría se me quedan en el guante.

Barron no deja de reír.

—Mañana iré a hablar con el falsificador —continúo—. Está en Paterson.

—Claro, podemos ir —dice sin dejar de reír entre dientes.

—¿Es que quieres acompañarme?

—Pues claro. —Abre la caja del pollo con salsa de alubias negras y lo echa sobre su mejunje de mostaza y salsa agridulce—. También es mi madre.

—Hay otra cosa más que debería contarte —digo. Barron estaba a punto de apoderarse de la salsa de soja, pero se detiene con la mano en el aire—. Yulikova me ha preguntado si estaría dispuesto a hacer una cosa. Un trabajo.

Barron vierte la salsa y prueba un bocado.

—Pensaba que no podían ponerte a trabajar hasta que no te unieras oficialmente.

—Quiere que me cargue a Patton.

Barron enarca las cejas.

—¿Que te lo cargues? ¿Quiere que lo transformes?

—No, que me lo cargue a la espalda como si fuera un saco de patatas. ¿Tú qué crees?

—¿Entonces lo vas a matar? —Me observa con cautela y luego imita la forma de una pistola con los dedos—. ¿Bum?

—No me ha contado casi nada del plan, pero… —empiezo a decir.

Barron se ríe, echando la cabeza hacia atrás.

—Si ibas a terminar siendo un asesino de todas formas, deberías haberte unido a los Brennan. Podríamos haber ganado mucha pasta.

—Esto es distinto.

Barron ríe y ríe sin parar. Ahora que está desatado, no hay quién lo pare.

Clavo mi tenedor de plástico en los fideos *lo mein*.

—Cállate. Te digo que no es lo mismo.

—Por favor, dime que por lo menos te van a pagar —dice cuando consigue recuperar el aliento.

—Yulikova dice que retirarán los cargos contra mamá.

—Bien. —Asiente—. ¿Y eso no va acompañado de un buen fajo de billetes?

Titubeo antes de confesar:

—No se lo he pedido.

—Tienes un don. Sabes hacer algo que *nadie* más puede hacer —dice Barron—. Hablo en serio. ¿Sabes qué es lo bueno de eso? Que es *valioso*. Es decir, que lo puedes intercambiar por bienes y servicios. O por *dinero*. ¿Recuerdas que te dije que era un desperdicio que lo tuvieras tú? Qué razón tenía.

Suelto un gruñido y me lleno la boca de arroz para no echárselo por la cabeza.

Después de comer, Barron llama al abuelo. Le cuenta una larga y compleja sarta de mentiras sobre las preguntas que nos han hecho los agentes federales y le asegura que nos hemos escaqueado con nuestro encanto e ingenio innatos. El abuelo se carcajea al otro lado del teléfono.

Cuando me lo pasa, el abuelo me pregunta si algo de lo que ha dicho Barron es verdad.

—Algo sí. —Él guarda silencio—. Está bien, casi nada —confieso—. Pero todo va bien.

—Recuerda lo que te he dicho. Esto es problema de tu madre, no tuyo ni de Barron. Vosotros dos tenéis que manteneros al margen.

—Sí —contesto—. ¿Sam sigue ahí? ¿Me lo pasas?

El abuelo le da el teléfono a Sam. Suena adormilado, pero no parece enfadado conmigo por haberlo abandonado durante todo el día.

—No pasa nada. Tu abuelo me está enseñando a jugar al póquer.

Si conozco a mi abuelo, lo que está haciendo es enseñarle a hacer trampas.

Barron me ofrece su cama, diciendo que él puede dormir en cualquier sitio. No sé si me insinúa que podría colarse en cualquier cama de la ciudad o solamente que no le molesta dormir en el sofá, pero decido quedármelo yo para no tener que averiguarlo.

Barron saca un par de mantas que antes estaban en la casa vieja. Tienen un olor familiar, algo polvoriento y rancio; no es del todo agradable, pero lo aspiro con ansia. Me trae recuerdos de mi infancia, cuando me sentía seguro, cuando dormía hasta tarde los domingos y veía los dibujos animados en pijama.

Estiro las piernas, olvidándome de dónde estoy. Al darle una patada al reposabrazos, recuerdo que ya no soy un niño.

Soy demasiado alto para estar cómodo en este sofá, pero me acurruco y al final consigo dormirme.

Me despierta el ruido que hace Barron al preparar café. Me trae una caja de cereales. Por las mañanas no es persona. Necesita tomarse tres tazas de café antes de poder articular una frase coherente.

Me ducho. Cuando salgo, Barron se ha puesto un traje gris oscuro de raya diplomática con una camiseta blanca debajo. Se ha peinado el cabello ondulado hacia atrás con gomina y luce un flamante reloj de oro. ¿También lo habrá sacado del almacén del FBI? Sea como fuere, se ha arreglado demasiado para un domingo por la tarde.

—¿Por qué te has vestido así?

Barron me sonríe.

—El hábito hace al monje. ¿Te presto ropa limpia?

—Prefiero guarrear —le digo mientras me pongo la camiseta de ayer—. Sabes que así tienes pinta de mafioso, ¿no?

—Esa es otra ventaja que tengo sobre los demás reclutas —dice mientras saca un peine y se da un último repaso—. Nadie sospecharía que soy agente federal.

Cuando salimos, ya es por la tarde. Subimos al ridículo Ferrari de Barron y nos dirigimos hacia el norte del estado, hacia Paterson.

—¿Y cómo está Lila? —me pregunta Barron cuando llegamos a la carretera—. ¿Sigues coladito por ella?

Lo miro fijamente.

—Teniendo en cuenta que la tuviste encerrada varios años en una jaula, yo diría que está bien. Relativamente.

Barron se encoge de hombros y me lanza una mirada furtiva.

—Tenía pocas opciones. Anton quería matarla. Y tú nos diste un susto de la hostia a todos cuando la transformaste en un animal. Cuando se nos pasó, la verdad es que fue un alivio, aunque como mascota era penosa.

—Era *tu novia*. ¿Cómo pudiste acceder a matarla?

—Eh, venga ya —responde—. Ella y yo nunca fuimos en serio.

Doy un manotazo en el salpicadero.

—¿Estás mal de la cabeza?

Barron me sonríe.

—El que la convirtió en una gata fuiste tú. Y eso que estabas enamorado de ella.

Miro por la ventanilla. La carretera está flanqueada por altas pantallas acústicas por cuyos huecos asoman las malas hierbas.

—Tú me hiciste olvidar casi todo, pero sé que quería salvarla. Y casi lo conseguí.

Barron me toca inesperadamente el hombro con la mano enguantada.

—Lo siento —me dice—. Si te digo la verdad, empecé a alterarte la memoria porque mamá decía que era mejor que no supieras lo que eras en realidad. Después, cuando se nos ocurrió la idea de los asesinatos, creo que pensé que, si de todas formas no ibas a recordarlo, daba igual lo que te obligáramos a hacer.

No tengo ni idea de qué responder. Al final no digo nada y apoyo la mejilla en el frío cristal de la ventanilla. Contemplo la lengua de asfalto que serpentea ante nosotros y me pregunto cómo sería dejar todo esto atrás. A los federales. A mi hermano. A Lila. A mi madre. A la mafia. Con una pizca de magia, podría transformar mi cara. Podría desprenderme de mi vida para siempre.

Con unos documentos falsos, podría irme a París. O a Praga. O a Bangkok.

Allí no tendría que esforzarme por ser buena persona. Allí podría mentir, robar y engañar. En realidad no sería yo, así que no contaría.

Cambiarme de identidad. Cambiarme de nombre. Dejar a Barron a cargo de mi madre.

El año que viene, Sam y Daneca se marcharán a la universidad. Lila se ocupará de las tareas ilegales que le encargue su padre. ¿Y yo qué haré? Matar gente a las órdenes de Yulikova. Mi futuro ya está programado, es lo mejor para todos y tan deprimente como una carretera desierta.

Barron me da unos golpecitos en la sien con los nudillos.

—Hola, ¿hay alguien en casa? Llevas como un cuarto de hora callado. No hace falta que me digas que me perdonas ni nada… pero podrías decir *algo*. «Buena charla». «Cállate». Lo que sea.

Me froto la cara.

—¿Quieres que diga algo? Vale. A veces pienso que soy como soy por lo que me hiciste. Otras veces no sé quién soy en absoluto. Y ninguna de las dos cosas me hace ninguna gracia.

Barron traga saliva.

—Vale…

Inspiro hondo.

—Si quieres que te perdone, está bien. Te perdono. No estoy cabreado. Ya no. Contigo, no.

—Ya, *claro*. Estás cabreado con alguien —replica Barron—. Hasta un tonto se daría cuenta.

—Estoy enfadado, sin más. Con el tiempo se me pasará, supongo. Se me tiene que pasar.

—¿Sabes? Este sería un buen momento para decirme que tú también sientes haberme obligado a meterme en el programa para agentes federales…

—No te has visto en una como esta en toda tu vida —le interrumpo.

—Pero eso no lo sabías —replica—. Ahora mismo podría estar en la mierda y sería culpa tuya. Y te sentirías mal. Y te arrepentirías.

—Quizá. Pero no es el caso —concluyo—. Ah, y buena charla.

La verdad es que sí que ha sido una buena charla. La mejor que podía esperar del capullo sociópata y amnésico de mi hermano mayor.

Aparcamos en la calle. Paterson es una curiosa colección de edificios viejos, toldos de colores y letreros de neón que anuncian móviles baratos, lecturas de tarot y salones de belleza.

Salgo del coche y meto unas monedas en el parquímetro.

Suena el móvil de Barron, que lo saca del bolsillo y mira la pantalla.

Levanto las cejas, pero él sacude la cabeza como si no tuviera importancia. Saca las llaves del contacto con la mano enguantada y me mira.

—Ve delante, Cassel.

Me encamino a la dirección de Central Fine Jewelry. Tiene el mismo aspecto que todos los locales de la calle, sucio y mal iluminado. En el escaparate hay una colección de pendientes de aro y cadenas. En la esquina hay un letrero que dice COMPRO ORO – DINERO AL INSTANTE. No tiene nada de especial, nada que lo identifique como la base de operaciones de un maestro de la falsificación.

Barron abre la puerta. Cuando entramos, suena una campanilla y el hombre que está detrás del mostrador levanta la mirada. Es bajo, con poco pelo, unas gafas de pasta enormes y una lupa de joyero colgada del cuello con una cadenita. Viste una pulcra camisa negra. Lleva un grueso y resplandeciente anillo en cada dedo, encima de los guantes.

—¿Es usted Bob? —le pregunto, acercándome al mostrador.

—¿Quién quiere saberlo?

—Me llamo Cassel Sharpe. Este es mi hermano Barron. Usted conocía a nuestro padre. No sé si lo recordará, pero…

De pronto sonríe de oreja a oreja.

—¡Madre mía! Pero qué grandes estáis. Solo os había visto a los tres en las fotos que llevaba en la cartera vuestro padre, que Dios lo tenga en su gloria. —Me da una palmada en el hombro—. Os estáis metiendo en el mundillo, ¿eh? Sea lo que fuere lo que necesitéis, Bob es vuestro hombre.

Echo un vistazo por la tienda. Una mujer y su hija están mirando una vitrina con crucifijos. No parecen prestarnos atención, pero sospecho que somos precisamente la clase de personas en la que la gente normal procura no fijarse demasiado.

Bajo la voz.

—Veníamos a preguntarle por una pieza de encargo que fabricó usted... para nuestra madre. ¿Podemos hablar en la trastienda?

—Claro, claro. Venid a mi despacho.

Cruzamos una cortinilla hecha con una manta grapada a un marco de plástico. El despacho es un caos. Hay un buró de madera combada totalmente sembrado de papeles, con un ordenador en el centro. Uno de los cajones está abierto y dentro se ven piezas de reloj y bolsitas de papel translúcido con gemas.

Echo un vistazo a un sobre. El nombre del destinatario es Robert Peck. Bob.

—Queremos que nos hable del diamante de la resurrección —le suelta Barron.

—¡Epa! —Bob levanta las manos—. No sé cómo os habéis enterado de eso, pero...

—Hemos visto la falsificación que fabricó —le digo—. Y queremos información sobre el original. Necesitamos saber qué fue de él. ¿Lo vendió?

Barron se acerca a Bob con aire amenazador.

—Yo obro la memoria, ¿sabe? Podría echarle una mano para que se le refrescase la suya.

—Oíd —dice Bob con voz algo temblorosa y más aguda que antes—. No sé por qué me estáis hablando en este tono tan agresivo. Yo era amigo de vuestro padre. Y jamás le conté a nadie que copié el diamante de la resurrección ni que sabía quién lo había robado. ¿Cuántos habrían hecho eso sabiendo que había tanto dinero en juego, eh? Si pensáis que sé dónde lo guardaba vuestro padre o si lo vendió, os equivocáis. Éramos amigos, pero no tanto. Yo solo me ocupé de las falsificaciones.

—Espere. Creía que el trabajo se lo había encargado mi *madre* —digo—. ¿Y por qué ha dicho «falsificaciones» en plural? ¿Cuántas fabricó?

—Dos. Eso fue lo que me encargó vuestro padre. Y yo no habría podido darle el cambiazo. Vuestro padre solo me dejó el original el tiempo justo para tomar las medidas y sacarle unas fotos. No era ningún idiota, ¿sabéis? ¿Creéis que habría perdido de vista algo tan valioso?

Barron y yo nos miramos. Nuestro padre era muchas cosas, pero a la hora de timar no daba puntada sin hilo.

—¿Y qué pasó? —le pregunto.

Bob se aleja unos pasos, abre un cajón de su buró, saca una botella de *bourbon*, la destapa y bebe un largo trago.

Luego sacude la cabeza, como si intentara librarse del ardor de la garganta.

—Nada —dice por fin—. Vuestro padre entró aquí con la dichosa gema y me dijo que necesitaba dos copias.

—¿Por qué dos? —pregunto con el ceño fruncido.

—¿Y yo qué coño sé? Una de las falsificaciones la engasté en el mismo alfiler de corbata de oro en el que venía el original. La otra, en un anillo. Pero el original, el diamante auténtico… se quedó suelto, como quería vuestro padre.

—¿Eran buenas falsificaciones? —pregunta Barron.

Bob vuelve a sacudir la cabeza.

—La del alfiler de corbata, no. Phil la quería cuanto antes, ¿sabéis? Ese mismo día. Pero para la segunda me dio más tiempo. Ese sí que fue un trabajo excelente. Bueno, ¿me vais a contar de qué va todo esto?

Miro de reojo a Barron. Tiene la mandíbula en tensión, pero no sé si se fía de Bob. Me pongo a pensar, a intentar recrear lo que ocurrió. Mi madre le da la gema a mi padre y le dice que necesita una falsa enseguida, antes de que Zacharov se dé cuenta del robo. Él va directo a ver a Bob, pero le pide que fabrique *dos* gemas, porque ya tiene pensado quedarse con el auténtico. ¿Quizá lo hizo por rencor, porque se enteró de que mi madre estaba liada con Zacharov? Sea como fuere, mi padre le da una de las falsas y ella se la coloca de nuevo a Zacharov, que no se da cuenta de nada. Más tarde mi padre le da un regalo a mi madre, un anillo que lleva el diamante de la resurrección engastado, pero que en realidad es la segunda falsificación. Si eso es lo que pasó, a saber dónde puede estar el original. Mi padre podría haberlo vendido hace años.

Pero ¿por qué le puso el diamante en un anillo, sabiendo que mi madre nunca podría llevarlo fuera de casa sin llamar la atención? Eso se me escapa. Tal vez estaba tan enfadado con ella que le gustaba vérselo puesto y saber que se la había devuelto.

—¿Cuánto valdría algo así en el mercado negro? —pregunto.

—¿El auténtico? —dice Bob—. Depende de si te crees de verdad que puede impedir que te maten. Es una gema con valor histórico y eso vale algo, claro, pero las personas que compran esa clase de gemas quieren poder lucirlas por ahí. En cambio, para alguien que esté convencido de su poder... En fin, ¿cuánto vale la invulnerabilidad?

El brillo de la mirada de Barron me dice que está considerando la pregunta de manera literal y no retórica, poniéndole un precio en dólares y centavos.

—Millones —contesta finalmente mi hermano.

Bob le clava el dedo enguantado en el pecho.

—La próxima vez, antes de venir por aquí haciéndoos los duros, informaos un poco. Yo soy un hombre de negocios. No engaño a las mafias, a otros obradores ni a mis amigos, más allá de lo que pueda decir tu madre. Ahora, antes de iros, más os vale comprar algo bonito.

Algo caro, ¿me explico? De lo contrario, les diré a un par de amigos míos que habéis sido muy maleducados con Bob.

Salimos a la zona principal de la tienda y Bob nos saca un par de joyas cuyo precio es acorde con el de nuestra transgresión. Barron elige un corazón de diamante engastado en oro blanco que cuesta casi mil dólares. Yo consigo aparentar que estoy sin blanca (no me cuesta mucho, porque es la verdad) y compro un colgante con un rubí, mucho más barato.

—A las chicas les gustan los regalos —nos dice Bob mientras nos acompaña a la salida y se ajusta las gafas—. Si queréis conquistarlas a todas, como yo, tenéis que cubrirlas de regalos. Saludad a vuestra madre de mi parte, chicos. En las noticias salía muy guapa. ¡Esa mujer siempre ha sabido cuidarse!

Nos guiña el ojo. Estoy a punto de darle una hostia, pero Barron me agarra del brazo.

—Vamos. No quiero tener que comprar también unos pendientes a juego.

Regresamos al Ferrari. Nuestra primera misión juntos ha sido prácticamente un fracaso. Apoyo la cabeza en el coche mientras Barron saca las llaves.

—Bueno, ha sido… interesante —dice mientras las puertas se desbloquean con un clic—. Para ser un callejón sin salida.

Me deslizo en el asiento del copiloto con un gemido.

—¿Cómo coño lo vamos a encontrar? El diamante ha desaparecido. Es imposible.

Barron asiente.

—Quizá deberíamos ponernos a pensar si hay otra cosa que podamos darle a Zacharov a cambio.

—Estoy yo —digo—. Podemos…

El coche arranca, se aleja de la acera y se lanza hacia el tráfico como si estuviera retando a los demás coches a una carrera.

—No. Tú ya estás hipotecado hasta las cejas. Pero, oye, a lo mejor deberíamos verlo de otra manera. Mamá está viviendo en un buen apartamento, en compañía de un caballero respetable. Come tres veces al día. Patton no puede hacerle nada. ¿De qué intentamos salvarla exactamente? Teniendo en cuenta lo que sabemos de su relación con Zacharov, a lo mejor hasta se lo está...

Levanto la mano para protegerme de lo que está a punto de decir.

—¡LALALALALA! No te oigo.

Barron se echa a reír.

—Solo digo que *quizá* estará mejor si no la rescatamos, más segura y más feliz. Y eso estaría muy bien, porque, como acabas de decir, nuestras probabilidades de encontrar esa gema son prácticamente cero.

Recuesto la cabeza y contemplo el techo solar tintado del Ferrari.

—Llévame a Wallingford, anda.

Barron saca su móvil y se pone a enviar un mensaje mientras conduce, por lo que casi termina metiéndose en otro carril por accidente. Un momento después, su teléfono vibra y él mira la pantalla de reojo.

—Vale, genial. Perfecto.

—¿Qué dices?

—Tengo una cita —contesta, sonriendo—. Necesito librarme de ti.

—Lo sabía. Estaba claro que no te habías vestido así para ir a Paterson a hablar con Bob.

Barron suelta el volante para alisarse las solapas y guardarse el móvil en el bolsillo interior de la chaqueta.

—Pues creo que a Bob le ha gustado mi traje, porque me ha hecho comprar el colgante más caro. Tú dirás que he salido perdiendo, pero yo acepto que el estatus tiene un precio.

—Pero normalmente no se paga tan pronto. —Sacudo la cabeza—. Más vale que no estés ligando con agentes del FBI. Te arrestarán.

Ensancha su sonrisa.

—Me gustan las esposas.

Suelto un lamento.

—Tú no estás bien de la cabeza.

—Nada que no pueda arreglar una representante de la justicia buenorra dándote caña toda la noche.

Observo las nubes por el techo solar. Una tiene forma de bazuca.

—Oye, ¿tú crees que papá engañó a mamá con lo del segundo diamante falso? ¿O crees que es mamá la que nos ha mentido a nosotros?

—A ti —me corrige—. A mí ni me lo había contado. —La sonrisa se ha borrado de su cara.

—Sí —digo con un suspiro—. En cualquier caso, está claro que es un callejón sin salida.

Barron asiente y pisa a fondo el acelerador mientras se pasa al carril de la izquierda. No protesto. Al menos él tiene algo bueno esperándole.

Barron me deja delante de la residencia Strong House. Salgo del coche, estiro los músculos y suelto un largo bostezo. Está anocheciendo. Los últimos rayos del sol aún arden en el horizonte; da la impresión de que los edificios se están quemando.

—Gracias por haberme traído.

—Sí, vale —contesta Barron con impaciencia—. Perdona, pero tienes que largarte ya. Avísame cuando hables con mamá, pero que no sea esta noche.

Sonrío y cierro la puerta del coche.

—Diviértete en tu cita.

—*Adióóóós* —me dice, despidiéndose con la mano.

De camino a la residencia, me giro un momento hacia el aparcamiento. Pensaba que vería el destello de los faros, pero el Ferrari sigue parado. Solo se ha movido unos centímetros. ¿De verdad Barron está esperando a que entre en la residencia, como si yo fuera un crío y no se fiara de que llegue a salvo a casita? ¿O acaso corro algún peligro y no lo sé? No se me ocurre ningún motivo por el que mi hermano esté esperando en el aparcamiento con el motor al ralentí, cuando es evidente que tiene unas ganas locas de largarse.

Cuando entro en el edificio, mi cerebro maquinador sigue intentando unir las piezas del puzle. En el pasillo, mientras busco la llave de mi habitación en el bolsillo trasero del pantalón, me quedo helado.

Barron quería que *yo* me largara.

Voy corriendo a la sala común, ignorando el grito de protesta de Chaiyawat Terweil cuando sorteo de un salto los cables que conectan su PlayStation al televisor. Me arrodillo delante de la ventana y me asomo, medio oculto tras la polvorienta cortina. En el exterior, una silueta sale de las sombras, camina hasta el coche de Barron y abre la puerta del copiloto.

No lleva el uniforme, pero la reconozco de todas formas.

Es Daneca.

Sus trenzas con mechas moradas resplandecen bajo las farolas. Nunca la había visto con unos tacones tan altos, hasta el punto de que se tambalea un poco al agacharse para entrar. No hay razón para que mire hacia el campus de Wallingford como si le diera miedo que la viera alguien, no hay razón para que se suba al coche de mi hermano, no hay razón para que vaya vestida así, ninguna razón lógica. Solo hay una explicación posible.

El chico con el que sale ahora es mi hermano.

Capítulo ocho

No se lo puedo contar a Sam.

Lo encuentro en nuestra habitación de la residencia, con cara de resaca y bebiendo una lata de agua de coco.

—Hola —me saluda, girando en la cama—. Tu abuelo está como una cabra, ¿sabes? Cuando terminamos con el póquer, estuvo enseñándome fotos antiguas. Creía que serían fotos tuyas de pequeño, pero no. Eran fotos *vintage* de chicas de cabaré sin guantes. De las de antes.

Me obligo a sonreír. No puedo quitarme de la cabeza a Daneca y a mi hermano. Me pregunto cuántas veces habrá salido con Barron y *por qué* querría salir con él aunque solo fuera una vez. Me cuesta concentrarme.

—¿Has estado viendo porno con mi abuelo?

—¡No era porno! Una de esas chicas era tu abuela.

Cómo no.

—Los trajes eran la leche —continúa, pensativo—. Con plumas, antifaces y unos decorados increíbles. Tronos en forma de medialuna y una rosa gigante con pétalos que se abrían como puertas.

—¿Te has fijado en los *decorados*? —Ahora me río en serio.

—No quería mirar demasiado a las chicas. No sabía quién podía ser de tu familia. ¡Y tenía a tu abuelo al lado!

Me río un rato más. Mi madre me ha hablado de los teatros de antes, en cuyos palcos privados los obradores de maleficios podían hacer negocios tras la fachada legítima del espectáculo. Luego empezaron las redadas. Ahora nadie se arriesgaría a montar algo parecido.

—Te imagino a ti en un sitio como ese; no tardarías nada en convencerlos de montar un cabaré de zombis.

—Ahí hay un nicho de mercado —dice Sam. Luego se da unos toques en la sien con el dedo enguantado—. Esto nunca deja de pensar. Así soy yo.

No parece contento, pero tampoco destrozado y afligido, como la semana pasada. Si todavía piensa en Daneca, al menos ahora no piensa *solo* en ella. Pero si se entera de lo de Barron, si averigua que mi hermano es el chico con el que sale Daneca, eso cambiará.

Si quiero ser mejor persona, sé que eso incluye mentir menos. Pero a veces una mentira por omisión es necesaria hasta que el mundo decida empezar a ser justo por sí solo.

Cuando Lila encuentre a otro, espero que a mí también me mientan.

Me despierta la vibración de la alarma de mi móvil, que me repiquetea en la cabeza. Bostezo y miro a Sam. Sigue dormido, con la colcha arrastrando por el suelo. Me levanto sin hacer ruido y me llevo la ropa al cuarto de baño.

He configurado la alarma en vibración para poder ir a hablar con Daneca antes de que Sam se levante y se dé cuenta de algún detalle, como los gritos que le voy a pegar a su exnovia. Antes de que Daneca pueda volver a quedar con el zángano de mi hermano. Antes de que la situación empeore aún más.

Me ducho y me afeito tan rápido que me hago un corte en el cuello, paralelo a la mandíbula. Me limpio la sangre, me echo una loción que escuece un montón y corro a la cafetería.

Llego pronto, algo muy raro en mí. Para celebrarlo, me tomo dos tazas de café solo y una tostada hasta arriba de beicon crujiente. Me estoy planteando ir a por la tercera taza cuando llega Daneca.

Lleva el pelo recogido con una diadema de madera de sándalo, medias marrones con patrón de espiga y zapatos redondos de piel, también marrones. Tiene el aspecto de siempre; no sé por qué, pero eso me sorprende. La idea que tengo de ella ha cambiado radicalmente. Lleva días quedando en secreto con mi hermano, quizás incluso semanas. Todas las cosas que me ha dicho últimamente, todas las preguntas que quería hacerme sin venir a cuento de pronto tienen sentido. Y la respuesta hace que mi mundo entero se incline sobre su propio eje.

Espero a que termine de hacer cola y luego la sigo hasta su mesa.

—¿Qué quieres? —me espeta mientras coloca la bandeja en la mesa.

—No es quien tú crees —le digo—. Barron. No sé qué te ha contado, pero es mentira.

Retrocede un paso, sorprendida. *Te pesqué*. Cuando se recompone, parece aún más furiosa que antes. Cabrea mucho que te pesquen.

Lo sé por experiencia.

—Eso es, anoche te vi salir —continúo—. El sigilo no es lo tuyo.

—Solo a ti se te podría ocurrir que eso me haría sentir mal —me suelta.

Inspiro hondo, procurando controlar el enfado. No es culpa suya que Barron la haya engañado.

—Vale, mira. Di lo que quieras de mí. *Piensa* lo que quieras de mí. Pero mi hermano es un *mentiroso compulsivo*. No puede evitarlo. Creo que a menudo ni siquiera se acuerda de la verdad y va improvisando sobre la marcha.

—Se está esforzando —dice Daneca—. Eso es más de lo que se puede decir de ti. Me ha contado lo que les hiciste. A Lila. A Philip. A él.

—¿Estás de broma? —le pregunto—. ¿Y también te ha contado lo que le hizo *él* a Lila?

—No te acerques a mí, Cassel.

Las chicas me lo dicen mucho últimamente. Empiezo a pensar que no soy tan encantador como yo creía.

—Por favor, dime que no se quita los guantes. No, en realidad preferiría que me dijeras que sí. Porque es imposible que la Daneca que yo conozco se deje engatusar por la sonrisa de canalla y la labia fácil de mi hermano.

—Barron me dijo que me dirías eso. Prácticamente palabra por palabra. Parece que en eso no mentía, ¿eh?

Suspiro. Cuando quiere, mi hermano sabe ser muy listo.

—Mira, Daneca. Hay dos formas de que Barron supiera lo que yo iba a decir. La primera, porque me conoce muy bien. Y la segunda, porque sabe la verdad. La auténtica verdad. Y por eso te estoy diciendo...

—¿*Tú* me vas a decir la verdad? Esta sí que es buena. —Me da la espalda, recoge su tostada y se dirige a la puerta.

—¡*Daneca!* —exclamo.

Lo digo tan alto que la gente levanta la vista de su desayuno. Entonces veo a Sam en la entrada de la cafetería. Daneca lo empuja con el hombro al salir y él la mira. Luego se vuelve hacia mí. Hay tanta ira en su rostro que me quedo plantado, helado, hasta que Sam se da la vuelta y se marcha de nuevo.

Llamo a Barron antes de entrar en Estadística, pero salta el buzón de voz. No me entero de nada en clase. En cuanto salgo del aula, llamo de nuevo.

Esta vez contesta. No lo oigo bien, parece que hay interferencias.

—¿Qué tal está mi hermano favorito, además del único que me queda?

—No te acerques a ella.

Me tiembla la mano por las ganas que tengo de tumbarlo de un golpe. Me apuesto lo que sea a que Barron estaba hablando con Daneca mientras yo perseguía a aquel obrador mortal. Me apuesto lo que sea a que disfrutaba al hablar con Daneca en mis narices. Al escribirle desde el coche. Al alardear sobre su cita.

Barron se echa a reír.

—No seas melodramático.

Recuerdo lo que me dijo hace mucho tiempo, cuando lo acusé de salir con Lila solo porque era la hija de Zacharov. *Quizá solo salgo con ella para joderte.*

—No sé qué estás tramando... —digo, bajando la voz—. Sea lo que fuere, no va a funcionar.

—Te molesta que estemos juntos, ¿eh? Ya me di cuenta de que te jodía que hablara con ella, primero en la gala benéfica de Zacharov, cuando te las arreglaste para que mataran a Anton, y luego en el funeral de Philip. A ti te sentaba mal, pero ella se ponía colorada. Si la querías para ti solo, no haberla sacado por ahí.

—Daneca es mi amiga. Nada más. No quiero que le hagan daño. No quiero que *tú* le hagas daño. Y sé que es imposible que salgas con una chica sin hacerle daño, así que quiero que la dejes en paz.

—Solo intentas convencerme a mí porque no has conseguido convencerla a ella. Buen intento, Cassel. ¿De verdad crees que voy a echarme atrás? —dice con chulería.

El problema de tener un móvil es que no puedes estamparlo contra la horquilla cuando cuelgas, como con los fijos. Lo único que puedes hacer es tirarlo al suelo, y entonces solo consigues que rebote y cargarte la carcasa. No es nada satisfactorio.

Cierro los ojos y me agacho para recoger las piezas.

Solo se me ocurre una persona capaz de convencer a Daneca de que no debe acercarse a Barron: Lila.

Le envío un mensaje a Lila para decirle que quiero quedar con ella donde prefiera, que necesito contarle una cosa, que no tiene nada que ver con nosotros dos y que es muy importante. No me responde. No la veo por los pasillos ni en el comedor.

Sam me agarra del brazo en cuanto entro en la cafetería, así que aunque Lila estuviera allí, no podría decirle gran cosa. Tiene el pelo alborotado y la mirada de alguien cuya cordura pende de un hilo muy delgado.

—¿Por qué no me has despertado? —me pregunta con fingida calma—. Has salido a hurtadillas. No querías que te viera con ella.

—¡Quieto ahí! —Levanto las dos manos en gesto de rendición—. Has gruñido y has abierto los ojos, creía que ya estabas despierto. —Es mentira, pero suena creíble. A menudo yo murmuro algo, me doy la vuelta y me vuelvo a dormir de inmediato. La diferencia es que Sam normalmente le da un puntapié a mi cama antes de salir del cuarto.

Parpadea un par de veces, muy deprisa, como si intentara contenerse.

—¿Por qué estabas discutiendo con Daneca esta mañana? —me pregunta finalmente.

—Le he dicho que se está portando como una capulla contigo —le digo con el ceño fruncido—. Que no mereces que te trate así.

—¿Ah, sí? —Se encorva un poco. Me siento como el miserable que soy. Es evidente que Sam quiere creerme—. ¿Seguro? Parecía algo peor. Tenía pinta de estar muy enfadada.

—Supongo que no se lo he dicho con mucha educación.

Sam suspira, pero la furia lo ha abandonado.

—No deberías hablarle así. También es tu amiga.

—Ya no lo es —replico, encogiéndome de hombros.

Al ver su mirada de gratitud me siento aún peor. Le estoy hablando como un fiel amigo que lo defiende hasta las últimas consecuencias, cuando la realidad es que es Daneca la que no quiere volver a hablar conmigo.

—Cassel —dice una voz femenina a nuestras espaldas. Me doy la vuelta; Mina Lange me está mirando. Sonríe, pero parece cansada, lo que me hace sentir el repentino deseo de protegerla—. ¿Podemos hablar de lo de mañana?

Sam la mira a ella, luego me mira a mí y después al cielo, como si esa fuera la única explicación posible de la suerte que tengo con las chicas.

Le puedo garantizar que no viene precisamente de ahí arriba.

—Eh... Claro. Lo he estado pensando y... —Tengo que improvisar, porque lo cierto es que apenas he pensado en el problema de Mina desde la última vez que hablamos. El fin de semana ha arrastrado consigo todo lo demás.

—Aquí no —me interrumpe.

Giro la cabeza hacia la puerta.

—Está bien. Vamos a la biblioteca. Allí no habrá mucha gente y podremos encontrar un sitio tranquilo en la parte de atrás.

—¿De qué va esto? —pregunta Sam.

—Ah —le digo—. Sam, esta es Mina. Mina, Sam.

—Vamos juntos a clase de Cinematografía —dice Sam—. Ya sé quién es.

—Solo la estoy ayudando con una cosa. —Se me ocurre entonces que es una oportunidad de oro para distraer a Sam de todo lo relativo a Daneca—. Deberías venir con nosotros. Puedes ser el Watson de mi Sherlock, el Hawk de mi Spenser, el Mouse de mi Easy, el Bunter de mi Wimsey.

Sam resopla.

—O el Sancho Panza obeso de tu Quijote chiflado. —Sam mira a Mina y se le pone el cuello colorado, como si acabara de darse cuenta de que nos ha hecho quedar muy mal a los dos.

—No sé si es buena... —empieza a decir Mina.

—Confío plenamente en Sam, aunque se pasa de modesto —le aseguro—. Cualquier cosa que vayas a contarme a mí se la puedes contar a él.

Ella lo mira de arriba abajo con suspicacia.

—Vale. Pero el plazo termina mañana. Tenemos que recuperar la cámara antes, buscar la manera de pagarles o...

—En la *biblioteca* —le recuerdo.

—Vale —dice Mina, asintiendo con cara de alivio.

Me llevo unas cuantas manzanas del cuenco que está junto al lector de tarjetas y cruzamos juntos el patio. Hay algunos alumnos en las mesas de la biblioteca, estudiando durante la hora del almuerzo. Me abro paso y, al fondo, encuentro una zona cerca de las estanterías catalogadas SOCIEDADES, SECRETAS, BENÉFICAS, ETC., y me siento en la alfombra.

Distribuyo las manzanas y le doy un mordisco a la mía.

—Primero repasaremos otra vez los hechos del caso. Así ponemos al día a Sam y vemos el asunto con otros ojos.

Sam parece un poco perplejo, posiblemente porque hablo como si de verdad estuviéramos jugando a los detectives.

—Alguien me está chantajeando —dice Mina, mirando a Sam—. Tengo que pagar cinco mil dólares. Y no los tengo. Y el plazo termina mañana por la mañana. —Se vuelve hacia mí—. Por favor, dime que sabes lo que tengo que hacer, Cassel.

—¿Qué saben de ti? —pregunta Sam—. ¿Has copiado en un examen o algo así?

Mina titubea.

—Fotos —contesto yo—. Fotos picantes.

Ella me echa una mirada dolida.

—Oye —le dice Sam—. No tienes de qué avergonzarte. Todo el mundo se ha hecho alguna. A ver, yo personalmente no, pero tendrías que ver a la abuela de Cassel...

—Sigamos —le interrumpo—. La cuestión es que Mina las guardaba en una cámara. Y se la robaron. Mina, cuanto más lo pienso, más convencido estoy de que tiene que haber sido alguien de tu mismo pasillo. Alguna chica. A lo mejor entró en tu habitación para robarte un sobre de chocolate instantáneo, vio la cámara y se la llevó. Luego, una semana después, se puso a curiosear, encontró las fotos en las que sales desnuda y, en una larga noche de risas y comida basura, a sus amigas y a ella se les ocurrió gastarte una broma pesada.

—Dijiste que me ayudarías. —Esta vez, cuando me mira, tiene los ojos húmedos. No está llorando exactamente, pero con esas lágrimas adheridas a las pestañas está guapísima y parece terriblemente vulnerable. Su desconsuelo me hace dudar de mí mismo.

—Y eso intento —continúo—. Todo encaja, de verdad. Pero, escucha, mañana por la mañana Sam y yo nos levantaremos temprano, iremos al campo de béisbol y montaremos guardia. Estoy seguro de que quien haya organizado esta jugarreta no podrá resistir la tentación de venir a ver si te la has tragado.

—La estás angustiando —me dice Sam.

Mina se gira hacia él.

—¡No me cree!

Suspiro. Es verdad que creo que Mina me oculta algo, pero como no sé lo que es, no me sirve de nada. Y tampoco saco nada diciéndole que no me fío del todo de ella.

—Mirad, si el chantajista se presenta allí para cobrar, sabremos quién es.

—Pero ¿y el dinero? —dice Mina—. No lo tengo.

—Tú lleva una bolsa grande, donde pudiera caber tanto dinero.

Mina, desconsolada, mira por la ventana e inspira temblorosamente.

—Todo va a salir bien —le aseguro, tocándole el brazo con la mano enguantada en un gesto que pretende ser empático. Mina parece agotada.

Entonces suena el timbre, tan fuerte que nos sobresalta. Mina se levanta de un salto y se alisa la falda. Luego se atusa la melena, que se mueve como las olas del mar. Se mueve como se mueve el pelo en las películas.

El pelo de verdad no se mueve así.

La miro otra vez mientras ella se recoge un mechón detrás de la oreja.

—Eres muy majo —le dice a Sam—. Gracias por intentar ayudarme.

Caigo en la cuenta de que no tiene las puntas abiertas, ni una. Y aunque cuesta verlo con el flequillo, la parte superior de la cabeza tiene un color sutilmente distinto del resto de la piel.

Sam asiente con expresión solemne.

—Lo que necesites.

—Lo solucionaremos —digo yo.

Mina me dedica una de esas medias sonrisas que tan bien se les dan a algunas chicas, haciendo temblar el labio con un aire tan vulnerable que harías cualquier cosa con tal de verlas sonreír del todo. Todavía tiene las pestañas húmedas por esas lágrimas que no han llegado a caer. Me imagino secándoselas con el pulgar. Me imagino el tacto suave de su mejilla en la piel desnuda. Mina recoge una bandolera llena de imágenes de fresas antropomorfas cantarinas y sale de la biblioteca.

Su peluca oscila a su paso.

El resto del día es un borrón de mensajes de texto apresurados y sin respuesta. Lila no está en la sala común de su residencia (le he tenido que prometer a Sharone Nagel que le pasaré mis deberes de Estadística a cambio de que la buscara allí). Ni siquiera veo su coche en el aparcamiento. Cuando descubro que tampoco está en el comedor a la hora de cenar, ya no puedo aguantar más las ganas de encontrarla.

Daneca tampoco viene a cenar.

Por lo menos está Sam, que hojea un catálogo de máscaras sin apenas prestar atención al pastel de carne y puré de patatas de su plato, que se va enfriando.

—Bueno —me dice—. ¿Me vas a contar de qué va en realidad todo ese asunto de Mina?

—No hay nada más que contar. Vamos a salvar a una doncella en apuros, como los caballeros de antaño. Pero ojalá supiera exactamente de qué apuro la vamos a salvar. Todo esto me huele a chamusquina.

—¿No te crees lo de las fotos? —me pregunta, deteniéndose en una página donde aparece un hocico de hombre lobo hecho de goma, que se pega con adhesivo sintético.

—No lo sé. Solo estoy seguro de que me está mintiendo en *algo*. Pero quizá no sea nada importante. Todos mentimos, ¿verdad?

Suelta un resoplido.

—¿Y cuál es el plan, sir Cabezón?

—Más o menos lo que le he dicho a ella. Vamos a ver quién aparece allí para chantajear a Mina o para burlarse de lo inocente que es.

Me giro hacia donde está Mina. Está sentada con sus amigas, jugando con un mechón de su peluca y tomando un refresco light. Aunque estoy prácticamente seguro de que se trata de pelo postizo, lo miro maravillado. Parece auténtico, mejor que el de verdad; le cae por la espalda como una cascada resplandeciente.

¿Habrá estado enferma? Si es así, tiene que haber sido hace tiempo, porque en Wallingford nadie recuerda su ausencia, pero tampoco mucho, porque entonces ya le habría crecido el pelo. O podría tratarse de otra cosa. Quizá simplemente prefiere evitarse el engorro de peinarse por las mañanas.

Me pregunto por qué alguien querría chantajear a una chica como ella. Con solo *mirarla*, te das cuenta de que su familia no es rica. Lleva un buen reloj, pero siempre el mismo. La correa de cuero está gastada. Y calza unas bailarinas negras, bonitas pero baratas. Tampoco es que no pueda permitirse cosas buenas, porque tiene un móvil que salió el año pasado y un portátil de hace dos años, cubierto de cristalitos rosados. Eso es más de lo que tienen muchos. Además, estudia en Wallingford. Solo digo que no me parece que sea la clase de persona a la que yo escogería para sacarle cinco mil dólares. Todo esto tiene que ser una simple broma.

A menos que el chantajista sepa algo que yo ignoro.

Después de cenar regreso al aparcamiento, pero el coche de Lila sigue sin aparecer. Se me ocurre que tal vez Daneca y ella estén juntas, ya que no he visto a ninguna de las dos en el comedor. Quizá Daneca haya reflexionado sobre lo que le he dicho de Barron, aunque aparentara que no. O incluso podría haber empezado a dudar de él. Quizá se haya topado con Lila y por eso ella no me ha llamado. Daneca vive cerca; no sería descabellado que hubieran ido a cenar allí. Me las imagino en la cocina de Daneca, cenando pizza y hablando de lo imbéciles que son los hermanos Sharpe. No me molesta. De hecho, es un alivio inmenso en comparación con las demás posibilidades. Me queda un par de horas antes de que el supervisor haga la ronda por las habitaciones y no tengo ninguna idea mejor, así que decido pasarme por la casa de Daneca.

Ya sé lo que estáis pensando. Estáis pensando en lo irónico que es que Barron, que se equivoca en tantas cosas, tenga razón en que me comporto como un acosador.

Aparco en su calle arbolada, en Princeton, y recorro la acera, pasando junto a los regios edificios de ladrillo, todos con un jardín bien cuidado, setos esculpidos y una aldaba bruñida en la puerta. Los jardines lucen decoraciones otoñales: mazorcas secas, jardineras con pirámides de calabazas apiladas e incluso algún que otro espantapájaros abandonado.

Mientras subo por el sendero que lleva a su casa, me doy cuenta de que me he equivocado. Los coches no están en la entrada; he venido hasta aquí para nada.

Me doy la vuelta y me dispongo a largarme cuando la puerta principal se abre y se encienden las luces del porche.

—¿Hola? —dice la madre de Daneca, protegiéndose los ojos con la mano enguantada. La luz del porche hace lo que suelen hacer las luces de porche inútiles: deslumbrarla a ella y convertirme a mí en una sombra.

Me acerco.

—Soy yo, señora Wasserman. Soy Cassel. No quería asustarla.

—¿Cassel? —dice ella. Parece igual de nerviosa. Quizá más que antes—. ¿No deberías estar en el colegio?

—Buscaba a Daneca. Los de último curso podemos salir del campus siempre que volvamos a tiempo. Pero sí, creo que debería estar en Wallingford. Me vuelvo para allá. —Señalo vagamente en la dirección donde he dejado el coche.

Ella guarda silencio un rato.

—Creo que es mejor que entres —dice finalmente.

Cruzo el gastado umbral de mármol y camino por el reluciente suelo de madera. Todavía huele a la cena (algo que llevaba salsa de tomate) y oigo el televisor del salón. El padre de Daneca y Chris, que ya es casi su hermano, están sentados en los sofás, atentos a la pantalla. Chris se gira para mirarme al pasar; la luz se refleja en sus ojos.

La señora Wasserman me invita a entrar a la cocina.

—¿Te apetece beber algo? —me pregunta mientras llena la tetera.

Me recuerda desagradablemente a mi madre en casa de Zacharov.

—No, gracias.

Señala una silla.

—Siéntate, al menos.

—Gracias. —Me siento con aire incómodo—. Mire, siento mucho haberla molestado…

—¿Por qué pensabas que Daneca estaría aquí en lugar de en Wallingford?

Sacudo la cabeza.

—No sé dónde está. Solo quería hablar con ella de su novio. Está saliendo con mi hermano. Si lo conociera, entendería por qué…

—Ya lo conozco —responde la señora Wasserman—. Ha venido a cenar.

—Oh —digo lentamente. Ya sé por qué está tan incómoda conmigo: apuesto a que Barron le ha contado algo chungo sobre mí—. ¿Ha venido Barron? ¿A cenar? ¿Aquí?

—Solo quiero decirte, Cassel, que sé lo mal que lo pueden llegar a pasar los niños obradores. Por cada niño como Chris que encuentra un hogar, hay muchos otros que terminan en la calle, captados por las mafias y vendidos a los ricos. Los obligan a sufrir una reacción continua para que otros se llenen los bolsillos, o no les queda otra que caer en la delincuencia. Y tiene que haber sido mucho peor que te hayan educado para creer que estás obligado a hacer eso. No sé qué habéis hecho ni tú ni tu hermano, pero…

—¿Qué cree usted que hemos hecho?

Ella me mira a la cara, como buscando algo.

—No lo sé —responde finalmente—. Daneca me ha llamado esta mañana. Ha dicho que no te parece bien que ella salga con tu hermano. Sé que Daneca te importa. Eres el compañero de habitación de Sam y soy consciente de que quieres protegerla. Quizás estés intentando protegerlos a los dos. Pero si esperas que te perdonen por lo que has hecho, tienes que darte cuenta de que tu hermano también merece otra oportunidad.

—¿Qué cree que he hecho? ¿Qué le ha contado él?

—Eso no es importante —contesta—. Es agua pasada. Seguro que prefieres que siga así.

Abro la boca, pero vuelvo a cerrarla. Aunque quiero defenderme, es cierto que he hecho cosas malas. Cosas que quiero que se queden en el pasado. Pero también quiero saber qué le ha dicho Barron, porque dudo muchísimo de que le haya contado toda la verdad.

Este es justamente el problema de las personas como la señora Wasserman. Es *amable*. Es *buena*. Quiere ayudar a los demás, incluso a quienes no debería ayudar. Como a Barron. O a mí. Resulta muy fácil aprovecharse de su optimismo, de la fe que tiene en su idea acerca de cómo funciona el mundo.

Yo lo sé muy bien, porque ya lo he hecho.

Cuando la miro a la cara, me doy cuenta de que la señora Wasserman ha nacido para ser la víctima perfecta de esta clase de timo.

Capítulo nueve

Si eres un tarado que necesita organizar una reunión clandestina, entonces, igual que ocurre con las inmobiliarias, lo más importante es la ubicación, la ubicación y la ubicación.

Para controlar la situación, hay que controlar el terreno. No queremos sorpresas. Nada de edificios, árboles ni rincones oscuros donde puedan ocultarse tus enemigos. Los únicos escondites tienen que ser los que ocupen los tuyos. Pero tampoco puede ser un lugar tan diáfano que cualquier transeúnte lo pueda ver todo con claridad. La reunión clandestina debe permanecer en la clandestinidad.

El campo de béisbol no está mal escogido. Está lejos de los demás edificios del campus. El único escondite es una arboleda, y no está excesivamente cerca. La hora también es adecuada. A las seis de la madrugada, la mayoría de los alumnos aún no se habrán levantado, pero tampoco hay ninguna regla que lo prohíba, así que Mina no tendrá que salir a hurtadillas. Y deja un margen suficiente para hacer el intercambio antes de que empiecen las clases. El chantajista podrá cobrar, guardar el dinero con toda la calma del mundo y llegar a tiempo para el desayuno.

Por otro lado, las seis de la mañana parece una hora demasiado temprana para unas chicas que solamente quieren gastar una broma pesada; se quedarían en la cama. Me las imagino en pijama, asomadas a las ventanas de su residencia y burlándose de Mina cuando la vean volver del campo de béisbol, después de que no se haya presentado nadie. Si tengo razón, eso es lo que va a pasar. Y entonces empezará la negociación de verdad, porque aún tendré que convencerlas de que le devuelvan la cámara y su contenido. Entonces averiguaremos lo que está pasando en realidad.

La alarma de Sam suena como una sirena a las cuatro y media de la madrugada, una hora que espero no tener que volver a ver en toda mi vida. Tiro mi móvil al suelo al intentar apagarlo, antes de darme cuenta de que el sonido viene de otra zona de la habitación.

—Levántate —le digo, arrojándole una almohada.

—Tu plan es una mierda —murmura Sam mientras baja de la cama y se dirige a las duchas a trompicones.

—Ya —digo en voz baja para mis adentros—. A estas horas todo es una mierda.

Es demasiado temprano para que alguien haya preparado café. Me quedo mirando fijamente la cafetera vacía de la sala común mientras Sam abre un tarro de café instantáneo.

—Ni se te ocurra —le advierto.

Sam, temerariamente, se mete una cucharada en la boca. El café produce un crujido horrible al masticarlo. De pronto se le ponen los ojos como platos.

—Está seco —grazna—. Se me arruga... la lengua.

Sacudo la cabeza mientras examino el tarro.

—Es café deshidratado. Hay que añadirle agua. Menos mal que el cuerpo humano está hecho principalmente de agua.

Sam intenta decir algo, pero se mancha la camiseta de polvo marrón.

—Además, es descafeinado —añado.

Sam corre al fregadero para escupirlo mientras yo sonrío. No hay nada tan divertido como ver a otro pasar un mal rato.

Cuando salimos, me noto un poco más espabilado. Es tan temprano que la hierba todavía está cubierta por la densa niebla matinal. El rocío ha cristalizado en las ramas desnudas de los árboles y los montones de hojas secas, cubriéndolos de una escarcha blanquecina.

Durante el paseo hasta el campo de béisbol, la hierba húmeda nos moja los zapatos. Aún no ha llegado nadie, y esa es la idea. Nunca hay que ser el último en llegar a una reunión clandestina.

—¿Y ahora qué? —pregunta Sam.

Le señalo la arboleda. No es lo ideal, pero allí estaremos lo bastante cerca para ver si se presenta alguien; después de haber perseguido a un obrador mortal, estoy bastante seguro de que podré atrapar a un estudiante en caso de que fuera necesario.

El suelo está congelado y la hierba cruje al sentarnos. Me levanto para comprobar varios ángulos hasta asegurarme de que estemos razonablemente bien escondidos.

Mina llega unos quince minutos después, cuando creo que Sam ya no sabe qué hacer para no morirse de aburrimiento. Trae una bolsa de papel y parece nerviosa.

—Eh... ¿Hola? —dice desde la linde de los árboles.

—Estamos aquí —contesto—. No te preocupes. Tú ve al centro del campo, por la derecha, junto a la primera base, y colócate de manera que te veamos bien.

—Vale —dice Mina con voz temblorosa—. Siento haberos arrastrado a esto, pero...

—Ahora no. Tú ve allí y espera.

Sam suelta un largo y sufrido suspiro mientras Mina se aleja.

—Tiene miedo.

—Ya lo sé. Pero no sabía cómo... No tenemos tiempo para eso.

—Debes de ser el peor novio del mundo —susurra Sam.

—Probablemente. —Se echa a reír.

Cuesta mucho esperar. Es aburrido y, cuanto más te aburres, más te apetece cerrar los ojos y echar un sueñecito. O sacar el móvil y ponerte a jugar. O charlar. Se te agarrotan los músculos. Empiezas a notar ese hormigueo que te dice que se te está durmiendo el pie. Quizá no va a venir nadie. Quizá te hayan visto. Quizá hayas cometido uno de un millón de posibles errores de cálculo. Lo que más te apetece es buscar una excusa para abandonar tu puesto de vigilancia e irte a tomar un café o volver a la cama. El tiempo se ralentiza y se arrastra lentamente, como si una hormiga se paseara por tu espalda.

Cuando ya lo has conseguido una vez, es más fácil convencerte de que puedes hacerlo de nuevo. Sam se revuelve con gesto incómodo. Mina, pálida y angustiada, camina de un lado a otro. Yo la voy mirando a la cara, buscando algún indicio de que el chantajista haya llegado, mientras pienso lo que voy a decirle a Lila.

Daneca no me cree. Por favor, cuéntale lo que te hizo Barron.

Hasta ahí llego antes de que mi mente se atasque. No me imagino lo que me respondería. No me imagino su expresión. No dejo de pensar en que no me miraba a la cara cuando le dije que la quería. No me creía. Y luego recuerdo el tacto de su boca y cómo me miraba cuando estábamos tumbados en la misma hierba que veo ahora, salvo por que entonces estaba cálida. Lila, igual de cálida, decía mi nombre como si no le importara nada más en el mundo.

Me presiono los párpados con las yemas de los dedos enguantados para borrar esas imágenes.

De repente noto que Sam se mueve con brusquedad a mi lado y retiro las manos lentamente. Mina se ha puesto rígida y está mirando a una persona que no vemos bien. La adrenalina me inunda las venas y me desboca el corazón. En este momento, el peligro es que nos pueda el ansia. Debemos aguardar a que el chantajista nos dé la espalda y entonces actuar con el mayor sigilo posible.

Mina se va girando lentamente a medida que la silueta se aproxima. Hace exactamente lo que le he dicho, excepto por que nos mira de reojo. Cuando nuestras miradas se encuentran, trato de comunicarle en silencio que no debe volver a mirarnos.

Entonces la silueta se hace visible.

No sé qué me imaginaba exactamente, pero no era a un alumno de primer curso, alto, flaco y tan nervioso que me relajo en cuanto lo veo. Quizás el chico encontró la cámara y decidió sacarse un dinerillo.

O tal vez piense que, para un adolescente, el chantaje es lo mismo que empujar a un charco de barro a la chica que te gustaba cuando eras pequeño. No lo sé. Lo que está claro es que esto le supera.

Me parece cruel abalanzarme sobre él, así que recurro al truco más cutre del mundo. Manteniéndome siempre a su espalda, meto la mano en el bolsillo de la chaqueta y extiendo los dedos índice y corazón para imitar la forma de una pistola.

Cruzo el césped deprisa, de manera que cuando él me oye acercarme, ya estoy a su lado.

—No te muevas —le advierto.

El chico suelta un ruido muy gracioso al verme. Un grito tan agudo que casi ni lo oigo. Incluso Mina parece asustada.

Sam se acerca al estudiante con aire amenazador.

—Es Alex DeCarlo —dice, mirándolo—. Vamos juntos al club de ajedrez. ¿Qué hace aquí?

Levanto mi pistola de bolsillo falsa.

—Eso. ¿Para qué querías tú cinco mil dólares?

—No… —dice Alex, que se ha puesto colorado de angustia—. Yo no quería… —Mira a Mina y respira temblorosamente—. No sé nada de los cinco mil dólares. Yo solo tenía que traer el sobre que, eh… me dio *él*. Mina es amiga mía, yo nunca…

Mentira, mentira. Aquí todos *mienten*. Lo noto en sus voces. Lo noto en sus caras que no se ajustan a lo que dicen, en una docena de gestos delatores.

Pues yo también sé mentir.

—Dime la verdad o *te vuelo los sesos*.

—Lo siento —grazna el chico—. Lo siento. Mina, no me dijiste que traería una pistola. —Parece a punto de vomitarse en los zapatos.

—*Alex* —le reprende Mina en tono de advertencia.

Sam avanza un paso hacia ella.

—Tranquila, no va a pasar…

Alex toma aire de nuevo, temblando.

—Mina dijo que solo tenía que venir aquí y deciros una cosa, pero no quiero morir. No me dispares, por favor. No se lo contaré a nadie...

—¿Mina? —digo con incredulidad. Abandonando la pantomima de la pistola, saco la mano del bolsillo y le arrebato el sobre a Alex—. Veamos.

—¡Oye! —protesta Alex—. Esperad. ¿No era de verdad? —dice mientras empiezo a abrirlo—. ¿No tienes una pistola?

—Oh, ya lo creo que la tiene —contesta Sam.

—¡No lo abras! —grita Mina, intentando quitarme el sobre—. Por favor.

Le lanzo una mirada torva. Dentro hay unas fotos impresas; no son negativos ni una tarjeta SIM ni una cámara robada.

Pero ya es tarde. Las estoy mirando.

Son tres fotografías. Mina aparece de perfil en todas ellas, con su larga peluca morena cayéndole sobre los hombros. No está desnuda. De hecho, lleva el uniforme de Wallingford. Lo único que lleva al aire es la mano derecha.

Sus dedos desnudos tocan el cuello del hombre que está a su lado: el decano Wharton. Lleva abiertos los primeros botones de la camisa blanca y tiene los ojos cerrados, con una expresión de temor o quizá de placer.

Suelto las fotos, que se desparraman por el suelo como hojas secas.

—Lo estáis echando todo a perder —dice Mina con un tono casi feroz—. He hecho esto para que me creyerais. Tenía que convenceros.

Sam se agacha, recoge una de las fotos y la mira fijamente. Creo que intenta desentrañar su significado, igual que yo.

Pongo los ojos en blanco.

—A ver si lo entiendo. ¿Nos has mentido para que te creyéramos?

—Si os hubiera dicho lo que pasaba, si hubierais sabido que el decano estaba involucrado, no habríais querido ayudarme. —Mina nos va mirando por turnos a Sam, a Alex y a mí, como si intentara calcular a cuál de nosotros todavía puede ablandar con sus súplicas. Tiene los ojos llenos de lágrimas.

—Supongo que ya nunca lo sabremos —sentencio.

—Por favor. Ahora ya ves por qué no quería... Ya ves por qué tenía miedo.

—No tengo ni idea —replico—. Has dicho tantas mentiras que no tengo ni puta idea de por qué tienes miedo.

—*Por favor* —implora con amargura. A pesar de todo, una parte de mí se siente fatal por ella. Yo he estado en su misma situación, intentando manipular a la gente porque me daba miedo probar cualquier otra cosa. Porque estaba convencido de que la única forma de que me ayudaran era engañarlos.

—A un embustero nadie le cree dos veces —le digo, procurando mantener la voz firme. Mina se tapa la cara con su delicada mano enguantada.

—Ahora me odias, seguro. Me odias.

—No —contesto con un suspiro—. Claro que no. Pero quiero que esta vez me cuentes toda la historia, ¿de acuerdo?

Ella asiente rápidamente mientras se seca los ojos.

—Te lo prometo. Te lo contaré todo.

—Y empieza por lo del pelo.

Mina se lleva la mano a la cabeza, cohibida, hundiendo los dedos enguantados en la peluca morena.

—¿Cómo?

Me inclino hacia ella y tiro con fuerza de un mechón. El flequillo se le descoloca hacia un lado y Mina, con un grito ahogado, trata de ajustárselo atropelladamente.

Alex también suelta un grito de asombro.

—¿Es una peluca? —dice Sam. No es una pregunta de verdad, sino ese tono que pones cuando todavía no te has hecho a la idea de algo.

Mina se aleja de mí con vacilación, roja como un tomate.

—Te pedí que me ayudaras. ¡Solo quería tu ayuda! —Tiene la voz ronca y gutural. De pronto solloza; esta vez estoy seguro de que no está fingiendo. Empieza a moquearle la nariz—. Solo quería...

Se da la vuelta y echa a correr hacia los edificios del campus.

—¡Mina! —exclamo, pero no me hace caso.

Sam me propone ir a desayunar fuera del campus, en lugar de quedarnos plantados en mitad del campo de béisbol, helándonos el culo mientras analizamos la información que le hemos sacado a Alex después de que Mina huyera. Son poco más de las seis de la mañana: tenemos hasta las ocho antes de que empiecen las clases. No me vendrían mal unas tortitas.

Me subo al asiento del copiloto del coche fúnebre de Sam, me reclino y cierro los ojos un momento, pero cuando me quiero dar cuenta Sam me está zarandeando para despertarme. Ha aparcado detrás del Bluebird Diner.

—Despierta —dice Sam—. En mi coche no puede dormir nadie que no esté muerto.

Bostezo y salgo del coche.

—Perdona.

Me pregunto si lo de esta mañana me servirá para ser agente federal. Cuando me gradúe en Wallingford en primavera y me inscriba oficialmente en el programa de formación de Yulikova, aprenderé a atrapar a chantajistas de verdad. Chantajistas que no sean como Alex DeCarlo y se crean que llevo una pistola solo porque estiro dos dedos en el bolsillo de la chaqueta.

Chantajistas que de verdad estén chantajeando a alguien.

Entramos. Una camarera que no puede tener menos de setenta años, con las mejillas coloreadas como una muñeca, nos asigna nuestros asientos y nos entrega el menú. Sam pide una ronda de cafés.

—Los siguientes que pidáis son gratis —nos informa la camarera con el ceño fruncido, como esperando que no seamos la clase de clientes que piden que les rellenen el vaso infinitas veces. Sospecho que somos exactamente esa clase de clientes.

Con un suspiro, Sam abre el menú y empieza a pedir comida.

Al cabo de unos minutos, voy por mi tercera taza de café mientras ataco una torre de tortitas con el tenedor. Sam unta queso cremoso en un *bagel* cortado por la mitad y encima le pone salmón y alcaparras.

—Debería haberme dado cuenta de que llevaba peluca —dice, apuntándose al pecho con el cuchillo de untar—. El de los efectos especiales soy yo. Debería haberlo visto.

Sacudo la cabeza.

—Qué va. Ni siquiera sé cómo me di cuenta yo. Además, no tengo ni idea de lo que significa. ¿Por qué se ponen peluca las chicas, Sam?

Él se encoge de hombros y apura otra taza de café.

—Mi abuela las lleva para que no se le enfríe la cabeza. ¿Será por eso?

Sonrío.

—Puede ser. Quién sabe, ¿eh? A ver, si tuviera una enfermedad grave, lo sabríamos. Habría faltado a las clases.

—El pelo también se cae por estrés, ¿no? A lo mejor tantas mentiras le están afectando. Mina no es una profesional como tú.

Sonrío con sorna.

—Y algunas personas tienen un síndrome que les hace arrancarse el pelo. Lo vi en un *reality* de madrugada. También se comen los folículos. Y luego se les forma un bezoar, una bola de pelo gigante que puede ser letal.

—Se llama tricotilomanía —dice Sam, claramente orgulloso de haber recordado semejante palabro. De pronto guarda silencio—. O podría ser la reacción a un maleficio.

Asiento con la cabeza, dándole la razón. Supongo que ambos pensábamos lo mismo.

—¿Crees que estas fotos son de Mina obrando al decano Wharton? Yo pienso lo mismo. La primera pregunta es quién sacó las fotos. La segunda es por qué Mina nos las ha dado a nosotros. Y la tercera es qué le está haciendo a Wharton, en caso de que le esté obrando.

—¿Que por qué nos las ha dado, dices? Mina no nos las ha dado. Tú se las has quitado de las manos a Alex —me recuerda Sam, levantando su taza para indicar a la camarera que necesitamos otra ronda de café gratis—. Mina no quería que las viéramos.

—Qué va. Claro que quería —repongo—. Si no, ¿por qué iba a pedirle a Alex que las trajera? ¿Por qué querría sacar esas fotos, en todo caso? Creo que se ha puesto nerviosa porque hemos visto las fotos antes de que ella nos contara la historia que quería contarnos.

—Espera. ¿Crees que se hizo las fotos ella misma? ¿Que no hay ningún chantajista? —Sam me mira fijamente, como si esperara que le dijera que Mina es un robot del futuro que ha venido a destruir nuestro mundo.

—Creo que la chantajista es ella —sentencio.

Después de que Mina se fuera, conseguimos que Alex nos explicara la historia que había accedido a contarnos. Tenía que decirnos que el chantajista era el doctor Stewart y que quería cinco mil dólares a cambio de no arruinar la carrera de Wharton y la reputación de Mina. Que el doctor Stewart usaba a Alex como intermediario para que cobrara el dinero y se lo entregara a él.

Stewart me dio clase el curso pasado. Es un chungo. Uno de esos profes que parecen disfrutar cuando suspendes un examen. Siempre me lo he imaginado como un fanático de las normas que considera que, si no las cumples, te mereces lo que te pase.

No me encaja como delincuente.

Aparte de su improbable villano, la historia presenta varios problemas más. En primer lugar, meter a Alex en este asunto es una estupidez. Si de verdad Stewart quiere borrar sus huellas utilizando a Mina como intermediaria entre Wharton y él, no puede ser tan tonto como para usar a un alumno que no tiene nada que perder si se va de la lengua.

—No lo entiendo —dice Sam.

—Yo tampoco lo acabo de entender. ¿Mina tiene beca de estudios?

—Quizá —dice Sam, encogiéndose de hombros.

—Necesitamos averiguar si lo que le hace a Wharton es bueno o malo. ¿Wharton le paga? ¿O Mina le está obligando a hacer... no sé, algo que la beneficie a ella?

—Wharton tiene que estar pagándole —aventura Sam—. Si no fuera él quien pagara, entonces Mina no querría dejar ningún registro de lo que está pasando, ¿no? No nos habría dejado ver las fotos ni se las habría dado a Alex. No le convendría revolver las aguas. Si tienes razón en lo que dices, Wharton ha contratado a Mina.

Saco una de las fotos y la dejo en el centro de la mesa. Sam aparta las tazas y los platos para hacerle sitio.

Observamos los dedos desnudos de Mina y el rostro vuelto de Wharton, como si le diera vergüenza lo que está haciendo. Estudiamos la composición descentrada, como si no hubiera nadie manejando la cámara. Existen maneras de sacar fotos automáticamente, hasta con un móvil. Puede programarse para que haga fotos cada dos minutos, por ejemplo. Lo más difícil para Mina habría sido asegurarse de que Wharton se colocara en la posición correcta.

—¿Te gusta Mina? —me pregunta Sam.

Levanto la vista.

—¿Qué?

—Nada. Podría ser una obradora de la suerte. Quizá Wharton sea un ludópata.

—O podría ser una obradora física como Philip, aunque a mi hermano no se le caía el pelo. —Intento no pensar en lo que acaba de decir Sam, pero ahora no puedo evitar preguntarme si Mina le interesa. Las doncellas en apuros tienen algo... Todos queremos salvarlas. Y cuando tu novia corta contigo, se dice que un clavo saca otro clavo.

—Quizá sea una obradora física y esté remediando la calvicie de Wharton —dice Sam. Los dos nos echamos a reír—. Ahora, en serio, ¿qué piensas tú? ¿Qué pretende Mina?

Me encojo de hombros.

—Supongo que quería el dinero, ¿no? Y debió de pensar que nosotros podíamos ayudarla a conseguirlo. Quizá pensó que encontraríamos una forma de sacárselo a Stewart. O de ayudarla a chantajear a Wharton y cargarle el muerto a Stewart.

La camarera nos deja la cuenta en el extremo de la mesa y se lleva nuestros platos. Interrumpimos la conversación hasta que se marcha.

Me pregunto dónde estará Lila ahora.

—Pero ¿para qué necesita Mina cinco mil pavos? —pregunta Sam, buscando su cartera con una mano y agarrando la taza con la otra.

Devuelvo mi atención al presente.

—Es dinero. Podría ser para cualquier cosa, incluso por el solo hecho de tenerlo. Pero si Wharton le ha estado pagando a cambio de obrarlo, es posible que su acuerdo esté a punto de terminarse y vaya a cerrarle el grifo. Todos los timadores sueñan con dar el gran golpe.

—¿El gran golpe? —Sam sonríe, como animándome a continuar.

—Claro. El que te permite retirarte definitivamente. El timo legendario. El que pasa a ser sinónimo de tu nombre. Reconozco que cinco mil dólares no dan para tanto, pero no está mal para una estudiante de instituto. Y si Mina cree que ya no va a poder sacarle dinero regularmente, quizá haya decidido probar suerte porque no tiene nada que perder.

Dejo diez dólares en la mesa, Sam deja otros diez y nos levantamos.

—Salvo la posibilidad de que la atrapen —dice Sam. Yo asiento con la cabeza.

—Justamente por eso lo del gran golpe es un mito. Una fantasía. Porque al final nadie se retira después de dar un golpe exitoso. Uno se vuelve idiota y arrogante y se cree invulnerable. Se convence para repetirlo solo una vez más, una última vez. Y luego otra, porque cuando un trabajo se tuerce, te apetece hacer otro para quitarte el mal sabor de boca. Y si sale bien, haces otro para no dejar de sentir esa sensación.

—¿A ti también te pasa? —me pregunta Sam.

Lo miro sorprendido.

—A mí, no. A mí ya me han pescado los federales.

—Mi abuelo me llevó a pescar un par de veces —dice Sam mientras abre su coche—. No se me daba muy bien. Siempre me costaba recoger el sedal. A lo mejor les pasa lo mismo contigo.

Quiero responderle algo ingenioso, pero las palabras se me atascan en la garganta.

En vez de ir a clase, voy a la residencia de Lila. Tengo la vaga idea de hablar con ella acerca de Daneca, pero está tan revuelta con mis ganas locas y abrumadoras de verla que no tiene demasiado sentido.

Creía que esto se me empezaba a dar mejor. Creía que estaba empezando a acostumbrarme a estar enamorado de una chica que me desprecia, pero creo que en el fondo no lo estoy. En algún momento he hecho un pacto oscuro con el universo, sin ser muy consciente de ello: le he pedido al universo que me permitiera verla, aunque no volvamos a hablar; con eso me conformo. Y ahora, tras una semana sin rastro de ella, ha engullido todos mis pensamientos racionales.

Me siento como un yonqui ansioso por su siguiente chute, que no sabe si conseguirá.

A lo mejor Lila está desayunando en su cuarto, me digo. Es una idea razonable, normal. La veré antes de que se marche. Y no dejaré que se dé cuenta de lo importante que es para mí.

Subo corriendo las escaleras de Gilbert House y me cruzo con un par de chicas de primero. Se ríen entre dientes.

—No puedes estar aquí —dice una, fingiendo que me riñe—. Es la residencia de las chicas.

Me paro y le dedico mi mejor sonrisa, mi sonrisa cómplice. La que practico delante del espejo. La que promete toda clase de placeres malignos.

—Pues menos mal que me vas a guardar el secreto.

La chica me sonríe y se pone colorada.

Al llegar a lo alto de la escalera, sujeto la puerta del pasillo de Lila justo cuando sale Jill Pearson-White. Lleva la mochila colgada sobre un hombro y mastica una barrita energética. Apenas me presta atención y baja los escalones de dos en dos.

Cruzo el pasillo a la carrera; si me ve la supervisora de Lila, estoy jodido de verdad. Pruebo a abrir la puerta de su habitación, pero está cerrada con llave. No tengo tiempo para probar nada sofisticado, así que saco una tarjeta de crédito de la cartera y la deslizo por la ranura. Este truco me ha funcionado otras veces para abrir la puerta de mi habitación, y por suerte ahora también da resultado.

Espero encontrarme a Lila sentada en su cama, quizás atándose los cordones. O poniéndose unos guantes. O imprimiendo un trabajo de última hora. Pero no está.

Por un momento creo que me he equivocado de habitación.

Los carteles de las paredes no están. No están la estantería ni el arcón ni el tocador ni el hervidor de agua prohibido. En la cama solo hay un colchón desnudo, nada más.

Lila se ha ido.

La puerta se cierra a mis espaldas mientras cruzo la habitación vacía. Todo parece haberse ralentizado y emborronado. Una sensación horrible, la sensación de haberla perdido, me golpea en las tripas. Se ha ido. Se ha ido y no puedo hacer nada al respecto.

Mis ojos van hacia la ventana, desde donde la luz proyecta una curiosa sombra. Allí, en el alféizar, apoyado en el cristal, hay un sobre.

Lleva mi nombre escrito con la letra de Lila. Me pregunto cuánto tiempo lleva ahí. Me la imagino guardando todas sus cosas en cajas de cartón, cargándolas escaleras abajo y a Zacharov ayudándola, como buen padre. A sus dos matones, con la pistola guardada en la cintura, echando una mano también.

La idea debería hacerme sonreír, pero no.

Me siento en el suelo, aferrando el sobre de papel contra el pecho. Recuesto la cabeza sobre la madera. A lo lejos se oye un timbre.

No tengo ningún motivo para levantarme, así que me quedo ahí.

Capítulo diez

Cuando finalmente leo la carta, me hace sonreír a pesar de todo. Y no sé por qué, pero me siento todavía peor porque Lila se haya ido.

9/2\ 8\E| 3\4/5\3| 7|8|3| 5/6/7// 3|7//8\8|3\4/6/7// 6|6/
3|7/2\6| 5/6/ 6\4/6/ - 5/2\7// 3\3|7//7\3|3\4/3\2\7//
8\2\6\7\6/2/6/ - 7//4/3|6\7\7/3| 4|3| 7//2\2|4/3\6/ 5/6/
7|8|3| 8\3|7/6\4/6|2\7/4/2\ 7//4/3|6|3\6/ 3\3|
6\2\9/6/7/ - 3|5/ 7\8|3|7//8\6/ 7|8|3| 8\3|6|3\7/4/2\
7|8|3| 6/2/8|7\2\7/ - 9/ 6|8|6|2/2\ 8|3| 5/6/ 4|3|
3\4/2/4|6/ 7\3|7/6/ 8\3| 3|6|8/4/3\4/2\2|2\ 7\6/7/ 6|6/
8\3|6|3|7/ 8\6/3\2\ 8\8| 8/4/3\2\ 7\5/2\6|4/3/4/2/2\3\2\
- 7//3| 7|8|3| 5/6/ 7\2\7//2\2|2\7// 6\2\5/ - 6|6/ 8\3|
8\7/2\8\2\2|2\6| 2/6/6\6/ 2\ 2\5/4\8|4/3|6|
4/6\7\6/7/8\2\6|8\3| 7\3|7/6/ 3|7/2\7// 5/4/2|7/3|
2\8|6| 7\8|3|3\3|7// 7//3|7/5/6/ 7\3|7/6/ 8/2\7// 2\
8\3|6|3|7/ 7|8|3| 3|7//3/6/7/9//2\7/8\3| 6\2\7//

—5/4/5/2\

Es un mensaje en clave. Lo reconozco inmediatamente, porque Lila y yo solíamos escribirnos notas como esta de niños. El código es sencillo; nadie que quiera guardar un secreto de verdad y sepa un mínimo de criptografía lo usaría. Solo hace falta mirar el teléfono móvil y copiar el número que corresponde a cada letra en el teclado.

Por ejemplo, la L sería un 5 y la A sería un 2. Pero como a cada número del teclado le corresponde más de una letra, el código cuenta con un segundo símbolo: una línea diagonal o vertical que indica la posición de la letra en el botón del teléfono, así: \ | /. Por lo tanto, el código definitivo de la letra L es 5 /, porque la L está en el lado derecho de la tecla. Y la A es 2 \, porque la A está en el lado izquierdo. Y si es uno de esos números que tiene cuatro letras asignadas, se añade otra línea diagonal, de manera que 9 / es la Y, 9 / / es la Z, etcétera. Se tarda bastante en traducirlo, pero es fácil, sobre todo si tienes un móvil delante.

La existencia de esta carta, el hecho de que Lila supiera que yo vendría aquí y la encontraría, que recordara nuestro antiguo código y pensara que yo también me acordaría, me provocan un nudo en la garganta. Nadie me ve jamás como soy en realidad, debajo de la fachada. Pero Lila sí me veía. Me sigue viendo.

Extiendo el papel en el suelo, saco el recibo de la cafetería y un bolígrafo y empiezo a traducir:

> Ya te dije que los estudios no eran lo mío. Las despedidas tampoco. Siempre he sabido lo que terminaría siendo de mayor. Siempre he sabido el puesto que tendría que ocupar. Y nunca te lo he dicho, pero te envidiaba porque tú no tenías toda tu vida planificada. Sé que también lo has pasado mal. La gente no te trataba como a alguien importante, pero eras libre.
>
> Aún puedes serlo, pero vas a tener que esforzarte más para seguir así.
>
> —Lila

Deslizo los dedos por la carta en clave, pensando en lo mucho que habrá tardado; me la imagino tumbada en la cama, escribiendo laboriosamente símbolo tras símbolo. De pronto me suena el móvil.

Me apresuro a responder, sobresaltado y repentinamente consciente de que no debería estar en la residencia de las chicas. Si alguien oye el ruido, vendrá a investigar, porque todas las estudiantes están en clase a estas horas.

—¿Hola? —digo en voz baja.

—¿Cassel? —Es Yulikova—. ¿Eres tú?

Me levanto, cruzo la habitación y apoyo el brazo en la puerta del armario.

—Sí, soy yo. Perdone.

—La operación está en marcha. Iremos a recogerte el miércoles que viene, ¿de acuerdo? Es importante que no se lo cuentes a nadie, pero parece que vas a tener que estar unos días fuera. Necesitarás una excusa: un pariente hospitalizado o algo así. Y prepara algo de equipaje.

—¿Unos días? Pero ¿cuándo será…?

—Lo siento, no estoy autorizada a decírtelo, aunque preferiría hacerlo, obviamente.

—¿Al menos puede contarme en qué consiste el plan?

Yulikova se ríe.

—Te lo contaremos, Cassel. Por supuesto que sí. Queremos que dispongas de toda la información posible. Pero no por teléfono.

Obviamente. Por supuesto que sí.

Se está esforzando mucho por convencerme. Demasiado.

—Vale —contesto—. ¿La semana que viene, entonces?

—Queremos que estés a salvo, así que actúa con normalidad, por favor. Sal con tus amigos y ve planificando cómo vas a escaquearte durante unos días sin que nadie se dé cuenta. Empieza a allanar el terreno de la excusa que vaya a funcionar mejor. Y si necesitas que nos ocupemos nosotros…

—No. Puedo hacerlo yo.

No confían en mí. Yulikova me necesita, pero no confía en mí. No del todo. No lo suficiente. Me pregunto si Jones le habrá dicho algo, pero supongo que no importa.

Puedo hacerlo, pero eso no significa que me guste.

Supero mis clases de la tarde e intento no pensar en las que me he saltado por la mañana. En lo cerca que estoy de que me echen de Wallingford. En lo poco que me importa. Intento no pensar en Lila.

En el entrenamiento de atletismo, corro en círculos.

En cuanto puedo me escaqueo de la cena, me cambio de ropa y me dirijo al coche. Mis manos enguantadas giran el volante, pero me siento extrañamente ausente. Noto una especie de esperanza siniestra en el corazón que prefiero no analizar demasiado. Es frágil. Con solo mirarla fijamente, podría destruirla.

Conduzco hasta el bloque de apartamentos de Lila. Ni siquiera me molesto en intentar entrar en el aparcamiento, porque la verja está cerrada y la cerradura es de código. Encuentro un hueco para aparcar a un par de manzanas de distancia y entro en el edificio, confiando en que la grúa no se lleve mi coche.

En el mostrador, un hombre de cabello gris sentado ante un montón de monitores me pide que me identifique. Cuando le entrego mi carnet de conducir, llama al apartamento de Zacharov. Se pone unos auriculares grises y hechos polvo, espera unos segundos y pronuncia mi nombre (mal) con el micrófono.

Oigo las interferencias y una voz al otro lado, tan distorsionada que no la reconozco. El portero asiente, se quita los auriculares y me devuelve el carnet.

—Puedes subir —me dice con un leve acento de Europa del Este.

El ascensor sigue tan reluciente y frío como lo recordaba.

Cuando las puertas se abren, Zacharov está caminando de un lado a otro, vestido con un pantalón de traje y una camisa blanca a medio abotonar. No despega la vista del televisor.

—Le voy a arrancar la cabeza —grita—. Con mis propias manos.

—Señor Zacharov —le saludo. Mi voz hace eco—. Disculpe, eh... el portero me ha dicho que podía subir.

Zacharov se vuelve hacia mí.

—¿Sabes lo que ha hecho ahora ese mamón?

—¿Cómo? —No sé de quién me habla.

—Mira. —Señala el televisor de pantalla plana.

Miro la pantalla: Patton le está estrechando la mano a un hombre canoso que no conozco. El rótulo inferior dice: «Patton propone una iniciativa conjunta para hacer pruebas hiperbatigámmicas a los empleados del gobierno durante la cumbre con el gobernador Grant».

—Ese hombre es el gobernador de Nueva York. ¿Tienes idea de la cantidad de dinero que doné para su campaña de reelección? Y ahora se comporta como si le interesara lo que dice ese chiflado.

No se preocupe por Patton. Pronto desaparecerá. Es lo que quiero decirle, pero no puedo.

—Quizá Grant solo le esté siguiendo el rollo.

Zacharov se vuelve hacia mí, como si hasta ahora no hubiera sido consciente de mi presencia. Parpadea.

—¿Vienes a ver tu madre? Está descansando.

—Quería hablar con Lila.

Me mira con el ceño fruncido durante un largo momento y luego señala la gran escalera que conduce a la segunda planta y termina en un arco. No sé si recuerda que no conozco la casa o si le da igual.

Subo las escaleras al trote.

Cuando estoy a medio camino, Zacharov me habla:

—Me han dicho que el inútil de tu hermano trabaja para los federales. No es verdad, ¿no?

Me doy la vuelta, adoptando una expresión seria con un toque de perplejidad. Me late el corazón tan rápido que me duele el pecho.

—No —contesto con una risa forzada—. Barron no se lleva bien con las autoridades.

—¿Y quién sí? —pregunta Zacharov, echándose también a reír—. Dile que siga así. No me gustaría tener que partirle el pescuezo.

Me apoyo en la barandilla.

—Usted me prometió que...

—Hay traiciones que ni siquiera yo puedo tolerar, Cassel. Tu hermano no solo me estaría dando la espalda a mí. También os la estaría dando a tu madre y a ti. Te estaría poniendo en peligro a ti. Y a Lila.

Asiento mecánicamente, pero mi corazón brinca como una piedra en la superficie de un lago justo antes de hundirse. Si Zacharov se enterara de lo que he hecho, si se enterara de mi relación con Yulikova y la División de Minorías Autorizadas, me pegaría un tiro nada más verme. Me mataría seis vece seguidas. Pero *no lo sabe*. O al menos no creo que lo sepa. Su expresión, esa media sonrisa, no me dice nada.

Sigo subiendo las escaleras, notando cada paso más pesado que el anterior.

Llego a un pasillo.

—¿Lila? —digo en voz baja al pasar frente a varias puertas de madera reluciente con adornos metálicos en las bisagras y los picaportes.

Abro una puerta cualquiera y veo un dormitorio vacío. Está demasiado ordenado para ser otra cosa que una habitación de invitados, lo cual significa que aquí hay suficientes dormitorios para que les quede uno libre incluso teniendo a mi madre como huésped. La casa es más grande de lo que pensaba, que ya es decir.

Llamo a la siguiente puerta. No hay respuesta, pero al fondo se abre otra puerta y Lila sale al pasillo.

—Eso es un armario de ropa blanca —me informa—. También están la lavadora y la secadora.

—Y seguro que a estas no hace falta echarles monedas —digo, pensando en la residencia de Wallingford.

Ella me sonríe, apoyada en el marco de la puerta. Parece que acaba de ducharse. Lleva una camiseta de tirantes blanca y unos vaqueros negros ajustados. Va descalza, con las uñas de los pies pintadas de plateado. Unos cuantos mechones húmedos de su cabello rubio se le pegan a la mejilla y al cuello, donde luce la cicatriz.

—Has leído la carta —dice en voz baja, acercándose—. ¿O es que...?

Toco el bolsillo de mi cazadora sin pensar y le dedico una sonrisa ladeada.

—Me ha llevado un buen rato traducirla.

Lila se aparta el pelo de la cara.

—No deberías haber venido. Te lo he dicho todo en la carta para que no tuviéramos que...

Deja de hablar, como abandonando el resto de la frase. A pesar de lo que dice, no parece enfadada. Avanza otro medio paso hacia mí. Ahora estamos tan cerca que podría oírla aunque susurrara.

Al mirarla, pienso en lo que sentí cuando la vi en mi dormitorio de la casa vieja, antes de saber que mi madre la había obrado, cuando todo parecía posible. Veo la suave línea de su boca y el brillo claro de sus ojos y recuerdo cuánto soñé con ese rostro cuando todavía creía que Lila podía ser mía.

Ella fue el amor épico de mi infancia. Fue la tragedia que me hizo mirarme por dentro y ver mi corazón corrupto. Fue mi pecado y mi salvación, resucitados para cambiarme para siempre. Otra vez. En esa ocasión, cuando me decía que me quería, sentada en mi cama, la deseaba más que a ninguna otra cosa en toda mi vida.

Pero eso fue antes de que nos coláramos en un rascacielos, de que nos partiéramos de risa, de que en la funeraria tuviéramos una conversación que nunca había tenido y que quizá nunca vuelva a tener. Eso fue antes de que Lila dejara de ser un recuerdo y empezara a ser la única persona que me hacía sentir yo mismo. Eso fue antes de que me odiara.

Entonces la deseaba. Pero ahora no deseo prácticamente nada más.

Me inclino hacia Lila esperando que ella se aparte, pero no lo hace. Mis manos ascienden y los dedos enguantados se cierran en torno a sus brazos, estrujándola contra mí mientras mi boca busca la suya. Doy por hecho que me obligará a parar, pero su cuerpo se pliega con el mío. Sus labios cálidos y suaves se abren con un suspiro.

No hace falta más.

La empujo contra la pared, besándola como nunca me he permitido hacerlo. Quiero tragármela entera. Quiero paladear mi arrepentimiento, sentir el sabor de mi devoción en la lengua. Lila deja escapar un sonido, entre un jadeo y un gemido, y me atrae hacia ella. Sus ojos se cierran; todo es dientes, aliento y piel.

—Tenemos que... —dice contra mi boca, pero su voz parece venir de muy lejos—. Tenemos que parar. Tenemos que...

Retrocedo a trompicones.

Hay mucha luz en el pasillo. Lila sigue recostada contra la pared, con una mano apoyada en el yeso, como si la necesitara para sostenerse. Tiene los labios hinchados y la cara roja. Me mira con los ojos muy abiertos.

Me siento embriagado. Respiro con fuerza, como si acabara de echar una carrera.

—Creo que deberías irte —me dice Lila con vacilación.

Asiento con la cabeza para darle la razón, aunque irme es lo último que quiero hacer.

—Pero tengo que hablar contigo. Tiene que ver con Daneca. Por eso he venido. No pretendía...

Ella me lanza una mirada nerviosa.

—Está bien. Dime.

—La vi salir con mi hermano. Creo que lleva tiempo saliendo con él.

—¿Con Barron? —Lila se aparta de la pared y se pasea sobre la alfombra.

—¿Recuerdas que creía que *tú* le habías contado a Daneca que soy un obrador de la transformación? Pues se lo contó él. No sé qué le ha dicho exactamente, pero ha incluido suficientes verdades en sus mentiras y ahora no puedo convencerla de que se aleje de él. No puedo convencerla de nada.

—Es imposible. A Daneca no le gusta esa clase de chicos. Es demasiado lista.

—Pues tú saliste con él —le digo antes de pensármelo mejor.

Ella me lanza una mirada fulminante.

—No he dicho que yo fuera igual de lista. —Su tono me deja claro que, si fuera lista, no habría terminado contra la pared, dejando que le metiera la lengua en la boca—. Y era una cría.

—Por favor —insisto—. Habla con ella.

Lila suspira.

—Lo haré. Hablaré con ella. Y no por ti. Daneca se merece algo mejor.

—No debería haber cortado con Sam.

—Todos deseamos cosas que no nos convienen. —Sacude la cabeza—. O cosas que no son lo que parecen.

—Yo no.

Lila se echa a reír.

—Lo que tú digas.

Al otro lado del pasillo se abre una puerta y los dos damos un brinco. Aparece un hombre en vaqueros y jersey, con un estetoscopio colgado del cuello. Mientras camina hacia nosotros, se va quitando unos guantes de plástico.

—Va mejor —dice—. Ahora mismo lo que más necesita es descansar, pero dentro de una semana me gustaría hacerle unas pruebas de movilidad en el brazo. Va a tener que empezar a moverlo en cuanto no le duela.

Lila me mira con los ojos demasiado abiertos. Como si estuviera evaluando mi reacción. Como si yo debiera reaccionar a algo.

Decido arriesgarme.

—La paciente es mi madre —aventuro.

—Ah, no me había dado cuenta. Puedes pasar a verla, por supuesto. —Se mete la mano en el bolsillo y saca una tarjeta. Me sonríe, revelando una boca llena de dientes torcidos—. Llámame si tienes alguna pregunta. O si la tiene Shandra. Las heridas de bala son complicadas, pero en este caso el disparo fue limpio. La bala salió por el otro lado.

Me guardo la tarjeta en el bolsillo mientras avanzo por el pasillo. Camino tan deprisa que Lila tendría que echar a correr para alcanzarme.

—Cassel —me llama, pero ni siquiera aminoro el paso.

Abro la puerta. Es una habitación de invitados corriente, como la otra. Hay una gran cama con dosel en la que está mi madre, incorporada y viendo el televisor que hay sobre la cómoda. Tiene un brazo vendado, no lleva maquillaje y parece muy pálida. Su cabello es una maraña rizada. Nunca la he visto así, vieja y frágil. No se parece en nada a la indómita mujer que es mi madre.

—Lo voy a matar —digo—. Me voy a cargar a Zacharov.

El asombro le crispa el rostro.

—¿Cassel? —dice con voz asustada.

—Te voy a sacar de aquí. —Doy la vuelta a la cama para ayudarla a levantarse. Mis ojos escudriñan la habitación en busca de algún arma, cualquiera. Hay un crucifijo de latón encima de la cama; parece pesado. Tiene un aspecto tosco, con los bordes irregulares.

—No —dice ella—. No lo entiendes. Tranquilízate, cielo.

—Estás de broma, ¿no?

La puerta se abre y aparece Lila; casi se diría que tiene miedo. Me ignora y le lanza a mi madre una breve mirada.

—Lo siento —dice, girándose hacia mí—. Te lo habría contado, pero tu madre nos hizo prometer que no te lo diríamos. Y se encuentra bien. Si no fuera así, te lo habría dicho sin importar lo que dijera ella. De verdad, Cassel.

Mi mirada va de la una a la otra. Me cuesta imaginármelas a las dos en la misma habitación. Quizá sea Lila quien le ha disparado.

—Ven aquí, cariño —me dice mi madre—. Siéntate en la cama.

Obedezco. Lila se queda cerca de la pared.

—Ivan se ha portado muy bien conmigo. El domingo me dio permiso para ir a la iglesia, siempre que me acompañaran dos de sus hombres. ¿A que es un encanto?

—¿Te han disparado en la *iglesia*? —A saber qué religión les ha dicho que profesa, pero decido guardarme la pregunta.

—En el camino de vuelta. Menos mal que estaba Lars, que es un cielo. Si no, no lo habría contado. Un coche se paró a nuestro lado. Yo ni siquiera lo vi, pero él sí. Supongo que a un guardaespaldas se le dan bien esas cosas. Me empujó y me caí al suelo, cosa que no me hizo ninguna gracia, pero me salvó la vida. El primer disparo me dio en el hombro, pero los demás fallaron y el coche salió a toda pastilla. —Habla como si estuviera recitando la trama de un episodio especialmente dramático de una telenovela, en lugar de contándome algo que le ha pasado de verdad.

—¿Crees que intentaban matarte a ti? ¿Específicamente a ti? ¿No sería algún enemigo de…? —Miro a Lila de reojo—. ¿No crees que pudo ser un malentendido?

—Llevaban matrícula del gobierno —dice mi madre—. Yo no me fijé, pero Lars, sí, claro. Menudo instinto tiene.

Matrícula del gobierno. Patton. No me extraña que Zacharov esté tan cabreado.

—¿Por qué no me llamaste en cuanto pasó? ¿O a Barron? A cualquiera de los dos. O al abuelo, joder. Mamá, que te han disparado.

Ella ladea la cabeza y sonríe a Lila.

—¿Nos podrías dejar a solas un par de minutos?

—Sí —contesta Lila—. Claro. —Sale de la habitación y cierra la puerta tras de sí.

Mi madre alarga los brazos, me sujeta la cara y la acerca a la suya. No lleva guantes y sus uñas me arañan la piel de la garganta.

—¿Qué coño habéis estado haciendo tu hermano y tú? ¿Tonteáis con agentes federales? —sisea ferozmente. —Me aparto de ella. Me escuece el cuello—. Yo os he enseñado mejor. No sois tan tontos. ¿Sabes lo que harán si descubren qué eres? Te utilizarán para hacer daño a otros obradores. Te utilizarán. Contra tu abuelo. Contra todos tus seres queridos. Y Barron… Ese chico se cree que siempre puede salirse con la suya, pero si lo has metido en esto, le viene demasiado grande.

El gobierno nos metía en campos de trabajo. Y volverán a hacerlo si se lo permite la ley.

Me quedo con el incómodo eco de la voz de Lila diciéndome que Daneca es demasiado lista para salir con Barron. Supongo que todos somos listos para unas cosas y tontos para otras. Pero el gobierno federal es algo más que un novio canalla. Si mi madre supiera lo que me están pidiendo los federales, sospecho que tendría una opinión distinta de ellos. Si acaso, ahora que la tengo delante, pálida, furiosa y postrada en la cama, estoy más decidido que nunca a librarme de Patton.

—Barron sabe cuidarse solo.

—Entonces no lo niegas —me acusa ella.

—¿Tanto te molesta que quiera hacer algo bueno con mi vida?

Ella se echa a reír.

—Tú no sabrías distinguir lo que es bueno ni aunque te diera un mordisco en el culo.

Miro hacia la puerta cerrada.

—¿Lila... lo sabe?

—No lo *sabe* nadie —responde mi madre—. Pero lo sospechan. Por eso no quería que te enteraras de mi pequeño accidente. No quería que tú o tu hermano vinierais aquí. Es peligroso. Un chico les dio tu descripción y dijo que tenías relación con unos agentes.

—Está bien. Me marcho ya. Me alegro de que estés bien. Ah, fui a esa joyería. Era un callejón sin salida, pero descubrí una cosa. Papá encargó dos falsificaciones. Y por cierto, me habría venido muy bien que me comentaras que fue papá quien trató con Bob.

—¿*Dos*? Pero ¿por qué iba a...? —Deja de hablar cuando comprende la evidente respuesta: que su propio marido la estafó—. Phil nunca haría eso. Nunca. Tu padre no era codicioso. Ni siquiera quería vender la gema, solo conservarla como garantía por si necesitábamos dinero. Decía que era nuestro fondo de pensiones.

Me encojo de hombros.

—Quizá se cabreó al saber que tenías una aventura y decidió que no te merecías tener algo tan bonito.

Mi madre se echa a reír otra vez, esta vez sin malicia. Por un momento vuelve a ser la misma de siempre.

—¿No sabes lo que es una estafa romántica, Cassel? ¿Crees que tu padre tampoco lo sabía?

Las estafas románticas han sido el pan de cada día de mi madre desde que murió mi padre. Se busca a un tipo rico, le echa un maleficio para que se enamore de ella y lo despluma. Hasta fue a la cárcel por un timo poco afortunado, aunque la condena fue revocada durante la apelación. Pero nunca se me había pasado por la cabeza que ya se dedicara a eso cuando vivía mi padre.

La miro fijamente, boquiabierto.

—¿Entonces papá sabía lo tuyo con Zacharov?

Ella resopla.

—Menudo mojigato estás hecho, Cassel. Pues claro que lo sabía. Y conseguimos la gema, ¿verdad?

—Vale —digo, intentando apartar cualquier pensamiento sobre sus actividades—. ¿Y qué crees que habría hecho papá con ella?

—No lo sé. —Deja de mirarme y contempla los surcos de la pared de yeso—. Supongo que un hombre tiene derecho a algún que otro secreto.

La miro fijamente.

—Pero que no sean muchos —añade, sonriente—. Anda, dale un beso a tu madre.

Cuando salgo veo a Lila en el pasillo, apoyada en la pared, junto a un cuadro modernista que seguramente valga más que todo lo que hay en casa de mi madre. Está cruzada de brazos.

Saco el móvil y, con gestos exagerados, apunto los datos de la tarjeta que me ha dado el médico. Solo viene un número sin nombre, así que lo guardo como «Dr. Doctor».

—Debería habértelo dicho —me dice finalmente Lila.

—Sí, deberías habérmelo dicho. Pero sé que mi madre puede ser muy convincente. Y le prometiste no hacerlo.

—Hay promesas que no vale la pena respetar. —Baja la voz—. Creo que fue una estupidez pensar que desaparecerías de mi vida si me iba del colegio. Tú y yo estamos enredados, ¿verdad?

—Pero no es una *sentencia* —replico con severidad—. Este asunto de mi madre se resolverá, tú hablarás con Daneca y entonces... —Agito la mano vagamente.

Entonces desapareceré de su vida, más o menos.

Lila se ríe de repente.

—Seguro que te sentías así cuando yo te seguía a todas partes, cuando suplicaba tu atención y estaba obsesionada contigo: que estabas sentenciado. Hasta te jodí la relación intermitente que tenías con Audrey, ¿verdad?

—Creo que a eso lo jodí yo solito.

Lila frunce el ceño; no me cree.

—¿Entonces *por qué*, Cassel? ¿Por qué me dijiste que me querías, luego le pediste a Daneca que me obrara para que no sintiera nada por ti y luego me vuelves a decir que me quieres? ¿Por qué vienes aquí, me pones contra la pared y me besas? ¿Es que te gusta putearme?

—N... ¡No! —intento decir algo más, darle alguna explicación, pero Lila no ha terminado:

—Primero eras mi mejor amigo y luego, de pronto, eras el culpable de que yo fuera un animal enjaulado y actuabas como si te diera igual. Ahora sé que te quitaron los recuerdos, pero entonces no lo sabía. Te odiaba. Quería verte muerto. Pero después fuiste tú quien me liberó de mi prisión. Y antes de poder hacerme a la idea, tu madre hizo que me enamorara desesperadamente de ti. Y ahora, cada vez que te veo, lo siento todo, siento todas esas cosas, todas a la vez. No puedo permitirme sentirme así. Quizá tuvieras razón. Quizá sería mejor no sentir nada en absoluto.

No sé qué responder. Lo único que consigo decir es:

—Lo siento.

—No, no lo sientas. No hablo en serio —susurra Lila—. Ojalá lo pensara, pero no. Ahora mismo estoy hecha un lío y doy pena, nada más.

—No es verdad.

Ella se echa a reír.

—A mí no intentes timarme.

Quiero acercarme y tocarla, pero sus brazos cruzados sobre el pecho me disuaden, así que me dirijo a las escaleras. Antes de bajar, me doy la vuelta y la miro.

—Pase lo que pase, sienta lo que sienta yo, creas lo que creas tú, espero que sepas que siempre seré tu amigo.

Esboza una sonrisa ladeada.

—Quiero creerlo.

Al bajar, veo a Zacharov frente a la repisa de la chimenea, hablando con un chico. Reconozco sus trenzas, recogidas detrás de la cabeza como si fueran cuernos, y el destello de los dientes de oro. Me mira con sus ojos oscuros e insondables y enarca una ceja perfectamente depilada.

Me quedo helado.

Hoy no lleva la sudadera que vestía cuando lo perseguí por las calles de Queens, sino una cazadora de motorista de color morado, unos vaqueros y unos pendientes dilatadores dorados. Lleva los ojos pintados.

Gage. Así me dijo que se llamaba.

Zacharov tiene que haberse fijado en la mirada que hemos intercambiado.

—¿Os conocéis?

—No —contesto yo de inmediato.

Doy por hecho que Gage me va a contradecir, pero no lo hace.

—No, creo que no era él.

Camina a mi alrededor y me toca la barbilla con la mano enguantada para girarme la cara hacia él. Es un poco más bajo que yo. Me aparto para que me suelte.

Él se echa a reír.

—No olvidaría una cara como esta.

—Cuéntale a Cassel lo que me has contado a mí —dice Zacharov—. Siéntate, Cassel.

Titubeo y miro el ascensor con disimulo. Si echo a correr, creo que podré llegar, pero a saber cuánto tardarán en abrirse las puertas. Y en el caso de que consiga llegar hasta la planta baja, seguramente no saldré con vida del edificio.

—*Siéntate* —repite Zacharov—. Le he pedido a Gage que viniera porque, cuanto más pienso en que tu hermano podría estar trabajando para los federales, más seguro estoy de que, en ese caso, tú intentarías encubrirlo. Sobre todo porque ya he amenazado con matarlo. Lo retiro. Pero teniendo en cuenta que Philip resultó ser un chivato, creo que los dos sabemos que tenemos mucho que perder si tu otro hermano decide cantar.

Inspiro hondo y me siento en un sofá. El fuego crepita en la chimenea, llenando la enorme sala de estar de siniestras sombras bailarinas. Noto que me empiezan a sudar las manos.

Lila se asoma desde la barandilla.

—¿Papá? ¿Qué pasa? —Sus palabras reverberan en la sala, rebotando en el techo de madera y en el suelo de mármol.

—Gage se ha pasado por aquí —responde Zacharov—. Creo que el otro día tuvo un percance.

Gage levanta la mirada y sonríe a Lila. ¿Se conocerán desde hace mucho?

—Hice el trabajo, como quería. Fue rápido. El tipo estaba en el primer sitio donde lo busqué.

El rostro de Lila está oculto en las sombras y no puedo leer su expresión.

—¿Charlie West no te dio problemas? —pregunta Zacharov.

Lila empieza a bajar las escaleras. Gage se relame los dientes y suelta un ruido despectivo.

—No le di la oportunidad.

Los pies descalzos de Lila casi no hacen ruido mientras camina sobre el mármol blanco y negro, acercándose.

—¿Es prudente que Cassel oiga esto?

Hace mucho tiempo, yo consideraba que Lila formaba parte de la clase mágica. Sabía que por un lado estaban las personas normales y por el otro los obradores, y también que los obradores eran mejores que la gente corriente. Eso creían todos en Carney (o al menos eso me decían a mí). Cuando era niño, Anton, el primo de Lila y el mejor amigo de mi hermano, no quería que me acercara a ella porque yo no era un obrador.

Pero existen jerarquías incluso entre los obradores. Lila heredará el puesto de Zacharov, lo que le permite encargar asesinatos sin tener que llevarlos a cabo personalmente. Ella no aprieta el gatillo, tan solo da la orden.

—Que Gage nos cuente lo que pasó —dice Zacharov—. Nos fiamos de Cassel, ¿verdad?

Lila gira la cabeza hacia mí; el fuego resalta la curva de su mandíbula y la punta de su mentón.

—Por supuesto que sí.

Zacharov me preguntó una vez si me molestaría tener que obedecer órdenes de su hija. En ese momento le dije que no. Ahora me pregunto cómo sería. Me pregunto si me molestaría.

Gage carraspea.

—Después de tocar al tipo, un samaritano psicópata decidió perseguirme por la calle y estuvo a punto de romperme el brazo. —Se ríe—. El tipo agarró un tablón y me arreó con él en la mano para que soltara la pistola. Si hubiera tardado un par de segundos más, se habría llevado un tiro.

Me concentro en no reaccionar. Procuro mantener una expresión de vago interés.

—La descripción que diste se ajustaba bastante a Cassel, ¿no? —pregunta Zacharov.

Gage asiente sin dejar de mirarme. Se ríe con la mirada.

—Sí. Moreno, piel oscura, alto. Y guapo. Me robó la pistola.

Zacharov se acerca a Lila y le pone las manos enguantadas en los hombros.

—¿Pudo haber sido su hermano? Se parecen bastante.

—Barron no es ningún samaritano —intervengo.

Gage niega con la cabeza.

—Sin una foto no puedo estar seguro, pero no creo.

Zacharov asiente.

—Cuéntale el resto.

—Tuve que saltar una verja para escapar —continúa Gage—. Tres manzanas después, unos tipos de traje negro me trincaron y me subieron a un coche. Ya me daba por jodido, pero me dijeron que no investigarían el asesinato si les contaba lo que había pasado.

—¿Y se lo contaste? —pregunta Zacharov, aunque me doy cuenta de que ya ha oído la historia y conoce la respuesta.

Lila se aparta de su padre y se sienta en el borde del sofá.

—Bueno, al principio me negué, porque no soy ningún chivato, pero resultó que no querían saber quién me había contratado ni qué había hecho exactamente. Solo me preguntaban por el samaritano psicópata. Me soltaron solo porque les hablé de un individuo con el que no crucé ni dos palabras. Les dije que me había robado la pistola.

—Siento un extraño mareo, como si cayera al vacío—. Querían saber si nos conocíamos y si se había identificado como agente federal. Les dije que no a ambas cosas. En cuanto me soltaron, vine a ver al señor Z. Pensé que él sabría de qué iba todo esto.

—Todo eso no parece propio de mi hermano —digo con la mirada más firme posible.

—Toda precaución es poca —replica Zacharov.

—Siento no poder ser de ayuda —dice Gage—. Avíseme si puedo hacer algo más.

—Yo tengo que irme ya —digo, levantándome—. Si es que hemos terminado, claro.

Zacharov asiente.

Me dirijo al ascensor, marcando un ritmo contundente sobre las baldosas. De pronto oigo unos pasos que me siguen.

—Espera —dice Gage—. Te acompaño.

Me doy la vuelta. Zacharov y Lila nos miran desde el otro lado de la sala. Lila levanta una mano como queriendo saludar.

Me subo al ascensor y cierro los ojos cuando las puertas se cierran.

—¿Me vas a matar? —pregunto en el silencio que se hace—. Porque no me gusta esperar.

—¿Cómo? —Cuando lo miro, veo que Gage frunce el ceño—. Tú eres el psicópata que me atacó.

—Eres un *obrador mortal*. Supuse que acabas de mentir porque querías vengarte personalmente. —Suspiro—. ¿Por qué lo has hecho? ¿Por qué no le has dicho a Zacharov que fui yo?

—No te preocupes. Me dejaste escapar. Y yo pago mis deudas. —Sus facciones son afiladas, casi delicadas, pero por la forma de sus hombros deduzco que es musculoso—. Solo quiero que me devuelvas mi pistola. Es una Beretta de 1943. Un recuerdo de familia. Era de mi abuela; se la dio un novio italiano que tuvo después de la guerra. Ella me la regaló cuando mis padres me echaron de casa. Durante el viaje en autobús hasta Nueva York, dormí con ella escondida debajo de lo que usaba como almohada. Me protegió.

Asiento con la cabeza.

—Te la devolveré.

—Tú dale la pistola a Lila y ella me la hará llegar. Mira, no sé por qué te buscaban esos agentes, pero supongo que no es asunto mío. No me pareció que fueras uno de ellos. Y Lila no me perdonaría que te metiera en líos con su padre.

Frunzo el ceño.

—¿Qué quieres decir?

—Eres el pequeño de los hermanos Sharpe, ¿no? Cassel. Lila habla de ti desde *siempre*. —Sonríe y levanta las cejas, como evaluándome—. Pensaba que era imposible que dieras la talla, pero muy pocos chicos pueden darme alcance.

Me echo a reír.

—¿Desde cuándo la conoces?

—Hice un encargo para su padre a los trece años. Lila tendría unos doce entonces. Nos volvimos uña y carne. Nos metíamos en la habitación de su madre, nos probábamos su ropa y nos poníamos a cantar delante del espejo doble. Queríamos formar un grupo llamado Los Cielos de Tokio, aunque ni ella ni yo sabíamos tocar instrumentos ni cantar.

Tardo un momento en darme cuenta de que Gage está diciendo que Zacharov le encargó que matara a alguien cuando no era más que un crío. Me quedo espantado hasta que recuerdo que Anton me obligaba a hacer lo mismo.

Entonces caigo en la cuenta de que estoy a punto de volver a hacerlo, esta vez para Yulikova. Yulikova, que sabe que ya le he mentido una vez.

Cuando se abren las puertas del ascensor, el alma se me cae a los pies; siento que se hunde hasta el fin del mundo.

Capítulo once

A la mañana siguiente el decano Wharton me llama a su despacho justo después de los anuncios matinales.

Mientras espero ante su lustroso escritorio de madera, procuro no pensar en las fotos suyas que he visto, en la mano desnuda de Mina abriendo el cuello de su camisa blanca almidonada. Supongo que todos tenemos un lado oscuro, pero creo que no estaba mentalmente preparado para descubrir el de un anciano profesor de Wallingford.

Nunca he pensado demasiado en Wharton. Es el decano de los alumnos, seguramente le falta poco para jubilarse y lleva una cortinilla de pelos plateados cubriéndole cuidadosamente la calva. Nunca le he caído demasiado bien, pero la verdad es que siempre le he dado motivos de sobra para ello, como mi negociete de apuestas, mi episodio de sonambulismo y el hecho de que mi madre sea una delincuente convicta.

Sin embargo, siento que ahora lo veo con otros ojos. Tiene el periódico del día, medio oculto entre una torre de documentos, abierto por la página del crucigrama, con unas cuantas anotaciones temblorosas hechas con bolígrafo azul en los márgenes. Debajo del escritorio veo el tapón de un frasco de pastillas y una solitaria píldora de color amarillo. Y, quizá lo más revelador de todo, me fijo en el temblor de su mano izquierda; podría tratarse de un tic nervioso, pero me demuestra que está casi al límite. Aunque quizá lo esté leyendo al revés, quizá esté viendo justo lo que quiero ver.

Como sé que está haciendo algo malo, doy por hecho que estará nervioso.

Ojalá supiera qué está haciendo exactamente.

—Señor Sharpe, venir a mi despacho dos veces en dos semanas no dice mucho de usted como estudiante —dice con la voz severa y exasperada de siempre.

—Ya lo sé, señor —contesto con el tono más arrepentido posible.

—Ayer se saltó las clases de la mañana, jovencito. ¿Pensaba que no tendría consecuencias?

—Lo siento, señor. Me encontraba mal.

—Ah, ¿no me diga? ¿Y tiene un justificante de la enfermería?

—Me quedé durmiendo en mi habitación. Y cuando me sentí mejor, volví a clase.

—Es decir que no tiene justificante —dice, enarcando sus cejas plateadas.

Vale, supongamos que Mina es una obradora de la suerte. Y supongamos que Wharton es un ludópata. Quizá se acerca su jubilación y se da cuenta (por el motivo que sea) que no tiene suficientes ahorros. Me imagino que es un tipo que, por lo general, respeta las normas. Pero la gente honrada también puede tener una mala racha. La crisis económica, un pariente que se pone enfermo y su seguro no lo cubre… Sea como fuere, se ve obligado a salirse del buen camino.

La solitaria pastilla amarilla que hay sobre la alfombra atrae mi mirada.

Contratar a un obrador de la suerte es bastante sencillo. No le haría falta acudir a un alumno, aunque es posible que alguien tan tradicional no sepa dónde más buscarlo. Sin embargo, usar un maleficio de la suerte para ganar en los juegos de azar es un plan bastante flojo. Algunos se salen con la suya, pero la mayoría de los hipódromos y casinos tienen métodos para detectarlos.

Claro que también podría necesitar suerte para alguna otra cosa. Quizá Northcutt va a dejar el puesto y Wharton quiere ser el próximo director.

—No tengo justificante —digo.

—Le voy a poner un castigo para este sábado, Cassel. Quiero verlo aquí, en mi despacho, a las diez de la mañana. Sin excusas. De lo contrario, se ganará esa tercera sanción con la que parece estar jugando.

Asiento.

—Sí, señor.

La pastilla del suelo podría no ser nada. Podría ser una simple aspirina o un antialérgico. Pero apenas tengo pistas y a esta no quiero perderla. Debería dejar caer algo al suelo, pero todas mis cosas están guardadas en la mochila. No tengo llaves, bolígrafos ni ninguna otra cosa.

—Puede irse —me dice Wharton, entregándome un justificante.

Podría usarlo como señuelo, pero me lo imagino flotando lentamente y aterrizando muy lejos de donde lo necesito. Es imposible apuntar con una hoja de papel.

Me pongo de pie y doy unos pasos hacia la puerta; entonces se me ocurre una idea, aunque no muy buena.

—Eh... Disculpe, decano Wharton... —Él levanta la mirada, frunciendo el ceño—. Lo siento, se me ha caído el bolígrafo.

Me acerco de nuevo a su mesa, me agacho y recojo la pastilla. Wharton echa hacia atrás su sillón para asomarse, pero me levanto antes.

Le doy las gracias y me marcho sin darle tiempo a pensar mucho.

Mientras bajo las escaleras, examino la pastilla. En internet hay buscadores de medicamentos. Puedes introducir los detalles (el color, la forma, las marcas) y compararlos con una gran galería de pastillas diferentes. Pero no me hace falta nada de eso, porque esta pastilla lleva la palabra ARICEPT grabada en la parte superior y un 10 en el otro lado.

Ya sé lo que es: lo he visto anunciado en la tele de madrugada.

Es un medicamento contra el alzhéimer.

A la hora de comer, Daneca me está esperando fuera de la cafetería, sentada en un banco. El cabello castaño y morado le cae sobre la cara. Me llama con un gesto y aparta su mochila de cáñamo para que me pueda sentar.

Me reclino y estiro las piernas. Hace frío y se avecina tormenta, pero aún brilla el sol y es agradable sentarse bajo su luz.

—Hola —la saludo.

Cuando Daneca se mueve, por fin veo lo que ocultaba su pelo: tiene los ojos enrojecidos y la cara hinchada. Las marcas de piel irritada de sus mejillas forman un mapa de lágrimas.

—Lila te ha llamado, ¿eh? —No pretendo sonar cruel, pero es lo que me sale.

Ella se seca los ojos y asiente.

—Lo siento. —Busco en mi bolsillo por si tengo un pañuelo—. De verdad.

Daneca resopla y señala su móvil, que ha dejado en el regazo, sobre su falda plisada de Wallingford.

—He roto con Barron hace diez minutos. Espero que estés contento.

—Pues sí —contesto—. Barron es un crápula. Es mi hermano y lo conozco bien. Sam es mucho mejor persona.

—Lo sé. Eso siempre lo he sabido. —Suspira—. Lo siento. Estoy enfadada porque tenías razón, y no debería estarlo. No es justo.

—Barron es un sociópata. Son personas muy convincentes. Sobre todo si eres una de esas chicas que creen que pueden cambiar a un chico.

—Sí —dice ella—. Supongo que es verdad. Quería creerle.

—Te gusta la oscuridad.

Daneca deja de mirarme y contempla el cielo nublado, la masa informe y cambiante de las nubes.

—Quería creer que había una parte de él que solo yo podía ver. Una parte secreta que anhelaba bondad y amor, pero que no sabía cómo pedirlos. Soy una tonta, ¿verdad?

—Oh, sí. Te gusta la oscuridad, pero no la aguantas.

Ella se estremece.

—Supongo que me lo merezco. Siento haberme creído lo que me contó sobre ti, Cassel. Sé que no me has dicho toda la verdad, pero...

—No. —Suspiro—. Estoy siendo un capullo contigo. Lo que me cabrea es que yo te veía como alguien que siempre sabe distinguir el bien del mal. Pero es injusto esperar eso de una persona. Y supongo... creía que éramos más amigos, a pesar de que nos metamos tanto el uno con el otro.

—Los amigos también la cagan a veces.

—Quizá sea mejor que ponga mis cartas sobre la mesa. Dime lo que te contó Barron y te diré la verdad. Lo tomas o lo dejas.

—¿Porque mañana volverás a mentir? —me pregunta.

—No sé lo que haré mañana. Ese es el problema. —Es una de las cosas más ciertas que he dicho en toda mi vida.

—No me contaste qué clase de obrador eras, pero Lila y Barron, sí. No te echo en cara que no me lo dijeras. Es un secreto muy importante. ¿Y es verdad que no lo supiste hasta la primavera pasada?

—Sí. Estaba convencido de que yo no era obrador. De niño me gustaba fingir que era un obrador de la transformación. Me imaginaba que así podría hacer cualquier cosa. Y resulta que era prácticamente verdad.

Daneca asiente, pensativa.

—Barron me dijo que les contaste a los agentes federales... lo que eres, a cambio de inmunidad por todos tus delitos pasados.

—Sí.

—Inmunidad por haber asesinado a Philip, por ejemplo.

—¿*Eso* es lo que cree Barron? —Sacudo la cabeza y me echo a reír, a pesar de que no me hace gracia—. ¿Que yo maté a Philip?

Daneca asiente, recelosa. No sé si espera que le diga que es una idiota o si cree que estoy a punto de confesarlo todo.

—Dice que el tipo al que culpan por el asesinato de Philip estaba muerto mucho antes que él.

—Eso es verdad. —Daneca traga saliva—. Eh, no me mires así. ¡Yo no maté a Philip! Sé quién lo hizo, nada más. Y no, no te lo voy a decir aunque me lo preguntes, porque no tiene nada que ver contigo ni conmigo. Dejémoslo en que a ese tipo muerto no le molestó que añadieran un cargo de asesinato a sus múltiples delitos. No era ningún angelito.

—Barron me dijo que tú lo mataste y lo escondiste en el congelador del sótano de tu casa. Que eras una especie de asesino. Que fuiste tú quien mató a las personas de esos expedientes que me enseñaste después del funeral de Philip.

—Yo tampoco soy ningún angelito.

Daneca titubea. Veo miedo en su mirada, pero al menos no se levanta y se marcha.

—Lila me lo explicó. Me dijo que ellos… que Barron te alteraba la memoria. Que no sabías lo que hacías. No sabías lo que eras ni lo que le había pasado a ella.

Me pregunto, egoístamente, si Lila le habrá dicho algo más. No sé cómo persuadir a Daneca para que me lo cuente.

—¿De verdad la tenía encerrada en una jaula? —pregunta Daneca con un hilo de voz.

—Sí. Los maleficios de la memoria… borran parte de tu identidad. Si somos quienes recordamos que somos, ¿qué pasa cuando te faltan trozos de tu identidad? Cómo conociste a la chica que está a tu lado. Qué cenaste anoche. Unas vacaciones familiares. El libro de Derecho que estuviste estudiando toda la semana pasada. Barron va improvisando para sustituir todo eso. Es posible que ni siquiera recordara quién era Lila. O que tenía una gata.

Daneca asiente despacio y se aparta el pelo de la cara.

—Le he dicho que lo que hizo es despreciable. Que no le perdonaré nunca por haberme mentido. Y que es un gilipollas.

—Parece que le echaste un buen sermón —digo, riendo—. Espero que haya escarmentado.

—No te burles de mí. —Daneca se levanta y recoge su mochila—. Parecía muy triste, Cassel.

Me reprimo para no decirle todo lo que me gustaría. Que Barron es un embustero excelente. Que es el príncipe de los embusteros. Que el mismísimo Lucifer podría aprender un par de cosas de la convicción con la que miente Barron.

—Casi se ha acabado la hora del almuerzo —le digo—. Vamos a buscar unos sándwiches ahora que aún podemos.

Las clases de la tarde se me pasan en una avalancha de apuntes apresurados y ejercicios. La taza que hice en clase de alfarería sale del horno de una pieza y me paso casi cuarenta minutos pintándola de color granate y escribiendo la frase ARRIBA, HACE UN DÍA ASQUEROSO en grandes letras negras.

Encuentro al doctor Stewart en su despacho cuando me paso por allí antes del entrenamiento de atletismo. Frunce el ceño al verme.

—Este semestre no tiene clase conmigo, señor Sharpe. —Su tono me deja claro que considera que ambos estamos mejor así. Se ajusta las gruesas gafas de montura negra—. Espero que no haya venido a suplicarme que le cambie alguna nota anterior. En mi opinión, un alumno que se salta tantas clases como usted ni siquiera debería estar en…

—Mina Lange me ha pedido que le entregase una cosa de su parte —le interrumpo, sacando una bolsa de papel de la mochila.

No es que yo crea que el doctor Stewart tiene nada que ver con el chantaje, con Wharton ni con Mina. Tan solo quiero descartarlo definitivamente.

Se cruza de brazos. Le fastidia que le haya interrumpido antes de que terminara de decirme que los alumnos expulsados por haber estado a punto de caerse de un tejado deberían, como mínimo, asistir a clases de verano.

—Mina Lange tampoco tiene ninguna clase conmigo, señor Sharpe.

—¿Entonces esto no es para usted?

—A ver, ¿de qué se trata? —continúa—. No me imagino que pueda tener nada para mí.

—¿Quiere que lo mire yo mismo? —Trato de aparentar la mayor indiferencia posible. Solo soy el idiota del mensajero.

Stewart levanta las dos manos en un gesto evidente de hastío.

—Sí, hágalo y no me haga perder más el tiempo.

Abro la bolsa con gestos teatrales.

—Parece que hay un trabajo de investigación y un libro. Ah, y aquí dice que son para el señor *Knight*. Discúlpeme, doctor Stewart. Me pareció que Mina lo mencionaba a usted.

—Ya. En fin, seguro que se alegra mucho de haberle encargado el recado a usted.

—No se encuentra bien. Por eso no podía llevarlo ella misma.

Stewart suspira, como preguntándose por qué lo castigan continuamente con la presencia de intelectos inferiores.

—Adiós, señor Sharpe.

Será un antipático, pero Stewart no ha chantajeado a nadie en toda su vida.

Me encanta correr. Incluso en una maratón, lo único que existe son mis pies chocando contra el pavimento, el ardor de mis músculos. No hay culpa ni miedo. Solo estoy yo, avanzando lo más deprisa posible sin que nadie pueda pararme. Me encanta sentir el viento frío en la espalda y el sudor caliente en la cara.

Algunos días mi mente se queda en blanco mientras corro. Otros días no puedo dejar de pensar, de darle vueltas sin parar a todo.

Hoy llego a varias conclusiones.

Primera: a Mina Lange no la está chantajeando nadie.

Segunda: Mina Lange es una obradora física que está paliando el alzhéimer de Wharton.

Tercera: como el alzhéimer no tiene cura, Mina nunca podrá dejar de obrarlo, lo que significa que ella se pondrá cada vez más enferma mientras él permanece igual.

Cuarta: por mucho que haya mentido, creo que es verdad que Mina tiene un problema.

Cuando entro en nuestra habitación, Sam me mira desde su cama. Acabo de ducharme y llevo la cintura envuelta con una toalla.

Extendidos sobre la cama hay varios folletos de las universidades que los padres de Sam quieren que tenga en cuenta. Ninguna de ellas cuenta con un departamento de efectos especiales ni le permitirá diseñar sus propias máscaras de goma. Todas forman parte de la Ivy League. Brown. Yale. Dartmouth. Harvard.

—Hola —me dice Sam—. Oye, ayer estuve hablando con Mina durante el almuerzo. Me dijo que lo sentía mucho. Prácticamente admitió todo lo que tú decías. Que quería que nosotros chantajeáramos a Wharton en su lugar.

—¿Sí? —Busco por la habitación un pantalón de chándal y me lo pongo cuando lo localizo bajo una montaña de ropa en el suelo del armario—. ¿Y te dijo para qué necesita el dinero?

—Dice que quiere marcharse de la ciudad. No lo entendí del todo, pero parece que alguien más controla el acuerdo entre Wharton y ella. Esa persona no deja que Mina se vaya, así que tiene que huir. ¿Crees que podrían ser sus padres?

—No —contesto, pensando en Gage, en mí, en Lila y en lo que me dijo la señora Wasserman en su cocina. *Hay muchos otros que terminan en la calle, captados por las mafias y vendidos a los ricos*—. No creo que sean sus padres.

—¿No podríamos ayudarla? —me pregunta.

—Hay demasiadas cosas turbias en este asunto, Sam. Si Mina necesita el dinero, debería chantajear ella misma a Wharton.

—Pero es que no puede. Le tiene miedo.

Suspiro.

—Sam...

—Casi le arrancaste la peluca en público. ¿No crees que deberías compensárselo? Además, le he dicho que la agencia de detectives Sharpe & Yu no ha dejado el caso.

Sam sonríe; me alegra verlo distraído. Vuelvo a preguntarme si Mina le gusta. Sinceramente, espero que no.

—Creo que está enferma, Sam. Creo que Mina está curando a Wharton y que eso la pone enferma a ella.

—Razón de más para hacer algo. Le diremos a Wharton que tiene que darle el dinero. Le explicaremos la situación. Ya sabes, le daremos a entender que Mina no está sola. Es Wharton quien la ha metido en esto. Tenemos fotos.

—Mina es una mentirosa —le advierto—. Puede que siga engañándonos.

—Vamos, Cassel. Es una doncella en apuros.

—Que nos quiere meter en apuros a nosotros. —Me rasco el cuello, donde me hice el corte afeitándome—. Mira, Wharton me ha castigado el próximo sábado. Estaré a solas con él en su despacho. Podríamos hablar con él entonces.

—¿Y si Mina no puede esperar al fin de semana?

—Cada cosa a su tiempo. —Enciendo el portátil—. ¿Y esos folletos?

—Ah. Tengo que rellenar las solicitudes universitarias. Y tú, ¿qué tal?

—Tengo que planificar un asesinato —digo mientras me conecto a la red del colegio y abro el buscador—. Qué raro, ¿verdad?

—Cassel Sharpe: asesino adolescente. —Sacude la cabeza—. Deberían hacer un cómic sobre ti.

Sonrío.

—Y tú serías mi pequeño ayudante en leotardos.

—¿Pequeño? ¡Si soy más alto que tú! —Se incorpora; los muelles de la cama gimen, dándole la razón.

Vuelvo a sonreír.

—En mi cómic, no.

Matar a alguien se parece mucho a estafarlo. Los datos que necesitas son muy parecidos.

Aunque los federales prefieran no contarme nada todavía, debo seguir mi instinto. Si su plan se tuerce, tendré que improvisar. Y para eso necesito analizar a mi víctima.

Patton es un personaje público, así que no es difícil obtener información sobre él. La prensa ha analizado cada detalle de su vida; sus adversarios han enumerado todos sus defectos. Estudio fotos y fotos hasta que memorizo cada detalle de su rostro, hasta que soy capaz de detectar las líneas que delimitan el maquillaje que le ponen antes de grabar, hasta que sé cómo se peina el escaso pelo blanco que le queda y cómo se viste de manera acorde con el tono de sus discursos. Veo fotos suyas en su casa, en mítines, dando besos a bebés. Leo noticias, artículos de cotilleo y guías de restaurantes para saber con quién se reúne (con mucha, mucha gente), cuál es su comida favorita (los espaguetis a la boloñesa), qué pide en la cafetería a la que suele ir (huevos estrellados, tostadas de pan blanco con mantequilla y salchichas de pavo) e incluso cómo le gusta el café (con leche y azúcar).

También analizo sus medidas de seguridad. Siempre lo acompañan dos guardaespaldas. No siempre son los mismos, pero todos tienen la nariz rota y sonrisa de chulo. Encuentro algunos artículos que comentan que Patton ha utilizado fondos para contratar a exconvictos como personal de seguridad, hombres a los que ha indultado personalmente. No va a ninguna parte sin ellos.

Veo varios vídeos de YouTube en los que aparece despotricando sobre los obradores, diversas teorías conspirativas y el exceso de poder del gobierno. Me fijo en su acento casi imperceptible, en su manera de enunciar y en que hace una pausa antes de decir algo que considera especialmente importante. Observo cómo gesticula, extendiendo las manos hacia el público como si quisiera abrazarlo.

Llamo a mi madre y consigo algunos datos más, fingiendo que me interesa saber cómo logró introducirse en su vida. Descubro dónde compra los trajes (en Bergdorf; ya tienen sus medidas, así que le basta con llamar para que le envíen inmediatamente un traje para una conferencia). Los idiomas que habla (francés y español). Los medicamentos que toma para el corazón (captopril y una aspirina pequeña). Su forma de caminar, apoyando el pie de atrás hacia delante, de manera que siempre se le gasta primero el tacón del zapato.

Observo, miro, escucho y leo hasta que me parece que el gobernador Patton está detrás de mí, susurrándome al oído. No me gusta la sensación.

Capítulo doce

El viernes por la tarde, cuando salgo de las clases, el móvil me empieza a vibrar. Lo saco del bolsillo del pantalón, pero es un número oculto.

—¿Diga?

—Mañana por la tarde pasaremos a buscarte —dice Yulikova—. Despeja tu agenda. Queremos salir a las seis.

Algo va mal. Terriblemente mal.

—Me dijo que sería el miércoles de la semana que viene, no este sábado.

—Lo siento, Cassel. Cambio de planes. Ahora mismo hay que ser flexibles.

Bajo la voz:

—Mire, ese asunto del obrador mortal al que perseguí… Siento no haber mencionado la pistola. Sé que se ha enterado. Me asusté. Todavía la tengo. No he hecho nada con ella. Puedo llevársela.

No debería dársela a Yulikova. Se la prometí a Gage.

Debería dársela a Yulikova. Debería habérsela dado desde el principio.

Ella guarda silencio un buen rato.

—No ha sido tu jugada más inteligente.

—Ya lo sé.

—¿Por qué no nos das la pistola mañana y consideramos que esto ha sido un malentendido?

—Claro. —Mi inquietud va en aumento, aunque no sé por qué. Su tono de voz no me encaja. Algo me dice que Yulikova ya se ha lavado las manos de todo este asunto.

Me sorprende que pase por alto lo de la pistola con tanta facilidad. Me da mala espina.

—He estado informándome sobre Patton —le digo para que siga hablando.

—Podemos hablar de eso cuando vayamos a recogerte. —Me lo dice con amabilidad, pero noto su tono cortante.

—Lo acompañan guardaespaldas privados en todo momento. Tipos duros. Me preguntaba cómo piensan solucionarlo.

—Cassel, te prometo que tenemos agentes competentes ocupándose de esto. Tu papel es importante pero menor. Estarás a salvo.

—Insisto. —Dejo que se note algo de mi enfado en mi voz.

Yulikova suspira.

—Perdona. Es normal que estés preocupado. Somos conscientes del riesgo al que te expones y te estamos agradecidos. —Espero a que continúe—. Uno de sus hombres trabaja para nosotros. Entretendrá al otro guardaespaldas el tiempo suficiente para que puedas actuar. Y también te protegerá.

—De acuerdo. Los veré en Wallingford. Llámenme cuando lleguen.

—Estate tranquilo —me dice Yulikova—. Adiós, Cassel.

Cuando guardo el teléfono, tengo el corazón desbocado y un nudo en el estómago. No hay nada peor que esta sensación incierta de temor, que va creciendo hasta que descubres a qué obedecía ese miedo exactamente. Hasta que comprendes que no eran imaginaciones tuyas. Hasta que ves el peligro.

Los federales no me necesitan para acabar con Patton. No me necesitan para nada. Si de verdad tienen a uno de sus guardaespaldas en nómina, podrían hacerlo desaparecer en cuanto quisieran.

Me siento en las escaleras de la biblioteca y llamo a Barron.

Cuando contesta, oigo el ruido del tráfico de fondo.

—¿Qué quieres? —Parece enfadado.

—Eh, vamos. —Él tampoco me tiene precisamente contento—. No te puedes cabrear por creer que no podría convencerla de que estabas mintiendo, *porque estabas mintiendo.*

—¿Así que me llamas para cachondearte? —pregunta.

—Yulikova ha adelantado la fecha de la operación y ya tienen a un infiltrado. Alguien mucho mejor situado que yo para hacer el trabajo. ¿No te huele a chamusquina?

—Quizá.

—Y ese obrador mortal al que perseguí… Los hombres de Yulikova lo pescaron después para ver si yo les había mentido en algo.

—¿Y les habías mentido?

—Sí. Le quité una cosa y… y lo dejé escapar, más o menos. Yulikova lo sabía y no dijo nada.

—Eso sí que me parece raro. Yo diría que estás jodido. Vaya putada, Cassel. Parece que al final los federales no son tus amiguitos.

Cuelga y me deja con la palabra en la boca.

No sé por qué, pero no me lo esperaba.

Me quedo sentado en las escaleras un buen rato. Me salto el entrenamiento de atletismo. Y la cena. Me dedico a darle vueltas y vueltas al móvil entre las manos, hasta que caigo en la cuenta de que tarde o temprano tendré que levantarme e ir a alguna parte.

Marco el número de Lila. Doy por hecho que no contestará, pero contesta.

—Necesito tu ayuda —le digo.

Me responde en voz baja:

—Creo que ya nos hemos ayudado suficiente, ¿no te parece?

—Es que necesito hablar de un tema con alguien.

—No tiene por qué ser conmigo.

Inspiro hondo.

—Colaboro con los federales, Lila. Y me he metido en un lío. En un lío muy gordo.

—Voy a por el abrigo —me dice—. Dime dónde estás.

Quedamos en la casa vieja. Recojo mis llaves y me dirijo al coche.

Estoy sentado a oscuras en la cocina cuando Lila abre la puerta. Pienso en el olor de los puritos de mi padre y en cómo era mi vida cuando éramos pequeños y todo daba igual.

Lila enciende las luces, levanto la vista para mirarla y parpadeo, deslumbrado.

—¿Estás bien? —Se acerca a la mesa y me pone en el hombro la mano enguantada. Lleva vaqueros negros ceñidos y una cazadora de cuero con arañazos. Su cabello rubio brilla como una moneda de oro.

Niego con la cabeza.

Se lo cuento todo: lo de Patton, lo de Maura, mis fallidos intentos de ser mejor persona, que la estuve siguiendo el día que perseguí a Gage sin saber por qué, lo de Yulikova y la pistola. Todo.

Cuando termino, Lila se ha sentado en una silla, con la barbilla apoyada en los brazos. Se ha quitado la cazadora.

—¿Estás muy cabreada conmigo? —le pregunto—. Es decir, ¿cuánto exactamente, en una escala del uno al diez, si uno es darme una patada en el culo, y diez, tirarme a un acuario de tiburones?

Lila sacude la cabeza ante la explicación de mi escala.

—¿Lo dices porque fuiste testigo de cómo encargaba el asesinato de un hombre y de cómo Gage lo mataba? ¿Porque colaboras con las autoridades o quizás incluso trabajas para ellas? ¿Porque nunca me has contado nada de esto? No estoy *contenta*. ¿Te molesta… lo que me viste hacer?

—No lo sé.

—¿Crees que tengo hielo en las venas? —lo pregunta como quitándole hierro, pero sé que la respuesta es importante para ella.

Me pregunto cómo será que te eduquen para ser una jefa mafiosa.

—Eres lo que estabas destinada a ser.

—¿Te acuerdas de cuando éramos niños? —Veo una leve sonrisa en su boca, pero su forma de mirarme la contradice—. Decías que yo sería la que haría tratos y se ganaría enemigos, la que mentiría y traicionaría. Que tú viajarías y verías mundo. Que no dejarías que esta vida te absorbiera.

—Para que veas lo listo que soy.

—Has estado jugando a un juego muy largo, Cassel. Largo y peligroso.

—No esperaba que se me fuera tanto de las manos. Ha sido una cosa después de otra. Tenía que solucionarlo todo. *Alguien* tenía que solucionar lo de Maura y yo era el único que lo sabía, no había nadie más. Y tenía que impedir que Barron se pasara a los Brennan. Y tenía que contenerme para... —Me interrumpo, porque no puedo decirle lo demás. No puedo explicarle que necesitaba contener mis ganas de estar con ella. No puedo explicarle que estuve a punto de fracasar.

—Vale, pues renuncia. —Hace un gesto violento con las manos, como si estuviera diciendo algo tan obvio que no debería hacer falta decirlo—. Hiciste lo que creías que debías hacer, pero aún tienes una salida. Tómala. Aléjate de los federales. Y si no quieren dejarte en paz, escóndete. Yo te ayudaré. Hablaré con mi padre. Procuraré que afloje un poco con el asunto de tu madre, al menos hasta que resolvamos esto. No permitas que te mangoneen.

—No puedo renunciar a ello. —Dejo de mirarla y contemplo la pared del fregador. El papel está abombado—. No puedo. Es demasiado importante.

—¿Por qué te empeñas en echar a perder tu vida por la primera causa que se te presenta?

—Eso no es verdad. Yo no estaba...

—*Nada de esto es culpa tuya*. ¿Qué es lo que hace que te sientas tan culpable y que actúes como si *tú* no fueras importante? —Lila levanta la voz al mismo tiempo que se pone de pie, rodea la mesa y me da un empujón en el hombro—. ¿Por qué piensas que tienes que resolver los problemas de todo el mundo, incluidos los míos?

—Por nada. —Sacudo la cabeza y le doy la espalda.

—¿Es por Jimmy Greco, Antanas Kalvis y los demás? Porque yo los conocía y te aseguro que eran mala gente. El mundo está mejor sin ellos.

—Deja de intentar que me sienta mejor. Sabes que no me lo merezco.

—*¿Por qué no te lo mereces?* —chilla Lila, parece como si se arrancara las palabras de las entrañas. Su mano desciende hasta mi brazo; intenta que la mire a los ojos.

No quiero.

—Por ti —contesto, levantándome también—. Es por ti.

Por un momento, los dos nos quedamos en silencio.

—Lo que te hice… —empiezo a decir, pero esa frase no puedo llevarla a ningún sitio. Lo intento de nuevo—. No puedo perdonarme… No *quiero* perdonarme.

Me siento en el suelo de linóleo y le digo lo que jamás he dicho:

—Te maté. Recuerdo haberte matado. Te maté. —Esas dos palabras brotan una y otra vez de mi interior. Me atraganto con ellas. Se me quiebra la voz.

—Estoy viva —dice Lila, arrodillándose para que no tenga más remedio que mirarla, que verla—. Estoy aquí. —Yo inspiro hondo, temblando—. Estamos vivos. Lo hemos conseguido.

Siento que estoy a punto de desmoronarme.

—Lo he jodido todo, ¿verdad?

Ahora le toca a ella no mirarme a los ojos.

—No permití que Daneca me obrara —dice entonces, despacio, con cuidado, ordenando cada palabra como si cualquier error pudiera hacer que todo se viniera abajo—. Pero no dejé de quererte. Porque siempre te he querido, Cassel. Desde que éramos niños. Por si no te acuerdas, me paseé delante de ti en ropa interior en mi fiesta de cumpleaños.

Eso hace que se me escape una carcajada. Me toco la oreja que Lila me perforó esa noche, aunque el agujero se cerró hace tiempo. Trato de imaginarme ese mundo en el que Lila también sentía algo por mí, no solo al contrario.

—No pensé que eso significara...

—Porque eres idiota —dice ella—. *Idiota*. Cuando se me pasó el maleficio, no podía dejar que notaras que todavía sentía lo mismo por ti. Creía que yo era la única que lo sentía. —Lila entrelaza los dedos y los aprieta, tensando los guantes de cuero sobre los nudillos—. Tú eres bueno, siempre lo has sido. Supuse que fingías que me querías hasta que ya no pudiste fingir más. Y no quería que te vieras obligado a seguir haciéndolo. Así que me pinchaba en la mano con unas tijeras o con un bolígrafo, con cualquier cosa afilada que tuviera cerca, cada vez que pensaba en ti. Hasta que pude concentrarme en esa punzada de dolor cuando te veía... Y a pesar de todo, quería verte.

—No estaba fingiendo, Lila —le aseguro—. Nunca he fingido. Entiendo lo que pensaste cuando le pedí a Daneca que te obrara para que no sintieras nada por mí. Pero te besé antes de enterarme de lo que te había hecho mi madre, ¿recuerdas? Te besé porque llevaba mucho tiempo queriendo hacerlo.

Ella sacude la cabeza.

—No sé...

—Aquella noche, en tu habitación de la residencia... Lila, *estabas sufriendo un maleficio*. Y yo estuve a punto de ignorarlo, como si eso no importara. Era horrible: tú te comportabas como si tus sentimientos fueran reales y yo tenía que recordarme constantemente que no lo eran. A veces la situación podía conmigo. Quería olvidarme de lo mal que me sentía. Sabía que no estaba bien y aun así no pude contenerme.

—No pasa nada —me dice—. No pasa nada.

—Pero yo no querría...

—Ya lo sé, Cassel. Podrías habérmelo explicado.

—¿Y qué te iba a decir? ¿Que en realidad quería estar contigo? ¿Que no me fiaba de mí mismo? ¿Que...?

Lila se inclina y acerca su boca a la mía. Nunca he estado tan agradecido de que me hicieran callar.

Cierro los ojos, porque ahora mismo incluso verla es demasiado para mí.

Me siento como un hombre al que han tenido a pan y agua y de pronto se encuentra ante un festín abrumador. Como un hombre que lleva tanto tiempo encadenado a oscuras que la luz le aterra. Mi corazón se me quiere escapar del pecho.

Los suaves labios de Lila se deslizan sobre los míos. Me voy perdiendo en un beso tras otro. Mis dedos enguantados recorren la piel de su mejilla y su garganta hasta que la oigo gemir mientras me besa. La sangre me hierve y se me acumula en las entrañas.

Ella me desata la corbata con rapidez. Cuando me echo hacia atrás para mirarla, me sonríe y me quita la corbata del cuello con un solo tirón.

Levanto las dos cejas.

Con una carcajada, Lila se levanta del suelo y me tiende la mano enguantada para que me ponga de pie.

—Vamos —me dice.

Me levanto. No sé cómo, pero se me ha salido la camisa del pantalón. Volvemos a besarnos mientras subimos las escaleras con torpeza. Lila se detiene un momento para quitarse las botas a patadas, agarrándose a mí y a la pared. Yo me quito la chaqueta.

—Lila... —Cuando ella empieza a desabrocharme la camisa blanca, ya no consigo decir nada más. La camisa cae al suelo del pasillo.

Nos lanzamos a mi dormitorio, donde me la he imaginado mil veces, donde creí haberla perdido para siempre. Esos recuerdos ahora parecen borrosos; me cuesta considerarlos importantes frente a la evidencia de su mano fría y enguantada, que recorre la dura superficie de mi vientre y los músculos tensos de mis brazos, dejándome sin respiración.

Lila se aparta un momento para morder el extremo del guante y quitárselo con los dientes. Cuando lo suelta, sigo su caída con la mirada.

Tomo su mano desnuda y le beso los dedos; Lila me mira con los ojos como platos. Le doy un suave mordisco en la palma de la mano y ella suelta un gemido.

Cuando yo también me quito los guantes, me tiemblan las manos. Noto el sabor de su piel en la lengua. Me siento febril.

Si voy a morir mañana, cuando los federales vengan a buscarme, entonces este es el último deseo de mi corazón. Esto. La imagen de sus pestañas rozándole las mejillas al cerrar los ojos. La palpitación de su garganta. Su aliento en mi boca. Esto.

He estado con chicas que me importaban y con otras que no. Pero nunca he estado con una chica a la que quisiera más que a nada en el mundo. Estoy perplejo, abrumado por las ganas de hacerlo todo bien.

Voy bajando con la boca, recorriendo la cicatriz de su cuello. Lila me clava las uñas en la espalda.

Se aparta para quitarse la blusa, sacándosela por la cabeza, y la tira al suelo. Lleva un sujetador azul con mariposas de encaje. Enseguida vuelve a mis brazos y abre los labios; su piel no puede ser más suave y cálida. Cuando la recorro con mis manos desnudas, ella arquea la espalda.

Se pone a desabrocharme el cinturón con dedos nerviosos.

—¿Estás segura? —le pregunto, echándome hacia atrás.

Por toda respuesta, Lila retrocede un paso, se lleva las manos a la espalda, se desabrocha el sujetador y lo tira encima de la blusa.

—*Lila* —digo con desesperación.

—Cassel, como me obligues a hablar, te mato. Te mato literalmente. Te estrangulo con tu corbata.

—Creo que la corbata se ha quedado abajo —digo, intentando recordar por qué demonios querría hablar mientras Lila se acerca a besarme otra vez. Enreda los dedos en mi pelo y tira de mí para acercarme a su boca.

Unos pocos pasos y caemos de espaldas sobre la cama, tirando los almohadones al suelo.

—¿Tienes algo? —pregunta, con la boca pegada a mi hombro y el pecho desnudo apretujado contra el mío. Me estremezco con cada palabra, así que me obligo a concentrarme.

Aun así, tardo un poco en comprender a qué se refiere.

—En la cartera.

—Ya sabes que he hecho esto pocas veces. —Le tiembla la voz, como si de pronto le hubieran entrado los nervios—. Solo una.

—Podemos parar —digo, dejando las manos quietas. Tomo aire, temblando—. Deberíamos...

—Si paras, también te mato.

No paro.

Capítulo trece

Cuando me despierto, la luz del sol entra por la ventana sucia. Extiendo los dedos desnudos, esperando sentir el tacto de una piel cálida, pero se cierran en torno a un revoltijo de sábanas. Lila ya se ha ido.

Siempre te he querido, Cassel.

Aún noto en la piel el recuerdo de sus manos. Me desperezo, haciendo crujir todos los huesos de la espalda con indolencia. No recuerdo haber tenido nunca la mente tan despejada.

Contemplo el techo de yeso agrietado, sonriendo. Me la imagino saliendo a hurtadillas de la habitación mientras yo dormía, planteándose darme un beso de despedida, sin dejar una nota ni cualquier otra cosa que haría una persona normal. Claro que no. Lila no querría parecer una sentimental. Se habrá vestido en el cuarto de baño y se habrá lavado la cara. Habrá bajado con las botas en la mano y cruzado el césped en calcetines. Habrá entrado sigilosamente en ese lujoso apartamento del ático, antes de que el maestro del crimen que tiene por padre se dé cuenta de que su hija ha pasado la noche en casa de un chico. En mi casa.

No puedo dejar de sonreír.

Lila me quiere.

Supongo que ya puedo morir feliz.

Entro en la habitación de mis padres y rebusco hasta encontrar una bolsa de viaje de cuero muy gastada en la que guardo un par de camisetas y los vaqueros que menos me gustan. No tiene sentido que ponga nada a lo que tenga aprecio, porque no sé a dónde va a llevarme

Yulikova ni si volveré a ver las cosas que lleve conmigo. Guardo la cartera y el carnet debajo del colchón de mi cama.

Mis objetivos son sencillos: averiguar si Yulikova planea traicionarme, cumplir la misión para que Patton no pueda hacerle daño a mi madre y volver a casa.

Después, supongo que ya veremos. No he firmado ningún documento, así que oficialmente no soy miembro de la DMA. Todavía estoy a tiempo de negarme si quiero. O eso creo. Estamos hablando del gobierno federal, no de una familia mafiosa con juramentos de sangre y cicatrices en la garganta.

Por supuesto, aunque no sea un agente, aún tendré que vérmelas con todos aquellos que buscan a alguien con mi don.

Por un momento me imagino independizándome al terminar el instituto, viviendo en Nueva York, trabajando de camarero y quedando con Lila para tomar café a altas horas de la noche. Nadie sabría quién soy. Nadie sabría lo que puedo hacer. Iríamos a mi piso diminuto, beberíamos vino barato, veríamos películas en blanco y negro y nos quejaríamos de nuestros respectivos trabajos. Ella podría hablarme de las guerras de bandas y de las mercancías que últimamente se «caen» de los camiones de reparto, y yo…

Sacudo la cabeza.

En vez de ponerme a fantasear con un futuro imposible, es mejor que vaya a Wallingford y me presente al castigo. De lo contrario, ni siquiera voy a llegar a la graduación.

Compruebo la hora en el reloj de mi móvil: me quedan treinta minutos. Tiempo suficiente para volver a la residencia, recoger a Sam y pensar lo que vamos a decirle a Wharton de parte de Mina. Voy un poco justo, pero creo que llego.

Me dirijo a mi coche, con la bolsa de viaje cargada al hombro, cuando me suena el móvil.

Es Barron. Contesto.

—Hola —digo, sorprendido.

—He estado husmeando —dice con voz deliberadamente neutra.

Me detengo y me apoyo en el capó de mi Benz, con las llaves en la mano.

—¿Husmeando?

—Después de lo que me dijiste sobre el encargo de Patton, persuadí a una amiga para que me dejara usar su identificación y estuve hurgando en los archivos. Tenías razón. Es una trampa, Cassel. Te van a trincar.

Me quedo helado.

—¿Quieren arrestarme?

Barron se echa a reír.

—Lo más cachondo de todo es que te han pedido que transformases a Patton en una tostadora o lo que sea porque quieren tapar su propia cagada. Podrían entrar a tiro limpio si no fuera porque la culpa de que Patton se haya vuelto tan inestable es suya. Este lío lo han montado ellos.

Contemplo el jardín. Casi todas las hojas han caído ya, dejando los árboles pelados. Las ramas oscuras se alzan hacia el cielo como los largos dedos de incontables manos.

—¿Qué quieres decir?

—Los asistentes de Patton llamaron a los federales cuando se dieron cuenta de que mamá lo había obrado. Si no hubiera sido tan chapucera, no estarías entre la espada y la pared.

—No le dio tiempo a hacerlo mejor —la defiendo—. Además, la política no es su campo.

—Bueno, lo que quiero decir es que he leído los informes y fueron cometiendo una cagada tras otra. Después de que los asistentes llamaran a los federales, estos trajeron a un obrador de las emociones autorizado para que «arreglara» a Patton. Pero resulta que el gobierno está repleto de idiotas hiperbatigámmicos a los que les han prohibido usar sus poderes salvo como último recurso, así que el obrador de las emociones que enviaron los federales no era precisamente el más sutil.

»El tipo obró a Patton para que odiara y temiera a mamá, pensando que las emociones intensas eran la única manera de contrarrestar lo que le había hecho ella. Pero, en vez de eso, Patton se puso fuera de sí. Se le fue la olla por completo, para que me entiendas. Tenía brotes violentos y rompía a llorar sin motivo.

Me estremezco al pensar cómo será que te obliguen a sentir dos emociones contradictorias a la vez. Me siento peor al darme cuenta de que eso mismo era lo que yo quería que Daneca le hiciera a Lila. El amor y la indiferencia enfrentados. A saber lo que podría haber ocurrido. Pensar en ello es como mirar el fondo de un profundo barranco en el que no has caído de milagro mientras caminabas a oscuras.

Barron continúa:

—Por otro lado, la clave para aprobar la propuesta 2 es conseguir el respaldo de aquellos obradores que son ciudadanos ejemplares. Que los miembros destacados de la comunidad den un paso adelante y se sometan a una prueba voluntaria nos deja a los demás en mal lugar y hace quedar bien al programa, como algo seguro y humanitario. El problema es que Patton decidió que había llegado el momento de ponerlo todo patas arriba. Decidió despedir a todos los que habían dado positivo en la prueba HBG.

»Luego empezó a exigir a los empleados federales que se hicieran la prueba. Los sometió a mucha presión. Quería disolver las unidades federales con agentes hiperbatigámmicos.

—Como la DMA —digo, pensando en Yulikova y el agente Jones—. Pero Patton no tiene autoridad sobre ellos.

—Ya te he dicho que este asunto es una comedia de errores —dice Barron—. Es verdad que Patton no tiene poder para conseguir eso. Pero lo que sí podía hacer era amenazar con ponerlos en evidencia, informando a la prensa de que lo habían obrado en contra de su voluntad. Y el equipo de los buenos, tan sabios ellos, ¿qué crees que hicieron?

—No tengo ni idea. —Me vibra el móvil. Tengo otra llamada, pero la ignoro.

—Enviar a otro obrador para que arreglara la chapuza que le habían hecho a Patton en el cerebro.

Me echo a reír.

—Y seguro que salió a pedir de boca.

—Oh, ya te digo. Fíjate lo bien que salió que Patton *lo mató*.

—¿Lo mató? —Tratándose de Barron, es posible que esté adornando la verdad o mintiendo descaradamente. Pero la historia que me cuenta encaja mejor que la de Yulikova. La historia de Barron es caótica, llena de coincidencias y errores. Como buen embustero que soy, sé que las mentiras se caracterizan por ser sencillas y directas, como nos gustaría que fuera la realidad.

—Sí —responde Barron—. El agente se llamaba Eric Lawrence. Casado y con dos hijos. Patton lo estranguló al darse cuenta de que el agente Lawrence estaba intentando obrarlo. De locos, ¿verdad? Así que ahora los federales tienen a un gobernador homicida entre manos y a los mandamases diciéndoles que solucionen el desastre antes de que el escándalo salga a la luz.

Tomo aire y lo voy soltando lentamente.

—Entonces, después de que yo haya transformado a Patton, ¿qué harán? Me arrestarán, supongo. Gracias a mamá, tengo un móvil para cometer el crimen. Me meterán en la cárcel. ¿De qué les sirve eso si quieren que trabaje para ellos? No puedo trabajar desde la cárcel, o al menos solo en cosas muy limitadas. Transformar a otros reclusos. Convertir cigarrillos en lingotes de oro.

—Eso es lo mejor de todo, Cassel —dice Barron—. No irás a la cárcel. Así, además de tener un chivo expiatorio, dejarás de estar protegido por el acuerdo de inmunidad, porque habrás cometido un delito, y tus libertades civiles se verán muy reducidas. Podrán controlarte. Por completo. Tendrán exactamente el arma que querían.

—¿Has averiguado dónde será? —pregunto, abriendo la puerta del coche. No siento nada.

—El lunes, Patton dará un discurso cerca de Carney, delante de un antiguo campo de internamiento. Se instalarán alrededor, en caravanas. Los federales ya han solucionado el problema de la seguridad. Pero ¿qué más da, Cassel? No vas a ir, claro.

Pero tengo que ir. Si no voy, Patton se saldrá con la suya y mi madre no. Aunque sé que mi madre no es buena persona, es mejor que él. Y tampoco quiero que los federales se salgan con la suya.

—Sí que iré —contesto—. Oye, gracias por ayudarme. Sé que no tenías por qué hacerlo y me viene muy bien saber exactamente dónde me voy a meter.

—Vale, pues ve. Pero arruínales la misión. ¿Qué van a hacer, reñirte? Cualquiera puede cometer un error. Además, tú la cagas constantemente.

—Intentarán tenderme otra trampa.

—Pero esta vez lo sabrás de antemano.

—Ahora también lo sabía. Pero no terminaba de entender lo que estaba pasando. Además, alguien debe detener a Patton. Yo tengo una oportunidad.

—Claro —dice Barron—. Alguien debe hacerlo. Alguien a quien no intenten incriminar. Alguien que no seas *tú*.

—Si no les sigo la corriente, los federales amenazan con ir a por mamá. Y esa es la opción menos mala, porque Patton la matará. Ya lo ha intentado.

—¿Qué ha hecho? ¿A qué te refieres?

—No quería que nos enteráramos, pero le han disparado. Te lo habría dicho, pero la última vez que hablamos me dejaste con la palabra en la boca.

—¿Está bien? —pregunta Barron, ignorando el resto de lo que he dicho.

—Creo que sí. —Me siento y me pongo el cinturón de seguridad. Luego, con un suspiro, arranco el coche—. ¿Lo ves? Tenemos que hacer algo.

—No *tenemos* que hacer nada. Yo ya he hecho todo lo que pienso hacer: husmear en esos archivos. Ahora voy a mirar por mí. Deberías probarlo alguna vez.

—Tengo un plan. —El coche se llena de aire frío. Subo la calefacción y apoyo la cabeza en el volante—. Bueno, no es exactamente un plan, sino el inicio de uno. Solo necesito que retrases a Patton. Averigua dónde estará el lunes y retenlo allí para que llegue tarde al discurso. Hazlo por mamá. Ni siquiera hace falta que vengas a verme a la cárcel.

—Entonces haz algo por mí a cambio —me dice tras un momento de silencio.

Las probabilidades de que me salga bien y me vaya de rositas son tan bajas que no me importa demasiado en qué plan malévolo intentará meterme mi hermano después.

Casi resulta liberador.

—Vale, te deberé un favor. Pero tiene que ser después. Ahora mismo no tengo tiempo. —Miro el reloj del salpicadero—. De hecho, no tengo ni un minuto. Tengo que ir a Wallingford. Ya llego tarde.

—Llámame cuando termines en el colegio —dice Barron antes de colgar. Lanzo el móvil al asiento del copiloto y salgo del camino de entrada. Ojalá mi único plan no dependiera de las dos personas en las que menos confío en el mundo: Barron y yo mismo.

Cuando aparco en Wallingford, ya son las diez y diez. No hay tiempo para pasar por la habitación, así que saco el móvil mientras cruzo el jardín; llamaré a Sam y le pediré que traiga las fotos de Wharton. Pero cuando empiezo a pensar en las fotos, tengo la desagradable sensación de que he pasado algo por alto. En la cafetería dije que me parecía que Mina quería que *viéramos* las fotos, pero no solo nos dejó verlas. También se aseguró de que tuviéramos copias.

Un frío temor me sube por la espalda. Mina quería que otra persona chantajeara a Wharton en su lugar. Que otra persona afirmara que sacó esas fotos y le pidiera dinero. Pero no hace falta que lo hagamos de verdad. Solo tiene que *parecer que lo estamos haciendo*.

Imbécil, imbécil. Pero qué imbécil soy. Mientras lo pienso, el teléfono empieza a sonarme en la mano. Es Daneca.

—Hola —le digo—. Ahora no puedo hablar. Llego tardísimo a un castigo y si me ponen otra sanción... —Daneca suelta un sollozo húmedo y terrible. Me callo lo que iba a decir—. ¿Qué ha pasado?

—Sam se ha enterado —contesta con voz ahogada—. Se ha enterado de que salía con tu hermano. Esta mañana estábamos estudiando juntos en la biblioteca. Todo era muy normal. No sé, me apetecía verlo y descubrir si todavía había algo entre nosotros, si aún sentía...

—Ya —digo mientras camino por el césped. Espero que Wharton siga en su despacho. Espero estar equivocado sobre lo que planea Mina. Espero que Sam esté quemando esas fotos, aunque estoy bastante seguro de que ya tiene bastante con su corazón roto. Y aunque no fuera así, no tiene motivos para creer que corremos peligro—. Puede que lo supere.

No sirve de nada pensar que Daneca y Sam rompieron por la incapacidad de ambos para superar las cosas. Sam va a estar furioso con Daneca y el doble de furioso conmigo por no haberle contado lo de Barron. Y, como era de esperar, me lo merezco.

—No, *escucha*. Salí de la biblioteca un minuto y, cuando volví... No sé, Barron debió de mandarme un mensaje. Sam lo leyó, y también los anteriores. Se puso a gritarme. Fue muy desagradable.

—¿Estás bien? —pregunto tras unos segundos de silencio.

—No lo sé. —Parece que intenta contener el llanto—. Sam siempre ha sido muy bueno, muy dulce. Nunca pensé que pudiera enfadarse tanto. Me dio miedo.

—¿Te hizo daño? —Abro las puertas del edificio administrativo, intentando pensar.

—No, claro que no.

Me dirijo a las escaleras. Todos los despachos están vacíos. Mis pisadas resuenan con claridad por los pasillos. Solo se oyen los ruidos que hago yo. Todo el mundo se ha ido a casa para pasar el fin de semana. Se me empieza a acelerar el corazón. Wharton no está y Mina seguramente ya le ha dicho que Sam y yo lo estamos chantajeando.

Registrará nuestra habitación y, si lo hace, *encontrará las fotos y...* Dios, la pistola. Va a encontrar la pistola.

—Sam tiró sus libros por el suelo y luego se puso muy frío, muy distante —continúa Daneca, aunque me cuesta concentrarme en sus palabras—. Fue como si se apagara un interruptor en su interior. Me dijo que había quedado contigo y que le daba igual que no aparecieras. Que por una vez iba a encargarse de todo él. Me dijo que tenía una...

—Espera. ¿Qué? —digo, repentinamente alerta—. *¿Qué te dijo que tenía?*

Un disparo resuena en las escaleras, procedente del piso superior; su eco recorre el edificio desierto.

No sé qué esperaba encontrar al irrumpir en el despacho de Wharton, pero desde luego no era a Sam y al decano luchando a brazo partido encima de la vieja alfombra oriental. Wharton gatea hacia una pistola que parece haber rebotado por el suelo, mientras Sam intenta inmovilizarlo.

Me lanzo a por la pistola.

Wharton, con el pelo blanco alborotado, me mira aturdido cuando le apunto con el arma. Sam se desploma con un gemido. Entonces me doy cuenta de que la mancha roja sobre la que está tendido Sam no forma parte del dibujo de la alfombra.

—Le ha disparado —le digo a Wharton con incredulidad.

—Lo siento —consigue decir Sam con los dientes apretados—. La he jodido, Cassel. La he jodido del todo.

—Te vas a poner bien, Sam.

—Señor Sharpe, llega *veinte minutos tarde* a su castigo —me informa el decano Wharton desde el suelo. ¿Aún estará en *shock*?—. A menos que quiera tener un problema aún mayor del que ya tiene, le sugiero que me entregue esa pistola.

—Está de broma, ¿verdad? Voy a llamar a una ambulancia. —Me acerco al escritorio de madera de raíz, donde veo las fotos de Mina encima de otros documentos.

—¡No! —exclama Wharton, levantándose. Se lanza hacia el cable del teléfono y lo arranca de un violento tirón. Respira agitadamente y me mira con ojos vidriosos—. Se lo prohíbo. Se lo prohíbo terminantemente. Usted no lo entiende. Si la junta se entera de esto... No es consciente de la posición tan difícil en la que me pondría.

—Ya me imagino —contesto, sacando mi móvil con una mano. No tengo muy claro cómo voy a marcar el número mientras le apunto con la pistola.

Wharton camina hacia mí a trompicones.

—No puede llamar a nadie. Suelte ese teléfono.

—¡Le ha disparado! —aúllo—. ¡No se acerque o le pego un tiro!

Sam vuelve a gemir.

—Me duele mucho, Cassel. Me duele mucho.

—Esto no puede estar pasando —dice Wharton, antes de mirarme de nuevo—. ¡Les diré que fue usted! Les diré que entraron los dos aquí para robarme, discutieron y usted le disparó.

—Yo sé quién me ha disparado —replica Sam con una mueca mientras se aprieta la pierna—. Les diré que no ha sido Cassel.

—Eso no importa. ¿De quién es la pistola, señor Sharpe? —pregunta Wharton—. Suya, seguramente.

—No. La robé.

Me mira con perplejidad. Está acostumbrado a tratar con niños buenos y uniformados que juegan a ser rebeldes antes de terminar haciendo lo que se les dice. La repentina sospecha de que yo no soy así en absoluto parece desorientarlo. Tuerce el gesto.

—Eso es. Todo el mundo sabe de dónde viene. ¿A quién van a creer, a usted o a mí? Yo soy un miembro respetable de la comunidad.

—Hasta que vean las fotos en las que sale con Mina Lange. Son bastante sospechosas. No le harán quedar demasiado bien. Está enfermo, ¿verdad? Se le empieza a ir la cabeza. Primero olvida cosas menores, pero cada vez son más importantes. El médico le da la noticia de que su enfermedad va a seguir empeorando. Ha llegado el momento de que deje su trabajo en Wallingford. Legalmente no puede hacer nada, pero *ilegalmente*... Eso ya es otra cosa. Puede comprar niños, una chica como Mina. Ella no puede curarle porque la enfermedad es degenerativa, pero puede paliar los síntomas.

»En efecto, usted no empeora y Mina empieza a ponerse enferma. Al principio se justifica. Mina es joven. Se recuperará. ¿Qué más da que pierda algunas clases? No debería disgustarse por eso. Después de todo, usted le ha conseguido una beca para estudiar en Wallingford, un prestigioso colegio privado, para poder tenerla a mano siempre que la necesite.

»Cuando Mina le dijo que nosotros teníamos unas fotos suyas, seguramente se mostró dispuesto a pagarnos. Pero cuando Sam ha entrado aquí, lo que le haya dicho le ha hecho comprender que el dinero es para Mina. Y eso le pone en una situación difícil. Si ella se marcha, usted volverá a enfermar. Y si alguien más ve las fotos, perderá su trabajo. Eso no puede permitirlo, así que la solución es la pistola.

Wharton mira el escritorio como si quisiera lanzarse de cabeza a por las fotografías. Tiene la frente perlada de sudor.

—¿Ella formaba parte de esto?

—Ella lo ha organizado todo. Fue ella quien sacó las fotos. Lo único que Mina no esperaba era que alguien intentara ayudarla de verdad. Y Sam lo hizo, porque es buena persona. Y mire a dónde lo ha llevado eso. Y ahora voy a llamar por teléfono y usted no me lo va a impedir.

—No —dice Wharton.

Miro de reojo a Sam. Se está poniendo muy pálido. ¿Cuánta sangre habrá perdido ya?

—Mire, no me importa lo de Mina ni el dinero ni que usted esté perdiendo la chaveta —le aseguro—. Llévese las fotos. Proteja su secreto. Cuando vengan los de la ambulancia, dígales lo que prefiera. Pero Sam está muy mal.

—Bien. Déjeme pensar. Seguro que usted conoce a alguien —murmura el decano con tono suplicante—. La clase de médico que no denunciaría una herida de bala.

—¿Quiere que llame a un médico de la mafia?

La angustia de su rostro es exagerada, demencial.

—Por favor, por favor. Le daré lo que quiera. Los dos se graduarán con matrícula de honor. Podrán saltarse todas las clases. Si soluciona esto, por lo que a mí respecta podrá hacer lo que le dé la gana.

—Y que no nos pongan más sanciones —dice Sam débilmente.

—¿Estás seguro? —le pregunto a Sam—. Ese médico no tendrá todo lo que hay en un hospital de verdad...

—Cassel, *piénsalo*. Si viene una ambulancia, nos meteremos en un lío. Todos salimos perdiendo. —Titubeo—. Mis padres... —continúa Sam—. No puedo... no pueden enterarse.

Lo miro un buen rato y entonces recuerdo que ha sido Sam quien ha traído una pistola al despacho del decano y le ha amenazado. Unos padres normales seguramente no verían algo así con buenos ojos. Y apuesto a que un juez tampoco. Aquí no hay que elegir entre el decano o nosotros; hay problemas suficientes para repartir entre todos.

Con un suspiro, le pongo el seguro a la pistola, me la guardo en el bolsillo y marco el número.

El médico de los dientes torcidos llega media hora después. Su secretaria no me ha pedido mi nombre ni me ha dicho el de su jefe. Para mí, sigue siendo el Dr. Doctor.

Lleva ropa parecida a la de la última vez: jersey y vaqueros. Me fijo en que lleva zapatillas deportivas sin calcetines y tiene la costra de una herida en el tobillo. Tiene las mejillas más hundidas de lo que recordaba y está fumando un cigarrillo. ¿Qué edad tendrá? Le echo treinta y tantos, por las greñas rizadas y la barba incipiente de quien no se molesta en afeitarse a diario. Lo único que indica que es médico es el maletín negro que trae.

He ayudado a Sam a poner la pierna en alto y se la he vendado con mi camiseta. Estoy sentado en el suelo, presionando la herida. El decano Wharton ha envuelto a Sam con mi abrigo para que no pasase frío. Hemos hecho lo que hemos podido, que no es mucho. Me siento el peor amigo del mundo por no insistir en llevarlo inmediatamente al hospital y afrontar las consecuencias.

—¿Hay cuarto de baño? —pregunta el doctor, echando un vistazo a su alrededor.

—Por esa puerta, al final del pasillo —responde el decano Wharton, mirando el cigarrillo del médico con gesto de reproche; por lo visto aún aspira a recuperar el control de la situación—. Aquí no se puede fumar.

El médico lo mira con incredulidad.

—Tengo que vestirme. Despejad la mesa mientras tanto, vamos a tener que tumbar al paciente en ella. Y necesito más luz para poder ver lo que hago.

—¿Confía en este hombre? —me pregunta el decano Wharton mientras recoge los papeles y los guarda de cualquier manera en su archivador.

—No —contesto. Sam suelta un gemido ahogado—. No lo decía por eso —me apresuro a añadir—. Te vas a poner bien. Es que estoy cabreado. Sobre todo conmigo mismo… No, lo retiro. Sobre todo con Wharton.

El decano acerca una lámpara de pie al escritorio despejado y la enciende. Se las arregla para colocar un par de flexos en las estanterías, inclinándolos de forma que las bombillas apunten a la mesa, como si fueran rostros ansiosos por presenciar una actuación.

—Ayúdeme a subirlo —le digo.

—No hace falta —replica Sam con la voz un poco pastosa—. Puedo subir yo.

Me parece una idea malísima, pero no voy a discutir con un herido. Me echo su brazo sobre la espalda y le ayudo a levantarse. Sam suelta un ruido grave y gutural, como reprimiendo un grito. Me clava los dedos enguantados en el brazo desnudo. Su cara se contrae de dolor y concentración, cerrando los ojos con fuerza.

—No te apoyes en la pierna —le recuerdo.

—Vete a la mierda —me responde con los dientes apretados. Supongo que eso quiere decir que no está tan mal.

Cruzamos el despacho con Sam medio desplomado sobre mí. Mi camiseta se resbala de la pierna herida y la sangre empieza a rezumar perezosamente mientras él se encarama al escritorio.

—Túmbate —le digo mientras voy a por la camiseta. No sé si está lo bastante limpia, pero procuro secar con ella la mayor parte de la sangre y vuelvo a presionar la herida.

Wharton guarda las distancias y nos observa con una mezcla de asco y horror. Es posible que se esté lamentando por lo que le estamos haciendo a su escritorio.

El doctor vuelve al despacho. Ya no lleva el cigarrillo y se ha puesto algo parecido a un poncho de plástico y unos guantes desechables. Se ha recogido el pelo con una bandana.

—¿Qué… qué va a hacer? —gimotea Sam.

—Necesito un ayudante —dice el médico, mirándome a mí—. ¿Te impresiona la sangre? —Niego con la cabeza—. Habéis tenido suerte. Acabo de salir de un encargo no muy lejos de aquí. A veces se me acumula el trabajo.

—Claro —digo. Ojalá se callara.

Asiente con la cabeza.

—Oye… necesito que me pagues. Serán quinientos pavos por adelantado, como te habrá dicho mi secretaria. Puede que te salga más caro en función de lo que tenga que hacer, pero esa cantidad la necesito ahora.

Miro a Wharton, que enseguida se pone a hurgar en un cajón de su escritorio. Debe de estar acostumbrado a pagar en efectivo, porque abre una sección oculta en la parte inferior y saca un fajo de billetes.

—Aquí van mil dólares —dice el decano, tendiéndole el dinero con la mano temblorosa—. Así nos aseguramos de que todo vaya sobre ruedas. Sin complicaciones, ¿me explico?

—El dinero está lleno de gérmenes. No hay cosa más sucia. Ocúpate tú, chico —me dice el Dr. Doctor—. Guárdalo en mi maletín. Y saca el frasco de yodo. Luego, antes de hacer nada más, quiero que te laves las manos.

—¿Los guantes? —pregunto.

—Las *manos* —repite—. Te pondrás unos guantes de plástico. Los tuyos están asquerosos.

Me froto con rabia en el cuarto de baño. Las manos. Los brazos. Tiene toda la razón. Mis guantes de cuero están tan empapados de sangre que hasta las manos se me han teñido de rojo. Me lavo también la cara por si acaso. Voy desnudo de cintura para arriba; debería taparme un poco, pero no tengo con qué. Mi camiseta da asco. Mi abrigo sigue en el suelo.

Vuelvo al despacho del decano; el médico ya ha abierto su bolsa. El interior es un caos de frascos, paños y pinzas. Saca unos instrumentos afilados de aspecto aterrador y los va colocando sobre una mesita que ha situado al lado del escritorio. Me pongo unos guantes de plástico y saco el yodo.

—Cassel —dice Sam débilmente—. Me voy a poner bien, ¿verdad?

Asiento con la cabeza.

—Te lo juro.

—Dile a Daneca que lo siento. —Tiene lágrimas en las comisuras de los ojos—. Dile a mi madre…

—Cállate, Sam —le digo con ferocidad—. Te he dicho que te vas a poner bien.

El doctor gruñe.

—Trae una torunda de algodón, empápala en yodo y limpia la herida de bala.

—Pero… —No sé qué hacer exactamente.

—Córtale el pantalón. —Parece exasperado. Lo veo sacar un vial marrón y una jeringa grande.

Procuro que no me tiemble la mano mientras saco las tijeras del estuche y corto el pantalón cargo de Sam. La tela se rasga con facilidad hasta el muslo y por fin veo la herida, pequeña y sanguinolenta, justo encima de la rodilla.

Cuando le toco la piel para limpiarla con el líquido marrón, Sam se retuerce.

—Tranquilo, Sam —le digo.

Al otro lado de la sala, Wharton se deja caer pesadamente en una butaca y se lleva las manos a la cabeza.

El médico se acerca a Sam empuñando la jeringa. Le da unos toques al émbolo como para sacarle el aire.

—Es morfina. Te aliviará el dolor. —Sam abre los ojos como platos—. Tengo que anestesiarte antes de empezar —le explica el médico.

Sam traga saliva y, armándose de valor, asiente.

El doctor le clava la aguja en una vena del brazo. Sam suelta un ruido a medio camino entre un gemido y un gorgoteo.

—¿Crees que a ella le gusta de verdad? —me pregunta Sam. Sé a quién se refiere: a Barron. Y no conozco la respuesta, en realidad.

El médico nos mira a mí y a Sam.

—No —contesto—. Pero creo que ahora no debes pensar en eso.

—Me distraigo… —Se le ponen los ojos en blanco y su cuerpo queda inerte. Me pregunto si estará soñando.

—Ahora tienes que sujetarlo —me dice el médico—. Mientras yo extraigo la bala.

—¿Qué? ¿Sujetarlo?

—Solo tienes que impedir que se mueva demasiado. Necesito que la pierna esté inmóvil. —Mira al decano Wharton, al otro lado de la sala—. Tú, ven aquí. También necesito que alguien me pase los fórceps y el bisturí cuando los pida. Ponte estos guantes.

El decano, aturdido, se levanta y se acerca.

Yo me coloco al otro lado del escritorio y me apoyo con todo mi peso en el vientre y el muslo de Sam, haciendo fuerza con las manos.

Sam mueve la cabeza y gruñe, aunque sigue inconsciente. Lo suelto inmediatamente y retrocedo.

—*Sujétalo*. No va a recordar nada de esto —dice el médico, lo cual no me consuela en absoluto. Hay muchas cosas que yo no recuerdo, pero eso no significa que no hayan ocurrido.

Vuelvo a apoyar las manos.

El Dr. Doctor se inclina y palpa la herida. Sam gime de nuevo e intenta cambiar de posición, pero no le dejo.

—Permanecerá semiconsciente. Así es menos peligroso, pero a cambio tienes que asegurarte de que no se mueva. Creo que la bala sigue dentro.

—¿Qué significa eso? —pregunta el decano Wharton.

—Que hay que sacarla —responde el médico—. El bisturí.

Giro la cabeza cuando la punta del cuchillo se clava en la piel de Sam. Él se retuerce bajo mis manos, forcejeando a ciegas y obligándome a empeñar todo mi peso. Cuando lo miro de nuevo, el médico ha practicado un profundo corte del que mana sangre.

—Retractor —dice el médico; Wharton se lo pasa—. Hemóstato —añade después.

—¿Eso qué es? —pregunta Wharton.

—El chisme plateado de punta redonda. Cuando puedas, ¿eh? Yo no tengo ninguna prisa.

Le lanzo al médico mi mirada más letal, pero no me está mirando, sino introduciendo un instrumento en la pierna de Sam. Este suelta un gruñido y se sacude un poco.

—Chssst —le digo—. Ya casi está. Ya casi está.

De pronto brota un chorro de sangre que me salpica la cara y el pecho. Me llevo tal susto que retrocedo, Sam se revuelve y está a punto de caerse de la mesa.

—¡Que lo sujetes, imbécil! —me grita el doctor.

Agarro la pierna de Sam y me dejo caer sobre ella con todas mis fuerzas. La sangre mana al ritmo de su corazón, subiendo y bajando. Hay sangre por todas partes. Me mancha las pestañas y el vientre. No huelo ni paladeo otra cosa.

—¡Si te digo que lo sujetes, es por algo! ¿Es que quieres que se muera tu amigo? *Sujétalo*. Ahora tengo que buscar el vaso sanguíneo que he tocado. ¿Dónde está ese hemóstato?

Sam tiene la piel fría y húmeda y la boca amoratada. Aparto la mirada para no ver la operación y clavo los dedos en sus músculos, sujetándolo con la mayor firmeza posible. Aprieto los dientes y procuro no mirar mientras el doctor cierra la arteria, extrae la bala y empieza a suturar la herida con un hilo negro. Sigo sujetando y mirando cómo sube y baja el pecho de Sam, repitiendo para mis adentros que, con tal de que siga respirando, gimiendo y moviéndose, con tal de que siga sufriendo, está vivo.

Al terminar, me desplomo en el suelo y escucho las instrucciones que le da el médico al decano Wharton. Me duele todo el cuerpo, todos los músculos me arden por el forcejeo con Sam.

—Tendrá que tomar antibióticos durante dos semanas. De lo contrario, corre un grave peligro de infección —dice el médico mientras termina de pegar el vendaje y enrolla su poncho ensangrentado—. Yo no puedo recetárselos, pero con esto bastará para la primera semana. Mi secretaria os llamará para deciros cómo conseguir más antibióticos.

—Entendido —dice el decano.

Yo también lo he entendido. El Dr. Doctor no puede recetar medicamentos porque le han revocado su licencia médica. Por eso trabaja como médico a domicilio para Zacharov y para nosotros.

—Y si necesitáis un equipo de limpieza para adecentar este sitio, conozco a unos tipos muy discretos.

—Se lo agradecería mucho.

Hablan como dos personas civilizadas que tratan asuntos civilizados. Dos hombres de mundo, uno de ciencias y el otro de letras. Seguramente no se consideran delincuentes a pesar de lo que han hecho.

Cuando el médico se marcha del despacho, saco el móvil del bolsillo.

—¿Qué hace? —me pregunta el decano Wharton.

—Llamar a su novia —contesto—. Alguien tiene que quedarse con él esta noche. Yo no puedo y Sam no querría que se quedara usted.

—¿Es que tiene algún sitio más importante al que ir?

Miro a Wharton. Estoy agotado. Y odio no poder quedarme porque esto es culpa mía. Yo guardé la pistola en nuestra habitación. Yo le gasté a Mina esa broma estúpida del dedo en el bolsillo, que hizo creer a Sam que traer una pistola era buena idea.

—*Yo no puedo.*

—Le prohíbo terminantemente que llame a otro alumno, señor Sharpe. Esta situación ya es lo bastante caótica.

—Que le den. —Dejo unas huellas parduzcas y pegajosas al pulsar las teclas con los dedos enguantados.

—¿Lo has encontrado? —me pregunta Daneca sin saludarme—. ¿Está bien?

La conexión no es buena. La oigo bajo y con interferencias.

—¿Puedes venir al despacho del decano Wharton? —pregunto—. Si puedes, creo que deberías venir ahora mismo. Sam te necesita. Nos ayudaría mucho que vinieras. Pero no te asustes. Por favor, no te asustes. Y por favor, ven ya.

Daneca me promete que vendrá; su tono perplejo me hace pensar que mi voz debe de sonar rarísima. Todo me parece hueco y vacío.

—Usted debería irse —le digo al decano Wharton.

Cuando llega Daneca, el decano ya se ha marchado.

Mira a su alrededor, observando la alfombra empapada en sangre, las lámparas colocadas sobre las estanterías, a Sam inconsciente y tendido sobre el inmenso escritorio de Wharton. Observa su pierna y luego me mira a mí, sentado en el suelo y sin camiseta.

—¿Qué ha pasado? —Se acerca a Sam y le toca la mejilla cuidadosamente con el guante.

—Le... le han disparado. —Daneca se asusta—. Ha venido un médico para curarle la herida. Cuando se despierte, sé que querrá verte a ti.

—¿Tú estás bien? —me pregunta. No tengo ni idea de a qué se refiere. Pues claro que estoy bien. No soy yo el que está tirado sobre una mesa.

Me pongo de pie con vacilación y recojo mi abrigo mientras asiento con la cabeza.

—Pero tengo que irme, ¿vale? El decano Wharton está al corriente de esto. —Señalo vagamente el despacho, sobre todo la alfombra—. No creo que podamos sacar a Sam de aquí hasta que despierte. ¿Qué hora es? ¿Las doce?

—Las dos de la tarde.

—Ah. —Miro de reojo hacia las ventanas. Ahora recuerdo que el decano Wharton cerró las cortinas. Aunque tampoco habría podido calcular la hora por la cantidad de luz solar—. No puedo...

—Cassel, ¿qué está pasando? ¿Qué ha pasado? ¿Te vas por lo que le ha pasado a Sam?

Me echo a reír. Daneca parece aún más preocupada, si cabe.

—Lo cierto es que no tiene absolutamente nada que ver.

—Cassel...

Miro a Sam, tumbado en la mesa, y pienso en mi madre en casa de Zacharov, con otra herida de bala. Cierro los ojos.

La vida de un delincuente siempre termina con un pequeño error, una coincidencia, un desliz. Una ocasión en la que nos confiamos demasiado, en la que metemos la pata, en la que el tiro se desvía un poco a la izquierda.

He oído mil veces las anécdotas bélicas del abuelo. Cómo terminaron atrapando a Mo. Cómo Mandy casi se las arregló para escapar. Cómo murió Charlie.

Desde la cuna hasta la tumba, sabemos que algún día nos tocará a nosotros. Lo trágico es que se nos olvida que puede tocarle a otro primero.

Capítulo catorce

Salgo temblando del despacho de Wharton, tanto que me da miedo caerme al bajar las escaleras. La sangre de Sam me mancha la piel y me empapa el pantalón. Cruzo el patio como puedo, encorvándome para taparme lo mejor posible con el abrigo. Casi todos los estudiantes se van los fines de semana; además, procuro evitar los senderos y alejarme si veo a alguien. Camino bajo la sombra de los árboles y por los rincones oscuros.

Cuando llego a mi residencia, voy directo al baño común. Me miro al espejo. Tengo una mancha roja en la mandíbula. Mientras intento limpiármela y solo consigo extenderla aún más, por un momento me da la impresión de estar viendo a un desconocido, a alguien mayor, de pómulos hundidos y labios curvados en una mueca cruel. Un chiflado que acaba de cometer un asesinato. Un psicópata. Un asesino.

No creo que yo le caiga demasiado bien.

A pesar de la mueca, tiene los ojos oscuros y húmedos, como si estuviera a punto de echarse a llorar.

A mí tampoco me cae bien él.

Se me revuelve el estómago. Tengo el tiempo justo para llegar a uno de los retretes antes de que empiecen las arcadas. No he comido nada, así que solo me sale una amarga bilis. De rodillas sobre las baldosas frías, mientras toso, me invade una oleada de rabia y autodesprecio tan inmensa y vasta que no creo que quede nada de mí cuando termine de arrastrarme. Siento que no me queda nada. No me queda fuerza de voluntad.

Tengo que concentrarme. Yulikova vendrá dentro de un par de horas y tengo que encargarme de varias cosas, cosas que deben pasar antes de irme con ella. Preparativos. Últimos detalles e instrucciones.

Pero estoy paralizado de horror por todo lo que ha pasado y todo lo que tengo ante mí. Solo puedo pensar en la sangre y el ruido gutural y descarnado de los gemidos de dolor de Sam.

Más vale que me acostumbre.

Me doy una ducha tan caliente que siento la piel quemada cuando salgo. Luego me visto para mi cita con los federales: una camiseta cutre y destrozada por la secadora, mi cazadora de cuero y unos guantes nuevos. Lavo la ropa ensangrentada bajo el grifo hasta que está un poco menos inmunda y la meto en una bolsa de plástico. Sé que es arriesgado, pero pongo mi móvil en silencio y me lo escondo en el calcetín.

También guardo unas cuantas cosas más en la cazadora, cosas que luego trasladaré a la bolsa de viaje que he dejado en el coche. Unas tarjetas de cartulina y un bolígrafo. Gomina y un peine. Unas cuantas fotos de Patton que imprimo con la impresora cutre de Sam y doblo antes de guardarlas. Una novela de bolsillo de misterio.

Luego me paso por la tienda de la esquina y tiro la bolsa de plástico llena de ropa ensangrentada al cubo de basura que hay delante. El señor Gazonas me sonríe igual que siempre.

—¿Qué tal tu novia, la rubita? —me pregunta—. Espero que la lleves a algún sitio bonito esta noche, es sábado.

Sonrío y le compro un café y un bocadillo de jamón y queso.

—Le diré que la idea me la dio usted.

—Estupendo —dice mientras me da el cambio.

Espero poder salir con Lila algún sábado por la noche. Espero tener la oportunidad de volver a verla.

Procurando no pensar en eso, vuelvo al aparcamiento y engullo la comida dentro del coche. Todo me sabe a polvo y ceniza.

Escucho la radio, pasando de emisora en emisora. No me concentro en lo que escucho y al cabo de un rato ni consigo mantener los ojos abiertos.

Me despiertan los golpes de unos nudillos en la ventanilla. La agente Yulikova está junto a mi coche, acompañada por el agente Jones y una mujer que no reconozco.

Por un momento me pregunto qué pasaría si me negara a salir del coche. Si tarde o temprano no tendrían más remedio que irse. O si traerían una de esas herramientas hidráulicas y abrirían el techo de mi Benz como si fuera una lata de sardinas.

Abro la puerta del coche y recojo mi bolsa de viaje.

—¿Has descansado bien? —me pregunta Yulikova. Me sonríe con dulzura, como si fuera la líder de un grupo de *boy scouts*, en lugar de la tipa que quiere meterme en chirona. Tiene mejor aspecto que cuando la vi en el hospital. El frío le ha coloreado las mejillas.

Bostezo a propósito.

—Ya me conoce —le digo—. Soy un vago de siete suelas.

—Bueno, pues vamos. Puedes seguir durmiendo en nuestro coche si quieres.

—Claro —contesto, cerrando el Benz.

Su coche, como era de esperar, es negro, uno de esos inmensos Lincoln en los que uno puede repantigarse a gusto. Eso hago. Y mientras me pongo cómodo, me inclino para guardar las llaves del coche en mi bolsa y saco discretamente mi móvil. Al echarme hacia atrás, lo escondo en el bolsillo lateral de la puerta del coche.

Su coche es el último lugar donde se les ocurriría buscar objetos ocultos.

—Bueno, ¿tienes algo que darnos? —dice Yulikova. Se ha sentado conmigo en la parte trasera. Los otros dos agentes van delante.

La pistola. Dios, la pistola. Me la he dejado en el despacho de Wharton, debajo de la mesa.

Seguro que Yulikova nota el destello de horror de mi expresión.

—¿Pasa algo?

—Se me ha olvidado —le digo—. Lo siento muchísimo. Salgo un momento y voy a buscarla.

—No —replica, intercambiando una mirada con la otra agente—. No, no pasa nada, Cassel. Ya nos la darás cuando te traigamos de vuelta. Dinos dónde está.

—Si quieren, voy a por ella... —insisto.

Yulikova suspira.

—No, da igual.

—¿Va a contarme ya lo que está pasando? Me sentiría mucho más tranquilo si conociera el plan.

—Te lo vamos a contar todo. De verdad. En realidad es algo muy sencillo y directo. El gobernador Patton dará una rueda de prensa y, cuando termine, queremos que uses tu don para transformarlo en... bueno, en un ser vivo que sea fácil de controlar.

—¿Alguna preferencia?

Yulikova me mira como intentando dilucidar si la estoy poniendo a prueba.

—Eso te lo dejamos a ti. Haz lo que te resulte más fácil, pero lo importante es que no se escape.

—Si a ustedes les da igual, creo que lo transformaré en un perro grande. Uno de esos galgos pijoteros que tienen la cara tan larga. Un saluki, ¿no? No, un borzoi. Mi madre conocía a un tipo que tenía varios perros de esa raza. —El tipo se llama Clyde Austin y me dio un botellazo en la cabeza. Pero omito esos detalles—. O quizás en un escarabajo gordo. Así podrán guardarlo en un tarro. Pero recuerden hacerle unos agujeritos para que respire.

Veo un súbito destello de temor en los ojos de Yulikova.

—Estás molesto, ya lo veo —dice, tocando mi mano enguantada. Es un gesto íntimo y maternal; casi doy un respingo—. Siempre recurres al sarcasmo cuando estás nervioso. Y sé que no es fácil para ti hacer esto sin conocer los detalles, pero debes confiar en nosotros.

Los agentes del gobierno nunca conocemos todos los datos. Es nuestra forma de protegernos mutuamente.

Su expresión es afectuosa. Dice cosas razonables. Y también parece sincera: no veo gestos delatores evidentes que me indiquen lo contrario. En ese momento se me ocurre que quizá Barron se inventó todo lo que me dijo sobre lo que averiguó en esos archivos. Es una idea absolutamente horrible y totalmente plausible.

Asiento con la cabeza.

—Supongo que estoy acostumbrado a depender solo de mí mismo.

—Cuando acudiste a nosotros, supe que ibas a ser un caso especial. No solo por tu poder, también por tus orígenes. Muy pocas veces tenemos contacto con chicos como tú y como Barron. Los reclutas habituales de la DMA son chicos que viven en la calle porque se escaparon de casa o los echaron. A veces nos llama la familia de alguno porque creen que es obrador y nosotros lo metemos en el programa.

—¿Familias no obradoras? —pregunto—. ¿Sus padres tienen miedo?

—Normalmente —contesta Yulikova—. A veces el riesgo de violencia es tan alto que tenemos que llevarnos al niño. Tenemos dos colegios para niños obradores menores de diez años.

—Academias militares —adivino.

Ella asiente.

—Hay cosas peores, Cassel. ¿Sabes a cuántos niños obradores los asesinan sus propios padres? Las estadísticas son una cosa, pero yo he visto los esqueletos, he oído las excusas aterradas. Nos informan de un posible obrador, pero cuando llegamos al pueblo, resulta que lo han enviado con «unos parientes» y que nadie tiene su información de contacto. O que lo han transferido a otra escuela que nadie sabe decirnos dónde está. Normalmente eso quiere decir que está muerto. —No tengo respuesta para eso—. Y luego están los niños desatendidos, los maltratados, los que crecen creyendo que su única opción es ser delincuentes. —Suspira—. Te estarás preguntando por qué te cuento todo esto.

—Porque está acostumbrada a esa clase de chicos, no a chicos como yo, con madres como la mía y hermanos como el mío.

Yulikova asiente y mira hacia la parte delantera del coche, donde está sentado el agente Jones.

—No estoy acostumbrada a que me vean como una enemiga.

Parpadeo varias veces.

—Yo no la veo así.

Ella se echa a reír.

—Ay, ¡ojalá tuviera aquí un detector de mentiras, Cassel! Y lo peor de todo es que sé que en parte es culpa de nosotros. Solo nos enteramos de tu existencia porque no tuviste más remedio que entregarte. Y ahora que tu madre tiene bastantes problemas potencialmente graves, bueno, digamos que nuestras lealtades no coinciden del todo. Hemos tenido que hacer tratos, tanto tú como yo, y no me gusta esa forma de proceder. Quiero que estemos en sintonía, sobre todo para poder cumplir una misión tan importante.

Yulikova me deja rumiar esa información durante un rato. Al final el coche se detiene frente a un hotel Marriott. Es uno de esos inmensos hoteles cuadrados e inocuos que resultan perfectos para vigilar los movimientos de alguien, porque cada planta lleva a un vestíbulo central. Si te alojas en una planta lo bastante alta, solo te hace falta un guardia apostado en la puerta de la habitación y, como mucho, otro en las escaleras y otro en el ascensor. Tres personas, exactamente las que me acompañan en este coche.

—Está bien —digo mientras el agente Jones detiene el motor—. Después de todo, estoy totalmente en sus manos.

Yulikova me sonríe.

—Y nosotros en las tuyas.

Me cargo mi bolsa de viaje, ellos sacan bolsos y maletines azul marino del maletero y nos dirigimos a la entrada. Siento que vamos a celebrar la fiesta de pijamas más aburrida del mundo.

—Espera aquí. —Yulikova me deja plantado en el vestíbulo con la agente anónima mientras ella y Jones se ocupan de registrarnos.

Me siento en el reposabrazos de un sillón beige y le tiendo la mano libre.

—Cassel Sharpe.

Ella me mira con la habitual suspicacia de Jones. Lleva el cabello pelirrojo y corto recogido en una coleta baja; su traje azul marino hace juego con su bolso de viaje. Lleva zapatos de tacón beige no muy altos. Y pantis, por el amor de Dios. Los aretes de oro de sus orejas completan la imagen de una persona sin vicios ni vida interior. Ni siquiera soy capaz de calcular su edad: podría estar entre los veintimuchos y los treinta y pocos.

—Cassandra Brennan.

Parpadeo varias veces, pero cuando me tiende la mano a su vez, se la estrecho.

—Ya veo por qué le han encargado este trabajo —digo finalmente—. Es de la familia Brennan, ¿eh? Yulikova ha dicho que no había trabajado con *muchas* personas que vinieran de familias de obradores. No que no hubiera trabajado con *ninguna*.

—Es un apellido de lo más corriente —replica ella.

Yulikova regresa y nos dirigimos a los ascensores.

Mi habitación forma parte de una suite unida a las habitaciones donde dormirán Yulikova, Jones y Brennan. Por supuesto, no me dan ninguna llave. Mi puerta, como era de esperar, no da al pasillo, sino a la sala principal, donde hay un sofá cutre, un televisor y una mininevera.

Dejo la bolsa de viaje en el dormitorio y regreso a la sala central. El agente Jones me vigila como si creyera que voy a recurrir a una técnica ninja para escabullirme por el conducto de ventilación.

—Si quieres algo de la máquina expendedora, le pides a uno de nosotros que te acompañe. De lo contrario te quedarás encerrado fuera de la habitación, porque la puerta se bloquea automáticamente —me explica, como si fuera la primera vez que estoy en un hotel. Jones es tan sutil como una hostia en la cara con un tablón de madera.

—Oiga, ¿dónde está su compañero? Hunt, ¿verdad?

—Lo ascendieron —contesta con voz tensa. Yo le sonrío.

—Dele la enhorabuena de mi parte.

Jones me mira como si quisiera apuñalarme; la diferencia es sutil, pero normalmente solo me mira como si quisiera estrangularme.

—¿Tienes hambre? —me pregunta Yulikova, interrumpiendo nuestra pequeña conversación—. ¿Has cenado?

Pienso en los restos del sándwich descomponiéndose en mi coche. La idea de comer todavía me revuelve un poco las tripas, pero no quiero que se den cuenta.

—No —contesto—. Pero me gustaría conocer algún detalle sobre lo que va a pasar.

—Perfecto —dice Yulikova—. ¿Por qué no te aseas un poco mientras la agente Brennan sale a buscarnos algo de comer? Tiene que haber un restaurante chino por aquí. Después hablaremos. Cassel, ¿hay algo que no te guste?

—Me gusta todo —digo mientras entro en mi habitación.

Jones me sigue.

—¿Me dejas echarle un vistazo a esa bolsa?

—Adelante, no se corte. —Me siento en la cama. Jones me muestra una sonrisa muy poco convincente.

—Es el procedimiento habitual.

Mi bolsa de viaje parece aburrirle después de palpar el forro y examinar las fotografías y las tarjetas en blanco.

—También tengo que cachearte.

Me levanto y pienso en mi móvil escondido en la puerta de su coche. Me cuesta no sonreír, pero me digo a mí mismo que felicitarme por mi propio ingenio es una buena forma de que me descubran.

Cuando Jones se marcha, remoloneo un poco leyendo la novela de misterio. El sorprendente giro final es que el detective y el asesino al que persigue en realidad son la misma persona. No me creo que el protagonista haya tardado tanto en darse cuenta. En mi caso, yo me di cuenta mucho antes.

Un rato después oigo que se abre la puerta de la suite y unas voces. Alguien llama a mi puerta.

Cuando salgo, Brennan está distribuyendo platos desechables. El olor a grasa me hace la boca agua. Creía que no tenía hambre, pero de pronto estoy famélico.

—¿Hay mostaza picante? —pregunto. Jones me pasa un par de sobrecitos.

Mientras comemos, Yulikova extiende un mapa sobre la mesa. Es de una zona al aire libre, un parque.

—Como te he comentado en el coche, es un plan muy directo. Es mejor evitar complicaciones. No te dejaríamos formar parte de la operación si no estuviéramos seguros, Cassel. Somos conscientes de que no tienes experiencia.

»El gobernador Patton va a dar una rueda de prensa delante de un antiguo campo de internamiento para obradores. Su intención es dejar claro que la propuesta 2 es beneficiosa para los obradores, pero también meternos miedo a todos indirectamente.

Yulikova saca un bolígrafo de su chaqueta y dibuja una X en un claro.

—Tú estarás aquí en todo momento, en una caravana. El único peligro será que te aburras.

Sonrío mientras mastico otro bocado de mi pollo *kung pao*. Me encuentro un trozo de guindilla e intento ignorar el ardor de la lengua.

—Aquí van a levantar un escenario. —Yulikova toca el papel—. Y aquí estará la caravana donde Patton se vestirá. Por aquí habrá unas cuantas más, donde estará trabajando su personal. Hemos conseguido que haya una en la que no entrará nadie.

—¿Así que estaré yo solo?

Yulikova sonríe.

—Tendremos agentes por todas partes fuera, disfrazados de policías locales. También tenemos algunos infiltrados en el equipo de seguridad de Patton. Estarás en buenas manos.

Eso tiene sentido, más o menos. Pero también es verdad que, si me dejan a solas en la caravana para que salga y ataque a Patton, parecerá que voy por libre. Los federales podrán lavarse las manos de este asunto.

—¿Y las cámaras de seguridad? —pregunto.

La agente Brennan enarca las cejas.

—Como el evento es al aire libre, no habrá ninguna —dice Yuliko-va—. Las que sí nos preocupan son las cámaras de la prensa. —Dibuja un punto azul delante del escenario—. La zona de prensa está aquí, pero habrá furgonetas aparcadas en este descampado, donde también estarán nuestros vehículos. Si te quedas en la caravana, no deberían verte.

Asiento con la cabeza.

El agente Jones se sirve otro montón de pollo al sésamo y arroz. Lo riega con salsa.

—El gobernador Patton dará un breve discurso y luego responderá a las preguntas de los periodistas —continúa Yulikova—. Tú te colarás en una de las caravanas y te quedarás allí hasta que el gobernador suba al escenario. Hemos preparado un monitor para que puedas ver las noticias locales. Retransmitirán el acontecimiento en directo.

—¿De qué irá el discurso?

Yulikova tose discretamente.

—El senador Raeburn ha atacado a Patton en las noticias. Esta es su oportunidad para redirigir el debate y apelar al resto del país. Si la propuesta 2 es aprobada en Nueva Jersey, otros estados empezarán a preparar legislaciones similares.

—Vale, espero a que Patton baje del escenario. ¿Y luego qué? ¿Cuento hasta tres y me abalanzo sobre él?

—Te hemos preparado un uniforme. Llevarás un portapapeles y un auricular. Parecerá que formas parte del personal. Y también tenemos una tinta negra especial para la mano. Parecerá que llevas un guante, pero tendrás los dedos al aire.

—Muy listos. —Me apetece verlo. Mi abuelo se alegraría de saber que es verdad que el gobierno nos está ocultando juguetes secretos. Es una pena que no pueda contárselo.

—Mientras Patton da su discurso, tú entrarás en su camerino y le esperarás allí. Cuando entre… En fin, es un sitio bastante estrecho. No te debería resultar difícil tocarlo. Podremos comunicarnos contigo por el auricular, así que si tienes alguna pregunta o quieres que te informemos de la posición del gobernador, podremos darte el apoyo que necesites.

Asiento de nuevo. No es un mal plan. Es mucho menos enrevesado que el plan que ideó Philip para matar a Zacharov: quedarnos toda la noche vigilando los aseos. Pero es siniestramente parecido. Supongo que los asesinatos de un obrador de la transformación siempre están cortados por el mismo patrón.

—Vale, digamos que el gobernador Patton ya es un borzoi. Todo el mundo se vuelve loco. ¿Y ahora qué? ¿Cuál es mi plan de huida? Tengo un par de minutos, quizá menos, antes de que empiece a sufrir la reacción. Sus guardaespaldas esperan junto a la puerta.

Yulikova dibuja un círculo en el papel, donde estará la caravana.

—Supongamos que la transformación tiene lugar aquí.

La agente Brennan se acerca para ver mejor el mapa.

—El guardaespaldas que trabaja con nosotros, el que estará a la izquierda, dirá que Patton no quiere que le molesten. Sin duda Patton estará muy alterado, pero...

—Sin duda —repito.

Nadie se ríe nunca de estas cosas.

—Creemos que su comportamiento errático será una buena excusa para explicar los ruidos y forcejeos que se oirán dentro. Cuando estés listo, nos avisas por el auricular y os sacamos de allí a los dos.

—No podré irme inmediatamente —replico. El agente Jones se dispone a hablar, pero yo levanto la mano y sacudo la cabeza—. Me refiero a que no puedo físicamente. La reacción me hace cambiar de forma. Es posible que logren trasladarme unos metros, pero será complicado y no podré colaborar.

Los agentes se miran.

—Le he visto hacerlo antes —dice Jones—. Me fastidia reconocerlo, pero tiene razón. Vamos a tener que ganar algo de tiempo.

Yulikova y la agente Brennan me miran con indecisión.

—¿Tan fuerte es? —pregunta la agente Brennan—. Es decir...

Me encojo de hombros.

—No lo sé. Yo no lo veo. A veces no tengo ni ojos para verlo, no sé si me entiende.

Brennan se queda lívida. Creo que he conseguido acojonar a una agente del FBI por primera vez.

Viva yo.

—Muy bien —dice Yulikova—. Cambio de planes. Esperaremos a que a Cassel se le pase la reacción y *luego* lo sacaremos. Tendremos un coche esperando al lado.

Sonrío.

—Me va a hacer falta una correa —digo. El agente Jones me mira con suspicacia—. Para Patton. Y un collar. ¿Podemos comprar uno que sea *muy* ridículo?

Se le hinchan visiblemente las narices.

—Bien pensado. —Yulikova parece sincera y tranquila, pero la impaciencia de Jones me pone de los nervios. Es posible que siempre se ponga así antes de una misión, pero me está sacando de mis casillas—. Y eso es todo —concluye Yulikova, alargando la mano hacia otro rollito de huevo—. El plan al completo. ¿Alguna pregunta, Cassel? ¿Alguien tiene alguna pregunta?

—¿Dónde estarán ustedes? —Empujo un poco el mapa hacia ella.

—Aquí detrás —responde Yulikova, tocándolo con el dedo enguantado y señalando vagamente una zona amplia y algo alejada del escenario—. Hay una furgoneta que podemos usar como centro de mando; así Patton no se sentirá amenazado por nuestra presencia. Ha pedido que sea su equipo de seguridad el que se ocupe de todo, así que tenemos que ser discretos. Pero estaremos ahí, Cassel. Muy cerca.

Muy cerca, pero no me dicen dónde. Genial.

—¿Qué pasa si tengo que ir a buscarlos? —pregunto—. ¿Qué pasa si el monitor no funciona o el auricular se estropea?

—Voy a darte un buen consejo que me dieron a mí una vez. A veces algo se tuerce durante una misión. Cuando pasa eso, tienes dos opciones: continuar, porque lo que ha salido mal no es importante, o cancelar la misión. Sigue tu instinto. Si el monitor se apaga, quédate en la sala y no hagas nada. Si algo te da mala espina, no hagas nada.

Es un buen consejo, un consejo que no le daría a alguien si en realidad quisiera que lo atrapasen. Miro a Yulikova, que bebe un refresco light y mastica la comida. Pienso en mi hermano. ¿De verdad estoy intentando decidir cuál de los dos merece más mi confianza?

—Vale —digo, recogiendo el mapa—. ¿Puedo quedármelo? Quiero asegurarme de memorizarlo todo.

—Cualquiera diría que ya has hecho esto antes —dice la agente Brennan.

—Procedo de una larga estirpe de timadores —contesto—. He hecho alguna estafa que otra.

Brennan resopla y sacude la cabeza. Jones nos fulmina con la mirada a los dos. Yulikova parte su galletita de la suerte y desenrolla el papel. En la cinta de papel está escrito con letras mayúsculas: «Te van a invitar a un acontecimiento emocionante».

No tardo en retirarme a mi habitación.

Al ver el teléfono fijo de la mesilla, siento unas ganas tremendas de llamar a Daneca para saber qué tal está Sam. Seguramente el teléfono estará pinchado, pero me siento tentado. En cualquier caso, Sam tiene que descansar y ni siquiera sé si querrá hablar conmigo.

Si menciono que le han disparado a mi amigo, los federales empezarán a pensar cosas raras y a hacer demasiadas preguntas. Otra cosa que ninguno de nosotros puede permitirse.

Tampoco debería llamar a Lila, aunque lo de anoche parece más sueño que realidad. El solo hecho de pensar en ella, sentado en la áspera colcha del hotel, recordando el roce de su piel, su risa, la curva de su boca… se me antoja peligroso. Como si los federales pudieran usar en mi contra incluso el recuerdo de Lila.

Ahora ella sabe que colaboro con la agencia; me pregunto qué hará con esa información. Me pregunto qué espera que haga yo.

Me acuesto e intento dormir, pero mis pensamientos dan bandazos entre Lila y Sam. Oigo la risa de Lila, veo la sangre de Sam, siento las manos desnudas de Lila, oigo los gritos de Sam. Así una y otra vez, hasta que ambos ríen y gritan mientras me voy quedando dormido.

A la mañana siguiente, salgo tambaleándome a la sala principal. El agente Jones está allí, sentado en el sofá y bebiendo una taza de café del servicio de habitaciones. Me mira con la cara de quien lleva muchas horas despierto, montando guardia. Apuesto a que los tres se han estado turnando durante toda la noche para asegurarse de que no me escabullera.

Busco otra taza y me sirvo café. Sabe fatal.

—Oiga —digo, recordando de pronto a mi madre y un hotel que no se parecía en nada a este—. ¿Es verdad que se pueden fabricar metanfetaminas en las cafeteras de los hoteles?

—Claro —responde Jones, contemplando su taza con aire pensativo.

Parece que mi madre tenía razón en algo.

Cuando termino de ducharme y vestirme, los demás ya están allí, pidiendo el desayuno. Tenemos todo el día por delante y apenas hay nada que hacer. Jones quiere ver un partido de baloncesto en el televisor de plasma, así que yo me paso la tarde en la mesa, jugando a las cartas con Yulikova y Brennan. Primero nos apostamos dulces de la máquina expendedora, luego la calderilla que llevamos encima y finalmente el derecho a elegir la película que vamos a alquilar.

Me decanto por *La cena de los acusados*. Necesito echarme unas risas.

Capítulo quince

El lunes por la mañana me despierto sin recordar dónde estoy. De pronto todo vuelve de golpe: el hotel, los federales, el asesinato.

La adrenalina me inunda las venas con tanta fuerza que aparto las sábanas de una patada, me levanto y me paseo por la habitación sin saber a dónde ir. Me encierro en el cuarto de baño y evito mirarme al espejo. Tengo tantos nervios que casi me dan ganas de vomitar, me doblan en dos.

No sé si creerle a Barron o no. No sé si me están tendiendo una trampa. Ya no sé quiénes son los buenos.

Pensaba que la gente con la que me crie (delincuentes en su mayoría) no era como la gente normal. Desde luego, eran muy diferentes de la policía, de los agentes federales de reluciente placa. Pensaba que los timadores y estafadores nacían siendo malos. Pensaba que nacíamos con un defecto, una corrupción que nos impide ser como los demás; lo máximo que podemos hacer es imitarlos.

Pero ahora me pregunto… ¿y si todos somos prácticamente iguales y lo que te convierte en la persona que eres es un millar de pequeñas decisiones? No existen el bien ni el mal, el blanco ni el negro, no hay diablos ni ángeles internos que te susurran la respuesta adecuada al oído como si de un examen de selectividad cósmico se tratara. Solo estamos nosotros, hora tras hora, minuto tras minuto, día tras día, eligiendo lo mejor que podemos.

Esa idea me horroriza. Si es cierta, significa que no hay decisión correcta. Tan solo opciones.

Me quedo delante del espejo, pensando qué hacer. Me quedo ahí un buen rato.

Cuando me recompongo lo suficiente para salir a la suite, me encuentro a Yulikova y a Jones ya vestidos. Brennan no está.

Me bebo el repugnante café grisáceo del servicio de habitaciones y desayuno unos huevos.

—Tengo tus cosas —anuncia Yulikova. Se va a su habitación y regresa con un pincel, un tubo de lo que parece ser pintura al óleo, una sudadera marrón con capucha, un cordón con una tarjeta de identificación y un auricular.

—Hum. —Examino la tarjeta. Lleva un nombre, «George Parker», debajo de una foto borrosa de alguien más o menos parecido a mí. Como identificación falsa está bastante bien. La foto es fácil de olvidar y no serviría de nada en un anuncio policial ni en una búsqueda por internet—. No está mal.

—Es nuestro trabajo —dice ella secamente.

—Lo siento.

Yulikova tiene razón. Los he estado considerando simples aficionados, unos empleados del gobierno honrados y santurrones que intentan llevar a cabo una estafa que les viene grande, pero siempre se me olvida que ellos se dedican a esto. A estafar a delincuentes. Y puede que me estén estafando a mí.

—Necesito que te quites los guantes —me dice—. Este mejunje tarda un buen rato en secar. Si necesitas hacer algo de última hora, hazlo ya.

—Se refiere a que vayas a mear —me dice el agente Jones.

Me pongo la sudadera, me subo la cremallera y vuelvo a mi dormitorio. Doblo las fotografías de Patton y me las guardo en el bolsillo trasero de los vaqueros. Meto el peine en el otro bolsillo, con las tarjetas en blanco. El bolígrafo y la gomina los guardo en el bolsillo delantero de la sudadera, junto con las llaves de mi coche.

Me acerco de nuevo a la mesa, me quito los guantes y me siento, extendiendo los dedos sobre la mesa de aglomerado.

Yulikova me mira la cara y luego las manos. Sujeta mi mano derecha entre sus dedos enguantados y se la acerca a la cara, con la palma hacia arriba.

Jones nos observa totalmente alerta. Si intento tocar la garganta desnuda de Yulikova, Jones se levantará de la silla y se me echará encima en unos segundos.

Si la agarro del cuello, llegará tarde. Seguro que Jones lo sabe tan bien como yo.

Yulikova destapa el tubo y extiende un gel negro y frío sobre el dorso de mi mano. Sus gestos no son para nada nerviosos, sino tranquilos y eficientes. Si me considera más peligroso que los chicos obradores a los que entrena, no lo deja ver.

Las cerdas del pincel me hacen cosquillas (no estoy acostumbrado a que nada me toque las manos directamente), pero la pintura me tapa la piel completamente y desprende el brillo apagado del cuero a medida que se seca. Yulikova se asegura de pintarlo todo, incluso las yemas de los dedos, y yo procuro no moverme por muchas cosquillas que me haga.

—Vale —dice mientras tapa el tubo—. En cuanto se haya secado, estaremos listos. Ya te puedes relajar.

Miro atentamente su rostro.

—Me promete que retirarán los cargos contra mi madre después de esto, ¿verdad?

—Es lo menos que podemos hacer —contesta. No hay nada en su expresión que me dé motivos para desconfiar de ella, pero sus palabras tampoco son exactamente una garantía.

Si Yulikova miente, sé lo que tengo que hacer. Pero si no miente, entonces lo habré echado todo a perder para nada. Es un dilema imposible. Mi única oportunidad es ponerla nerviosa para que se le escape algo.

—¿Y si no quiero unirme a la DMA? Después de esta operación, me refiero. ¿Y si decido que no tengo madera de agente federal?

Al oír eso, deja de limpiar el pincel en un vaso de agua.

—Me pondrías en una posición muy difícil. A mis superiores les interesas, como supondrás. Un obrador de la transformación es alguien excepcional. A propósito... —Saca unos papeles que me suenan. Son los contratos—. Quería hacer esto después, cuando estuviéramos unos minutos a solas, pero creo que es el momento. Mis jefes se sentirán mucho más tranquilos si firmas esto ahora.

—Creía que habíamos acordado esperar a que me graduara.

—Esta operación no me deja alternativa.

Asiento con la cabeza.

—Ya veo.

Yulikova se echa hacia atrás y se pasa los dedos enguantados por la mata de cabello gris. Parece que no se ha limpiado toda la pintura del guante, porque se mancha el flequillo de negro como si fuera hollín.

—Entiendo que tengas dudas. Puedes pensártelo, pero recuerda por qué acudiste a nosotros. Podemos impedir que te conviertas en un trofeo por el que se peleen las familias mafiosas. Podemos protegerte.

—¿Y quién me va a proteger de ustedes?

—¿De *nosotros*? Tu familia es un hatajo de... —empieza Jones, pero Yulikova agita la mano para hacerlo callar.

—Cassel, esto es un gran paso para ti. Me alegra que me lo preguntes... Me alegra que seas sincero conmigo. —No digo nada. Contengo la respiración sin saber por qué—. Es normal que pienses eso. Escucha, sé que tienes sentimientos encontrados. Y sé que quieres hacer lo correcto. Así que seguiremos hablando y siendo sinceros el uno con el otro. Por mi parte, te digo sinceramente que, si decides no unirte a la DMA a estas alturas, mis jefes no estarán contentos con tu decisión y tampoco conmigo.

Me levanto y flexiono los dedos, buscando posibles grietas en los falsos guantes, pero se mueven como una segunda piel.

—¿Esto es por Lila Zacharov? —pregunta Yulikova—. ¿Por eso tienes dudas?

—¡No! —Cierro los ojos y respiro hondo unos segundos mientras cuento para mis adentros. No he puesto nerviosa a Yulikova; ella me ha puesto nervioso a mí.

—Ya sabíamos que vosotros dos erais íntimos. —Ladea la cabeza, estudiando mi reacción—. Parece buena chica. —Suelto un resoplido—. De acuerdo, Cassel. Parece una chica totalmente despiadada que te gusta mucho. Y también me parece que no le gustaría que trabajaras para el gobierno. Pero la decisión es tuya y tienes que tomarla tú. Tu hermano y tú corréis mucho menos peligro con nosotros. Si de verdad le importas, Lila lo entenderá.

—No quiero hablar de ella.

Yulikova suspira.

—Está bien. No hace falta que hablemos de ella, pero necesito que me digas si vas a firmar o no.

Esta pila de documentos me resulta tranquilizadora. Si quisieran meterme en la cárcel, no necesitarían que firmara nada. Tendrían la sartén por el mango en cuanto me tuvieran entre rejas.

Me cuelgo el cordón del cuello. Luego me guardo el auricular. Así no voy a conseguir averiguar nada. Podríamos estar hablando eternamente y a Yulikova no se le escaparía nada, no revelaría nada por error.

—Los Zacharov son una familia mafiosa, Cassel. Si les dejas, te utilizarán y te escupirán. Y a ella le pasará lo mismo. Las cosas que va a tener que hacer para ellos la cambiarán.

—He dicho que no quiero hablar de ella.

El agente Jones se levanta y consulta su reloj.

—Ya casi es la hora de irse.

Miro de reojo hacia mi dormitorio.

—¿Recojo mis cosas?

Jones niega con la cabeza.

—Volveremos aquí esta noche, antes de dejarte en Wallingford. Así podrás echar una siesta para recobrarte de la reacción y quitarte la pintura.

—Gracias.

Jones suelta un gruñido.

Todo lo que dicen suena plausible. Quizá volvamos a esta habitación. Quizá Yulikova y Jones sean dos agentes federales que están intentando lidiar con un chico cuyo pasado delictivo y cuyo valioso don lo convierten al mismo tiempo en una ventaja y en un peligro. Quizá no estén planeando traicionarme.

Es hora de jugárselo todo a una carta o a la otra. Es hora de decidir en qué quiero creer.

«Usted es quien paga con su dinero, y puede elegir a su gusto».

—De acuerdo —digo con un suspiro—. Deme los documentos.

—Saco el bolígrafo de la sudadera, firmo en la línea de puntos y lo remato con una rúbrica.

El agente Jones enarca las cejas. Yo sonrío.

Yulikova se acerca y mira los documentos, deslizando un dedo enguantado bajo mi nombre. Me pone la otra mano en el hombro.

—Vamos a cuidar muy bien de ti, Cassel. Te lo prometo. Bienvenido a la División de Minorías Autorizadas.

Promesas, promesas. Guardo el bolígrafo. Ahora que la decisión final está tomada, me siento mejor. Más ligero. Me he quitado ese peso de los hombros.

Salimos de la suite.

—¿Y la agente Brennan? —pregunto en el ascensor.

—Ya está allí —responde Jones—. Está preparándolo todo para cuando lleguemos.

Cruzamos el vestíbulo y nos dirigimos al coche. Cuando entro, me aseguro de ocupar el mismo asiento que cuando vinimos aquí. Mientras me pongo el cinturón, aprovecho para sacar mi móvil escondido en el lateral de la puerta y me lo guardo en el bolsillo.

—¿Quieres que paremos a desayunar unos burritos o algo? —pregunta Jones.

Mi última comida. Lo pienso, pero no lo digo.

—No tengo hambre.

Contemplo la carretera por la ventanilla tintada y repaso en silencio todas las cosas que voy a tener que hacer cuando lleguemos a la rueda de prensa. Las enumero para mis adentros y las vuelvo a enumerar.

—Terminaremos enseguida —dice Yulikova.

Es verdad. Todo terminará enseguida.

Me dejan entrar solo en el parque. El intenso sol me obliga a entornar los ojos. Mantengo la cabeza gacha mientras paso el control de seguridad y muestro mi tarjeta de identificación. Una mujer con un portapapeles me dice que hay una mesa con café y dónuts para los voluntarios.

Hay un gran escenario con un telón azul que tapa el fondo. Alguien está acoplando un micrófono a un impresionante atril con el escudo de Nueva Jersey. A un lado de la zona de prensa están instalando una zona VIP acordonada. Un par de personas más están colocando altavoces bajo el escenario, que también cuenta con un telón, más corto y de color blanco.

Detrás está la zona de caravanas, dispuestas en semicírculo alrededor de varias mesas en las que los voluntarios están organizando torres de folletos, pancartas y camisetas. Luego está la mesa del fondo, la de la comida. Varias personas forman corro alrededor, charlando y riendo. Casi todos llevan auriculares como el mío.

Yulikova ha hecho los deberes. La disposición del lugar es idéntica a la que aparecía en el mapa. Paso junto a la caravana que usará el gobernador Patton y entro en la que me ha indicado Yulikova. Dentro hay un sofá gris, un tocador, un pequeño aseo y un televisor instalado en la pared; el canal de noticias sintonizado promete emitir en directo el discurso. Dos presentadores están hablando y debajo aparecen los subtítulos de lo que dicen, con retraso y algún que otro error (si no me engaña mi limitada habilidad para leer los labios).

Consulto mi móvil. Son las ocho menos cuarto de la mañana. Patton no dará su discurso hasta las nueve. Tengo algo de tiempo.

Aprieto el botón de la endeble cerradura y sacudo un poco la puerta. Parece que resiste, pero no me fío de su mecanismo. Creo que podría forzarla con los ojos vendados.

Oigo un chasquido en el auricular y luego la voz de la agente Brennan:

—¿Cassel? ¿Me recibes?

—Sí, todo perfecto por aquí —contesto—. Mejor que nunca. ¿Usted qué tal?

Ella se echa a reír.

—No te pases de chulito, chico.

—Tomo nota. Creo que voy a ver la tele mientras espero.

—Buena idea. Volveré a llamarte en quince minutos.

Me quito el auricular y lo dejo sobre la mesa. No soporto quedarme sentado sin hacer nada, y menos teniendo tantas cosas por hacer. Quiero empezar ya, pero también sé que ahora es cuando están más alerta. Dentro de un rato se aburrirán. De momento saco las tarjetas en blanco y el bolígrafo y me entretengo intentando adivinar en qué parte de la sala pueden haber escondido una cámara. No es que esté seguro de que haya una. Pero sospecho que no puedo equivocarme si soy lo más paranoico posible.

Finalmente vuelvo a oír un chasquido en el auricular.

—¿Alguna novedad?

—Ninguna —contesto, recogiendo el aparato y acercándome el micrófono a la boca—. Todo en orden.

Son casi las ocho. Una hora no es mucho.

—Volveré a llamarte dentro de otros quince minutos.

—Que sean veinte —digo, adoptando su mismo tono de desinterés. Luego busco el interruptor del auricular y lo apago. No me han dicho específicamente que no lo haga, así que, aunque seguramente no les hará gracia, no creo que vengan a buscarme.

Si me están rastreando con algún tipo de GPS, tiene que estar en la tarjeta de identificación, en la sudadera o en el auricular. Apuesto a que no está en la tarjeta, porque han tenido que escanearla en la entrada.

Me quito la sudadera y la dejo en la mesa. Luego entro en el cuarto de baño y abro los grifos para tapar el ruido.

Me quito la ropa. La doblo y la dejo en la mesa pequeña, donde están las toallas y el jabón antibacteriano para guantes. Saco las fotografías y las despliego. Después, desnudo, me acuclillo y apoyo las manos desnudas en los muslos. El suelo está frío. Me clavo los dedos en la piel.

Me concentro en todo lo que aprendí la semana pasada, en todos los detalles que conozco. Me concentro en las fotos que tengo delante y en los vídeos que estuve viendo. Me imagino al gobernador Patton. Y entonces me convierto en él.

Es doloroso. Noto que todo se mueve, que me crujen los huesos y me tiran los tendones, que mi carne cambia de forma. Me esfuerzo mucho por no gritar. Y más o menos lo consigo.

Justo cuando empiezo a levantarme, llega la reacción.

Siento que la piel se me raja, que se me derriten las piernas. Mi cabeza no tiene la forma correcta, los ojos primero se me cierran, luego se me abren y lo veo todo por un millar de lentes distintas, como si estuviera recubierto de ojos que no parpadean jamás. Los colores son muy vívidos y las distintas texturas del dolor se van desplegando a mi alrededor, arrastrándome consigo.

Es muchísimo peor de lo que recordaba.

No sé cuánto tiempo pasa hasta que soy capaz de volver a moverme. Sospecho que un buen rato. El agua ha desbordado el lavabo y empapa el suelo. Me pongo de pie a duras penas, cierro los grifos y busco mi ropa. La camiseta y los calzoncillos no me quedan bien. Los vaqueros ni siquiera me entran.

Me miro al espejo, miro mi cabeza calva y mi cara arrugada. Me estremezco. Es él. Con el peine y la gomina, domeño mis escasos pelos plateados para que queden igual que en las fotos.

Me tiemblan las manos.

De niño quería ser un obrador de la transformación porque era algo raro. Algo especial. Serlo era ser especial. Eso era lo único que sabía. Nunca me paré a pensar demasiado en ese poder. Y luego, cuando descubrí que lo era, seguía sin entenderlo. Es decir, sabía que era algo único, poderoso y guay. Que era peligroso. Que era raro. Pero aún no comprendía de verdad por qué asustaba tantísimo a los poderosos. Por qué les interesaba tanto tenerme de su lado.

Ahora ya sé por qué la gente teme a los obradores de la transformación. Ahora sé por qué quieren controlarme. Ahora lo entiendo.

Puedo entrar en casa de cualquiera, besar a su esposa, sentarme a su mesa y comerme su cena. Puedo robar un pasaporte en el aeropuerto y en cuestión de veinte minutos parecerá que es mío. Puedo ser un pájaro y espiar a través de una ventana. Puedo ser un gato que se pasea por un alféizar. Puedo ir a cualquier parte y hacer las peores cosas imaginables sin que nadie pueda conectarme nunca con esos delitos. Hoy tengo mi aspecto, pero mañana podría tener el tuyo. Podría *ser* tú.

Joder, ahora mismo me doy miedo hasta a mí.

Con el móvil en una mano y las tarjetas en la otra, me deslizo rápidamente por donde sospecho que pueden estar las cámaras, para que no me graben, y salgo de la caravana.

La gente gira la cabeza y mira con ojos como platos al gobernador Patton en calzoncillos.

—Me he equivocado de caravana, joder —gruño mientras abro la puerta de la de Patton.

Allí, tal y como esperaba, dentro de un portatrajes con cremallera, está colgado el traje que encargué a Bergdorf Goodman con las medidas de Patton. Un par de zapatos y calcetines nuevos y una camisa blanca todavía empaquetada. De la percha del traje cuelga también una corbata de seda.

Aparte de eso, la caravana se parece mucho a la mía. Un sofá, un tocador. Un monitor de televisión.

Segundos después, una asistente entra sin llamar. Parece asustada.

—Lo siento muchísimo. No sabíamos que ya había llegado. En maquillaje ya están listos, gobernador. Nadie le ha visto entrar y no... En fin, le dejo para que termine de prepararse.

Consulto mi móvil. Las ocho y media. He perdido casi media hora inconsciente y no he podido responder a la agente Brennan.

—Vuelva a buscarme dentro de diez minutos —digo, procurando imitar lo mejor posible su entonación. He visto un montón de vídeos y he ensayado, pero no resulta fácil sonar como otra persona—. Tengo que terminar de vestirme.

Cuando la chica se marcha, llamo a Barron.

Por favor, le imploro al universo, a quienquiera que me escuche. *Contesta, por favor. Dependo de ti. Contesta.*

—Hola, hermanito —dice Barron. Aliviado, me dejo caer en el sofá. He tenido dudas hasta el último momento; no sabía si me fallaría—. De agente del gobierno a agente del gobierno, ¿cómo te va?

—Por favor, dime que estás...

—Oh, claro que sí. Ya te digo. Estoy aquí con él ahora mismo. Le estaba explicando que nuestra madre es agente federal y que todo esto es una conspiración del gobierno.

—Ah —contesto—. Eh... bien.

—Él ya lo sabía casi todo. —Por su voz, sé que está sonriendo—. Solo estoy completando algunos detalles. Pero puedes ir avisando a todo el mundo de que el gobernador Patton tiene que retrasar media hora su rueda de prensa, ¿vale?

Supongo que si le pides a un mentiroso compulsivo que retrase a un absoluto paranoico, recurrirá a las teorías conspiratorias más locas. Debería alegrarme de que Barron no le esté explicando que el gobernador de Virginia tiene un rayo láser apuntado contra la Luna y que hay que refugiarse en los búnkeres inmediatamente. Yo también sonrío.

—Eso está hecho.

Corto la llamada, recojo el pantalón de traje y meto el pie por la pernera. Nunca he llevado ropa tan buena. Se nota lo cara que es.

Cuando la asistente regresa, termino de atarme la corbata y ya estoy listo para pasar a maquillaje.

Os preguntaréis qué estoy haciendo. Yo tampoco estoy muy seguro. Pero alguien tiene que pararle los pies a Patton y esta es mi oportunidad.

El personal de apoyo del gobernador es muy numeroso, pero por suerte casi todos están en su mansión, esperando al auténtico Patton. Solo tengo que ocuparme de los que han venido con antelación. Me siento en una silla plegable y dejo que una chica de pelo corto y puntiagudo me rocíe base de maquillaje en esta cara prestada. La gente me hace muchas preguntas que no puedo responder sobre entrevistas y reuniones. Alguien me trae un café con leche y azúcar que no me bebo. En un momento dado me llama un juez que quiere hablar conmigo. Niego con la cabeza.

—Después del discurso —digo mientras estudio mis tarjetas de memorización, casi todas en blanco.

—Ha venido una agente federal —me dice uno de mis asistentes—. Dice que puede haberse producido una infracción de seguridad.

—Ya me esperaba que intentaran algún truco parecido. No. Pienso continuar. No pueden detenerme. Quiero que uno de nuestros guardias de seguridad se encargue de que esa mujer no me moleste mientras esté en el estrado. Vamos a salir en directo, ¿verdad?

El ayudante asiente con la cabeza.

—Perfecto. —No sé qué sospechan exactamente Yulikova y los demás, pero dentro de unos minutos ya dará igual.

En ese momento la agente Brennan aparece por el lateral de la caravana en la que debería estar yo y me muestra su placa.

—Gobernador —dice.

Me levanto y hago lo único que se me ocurre. Subo al estrado y me coloco delante del grupo de simpatizantes que agitan pancartas y de la multitud de corresponsales de prensa, que me apuntan con sus cámaras de vídeo. No son demasiados, pero bastará. Me quedo inmóvil.

El corazón me palpita con fuerza en el pecho. No me puedo creer lo que estoy a punto de hacer.

Pero es demasiado tarde para echarme atrás.

Carraspeo y mezclo las tarjetas de memorización mientras me sitúo detrás del atril. Veo a Yulikova llamando por radio con cara de angustia.

—Queridos conciudadanos, distinguidos invitados y miembros de la prensa, les doy las gracias por haber tenido la amabilidad de acudir hoy aquí. Nos encontramos en el mismo lugar donde se encerró a cientos de ciudadanos de Nueva Jersey tras la prohibición, durante una oscura época de nuestra historia. Y tenemos ante nosotros una ley que, de aprobarse, podría llevarnos de nuevo en una dirección inesperada.

Hay aplausos, pero cautelosos. Este no es el tono que usaría el auténtico Patton. Seguramente él diría que las pruebas para obradores pretenden protegerlos o alguna chorrada semejante. Diría que estamos en los albores de un día glorioso.

Pero hoy soy yo el que tiene el micrófono. Arrojo las tarjetas por encima del hombro y sonrío a mi público. Carraspeo de nuevo.

—Tenía pensado leer una breve declaración escrita y contestar a sus preguntas, pero voy a desviarme de mi procedimiento habitual. Hoy no es un día para hacer política al uso. Hoy quiero hablarles desde el corazón. —Me apoyo en el atril e inspiro hondo—. He matado *a muchas personas*. Y cuando digo «a muchas» quiero decir que son muchas, muchísimas. También he mentido, pero, sinceramente, ahora que ya saben lo de esas muertes, dudo de que les importen unos cuantos embustes. Ya sé lo que están pensando. ¿Se refiere a que ha matado personalmente o a que ha encargado asesinatos? Señoras y señores, estoy aquí para decirles que... las dos cosas. —Contemplo a los periodistas. Cuchichean. Brilla el *flash* de las cámaras. Las pancartas descienden—. Por ejemplo, maté a Eric Lawrence, de Toms River, Nueva Jersey, con mis propias manos. Con guantes, eso sí. No soy un degenerado. Pero lo cierto es que lo estrangulé. Pueden leer el informe policial... o podrían haberlo hecho si no lo hubiera destruido.

»Ahora se estarán preguntando por qué haría yo una cosa así. Qué tiene eso que ver con mi cruzada contra los obradores. Y qué diablos me ha llevado a confesar todo esto en voz alta y en público. Pues bien, quería hablarles de una señorita muy especial que conozco. ¿Nunca les ha pasado que conocen a una chica y se vuelven un poco locos? —Señalo a un tipo alto de las primeras filas—. *Usted* sabe a qué me refiero, ¿verdad? En fin, quiero sincerarme con respecto a Shandra Singer. Es posible que haya exagerado algunos detalles. Cuando tu novia te deja, a veces te enfadas y sientes la tentación de llamarla doce veces seguidas, suplicándole que vuelva contigo... o llenas su coche de pintadas obscenas... o la incriminas falsamente en una gran conspiración... u ordenas que la maten a tiros en plena calle... Y si estás cabreado de verdad, incluso intentas erradicar a todos los obradores del estado.

»Cuanto más la quieres, más loco te vuelves. Mi amor era grande. Pero mis crímenes, mucho más.

»No he venido a pedirles que me perdonen. No espero que me perdonen. De hecho, lo que espero es un juicio mediático seguido por una larga condena de cárcel.

»Pero hoy les cuento esto porque, queridos conciudadanos, ustedes merecen sinceridad. Eh, mejor tarde que nunca. Y debo decir que sienta muy bien quitarse este peso de encima. Así que, resumiendo, he matado gente. Creo que no deberían hacer demasiado caso de todo lo que haya dicho antes de hoy. Y... ah, sí. La propuesta 2 es una idea espantosa que apoyé principalmente para que no se fijaran en mis otros delitos. Bien, ¿alguna pregunta? —Se hace un largo silencio—. De acuerdo, entonces —concluyo—. Muchas gracias. Que Dios bendiga a América y al gran estado de Nueva Jersey.

Bajo del escenario a trompicones. Veo personas con portapapeles y asistentes trajeados que me miran fijamente, como si les diera miedo acercarse a mí. Les sonrío y levanto ambos pulgares.

—He estado bien, ¿eh?

—Gobernador... —dice uno de ellos, caminando hacia mí—. Tenemos que hablar de...

—Ahora no —le interrumpo sin perder la sonrisa—. Que traigan mi coche, por favor.

Abre la boca para decir algo (como que no tiene ni idea de dónde está mi coche, ya que probablemente lo tiene el auténtico Patton), pero entonces alguien me tira del brazo, me lo retuerce a la espalda y casi pierdo el equilibrio. Suelto un quejido cuando algo metálico me golpea la muñeca. Unas esposas.

—Está detenido, *gobernador*. —Es Jones, con su elegante traje negro de agente federal.

Las cámaras vuelven a soltar destellos. Los periodistas se abalanzan sobre nosotros.

No puedo evitarlo: me echo a reír. Pienso en lo que acabo de hacer y me río cada vez más fuerte.

El agente Jones me arrastra lejos del escandaloso gentío hasta una zona despejada, con coches patrulla y furgonetas de prensa. Varios policías se acercan para intentar contener la marea de cámaras y periodistas.

—Acabas de cavar tu propia tumba —murmura Jones—. Y te voy a enterrar yo.

—Dígalo en voz alta —murmuro entre dientes—. A ver si se atreve.

Jones me lleva hasta un coche, abre la puerta y me mete dentro de un empujón. Noto que me pasan algo por la cabeza y bajo la mirada. Tres de los amuletos que fabriqué (los que protegen contra la transformación, los que le di a Yulikova) me cuelgan del cuello.

Antes de que pueda decir nada, Jones cierra de un portazo. Ocupa el asiento del conductor y arranca el coche. Sigo viendo luces de *flash* por la ventanilla mientras empezamos a alejarnos de la multitud.

Yo me reclino y relajo los músculos tanto como puedo. Las esposas están demasiado prietas para quitármelas, pero no me preocupa. Ya no. No pueden arrestarme, al menos no por esto, porque ahora pueden arrestar a Patton sin la menor dificultad. Una mentira sencilla siempre es mejor que una verdad complicada.

Resultaría demasiado confuso explicar al público que el Patton que ha salido por televisión, el que acaba de confesar, en realidad no era Patton, pero que el auténtico Patton sí que cometió esos delitos.

Puede que me echen la bronca, que ya no quieran que forme parte de la DMA, pero tarde o temprano tendrán que reconocer que les he solucionado el problema. He hecho caer a Patton. No como ellos querían, pero nadie ha salido herido. Eso tiene que valer algo.

—¿Y Yulikova? —pregunto—. ¿Volvemos al hotel?

—Nada de hoteles —responde Jones.

—¿Me dice a dónde vamos? —Jones guarda silencio y sigue conduciendo un rato más—. ¡Venga! Lo siento. Pero me dieron el soplo de que había un plan para incriminarme por obrar a Patton. Pueden negarlo si quieren, y quizá mi información fuera errónea, pero me entró miedo. Oiga, sé que he hecho mal, pero...

De pronto Jones detiene el coche bruscamente en el arcén. El tráfico pasa a toda velocidad a nuestro lado; al otro hay una arboleda a oscuras.

Me callo.

Jones sale y me abre la puerta. Entonces veo que me apunta con una pistola.

—Sal —me ordena—. Despacio.

No me muevo.

—¿Qué pasa aquí?

—¡Que salgas! —vocifera.

Estoy esposado; no tengo alternativa. Salgo del coche. Jones me empuja hacia la parte trasera y abre el maletero.

—Eh... —digo.

Jones me desabrocha los dos primeros botones de la camisa para poder colocarme los amuletos en contacto con la piel. Luego vuelve a abrocharlos y me aprieta la corbata, de manera que los amuletos queden sujetos bajo la tela. Ahora me es imposible quitármelos.

—Sube —dice, señalando el maletero. Está casi vacío. Solo hay una rueda de repuesto, un botiquín de primeros auxilios y una cuerda.

Ni siquiera me molesto en decirle que no; echo a correr. A pesar de que llevo las manos esposadas a la espalda, creo que tengo posibilidades de escapar.

Bajo por la pendiente, prácticamente resbalando. Estos zapatos de vestir son horribles y mi cuerpo se me antoja pesado y extraño. No estoy acostumbrado a su forma de moverse. Pierdo constantemente el equilibrio porque creo que mis piernas son más largas de lo que son. Tropiezo y mi pantalón de traje arrastra por la hierba embarrada. Me pongo de pie y corro de nuevo hacia los árboles.

Voy demasiado despacio.

Jones se me echa encima desde atrás y me aplasta contra el suelo. Forcejeo, pero es inútil. Siento el frío cañón de la pistola en la sien mientras me clava la rodilla en la espalda.

—Eres más cobarde que una puta rata. ¿Te enteras? Una comadreja, eso es lo que eres.

—Usted no sabe nada de mí —digo, escupiendo sangre en el suelo. No puedo evitar reírme—. Y está claro que tampoco sabe mucho de las comadrejas.

Me da un puñetazo en el costado; casi me desmayo por el dolor. Algún día tengo que aprender a callarme la boca.

—Levántate.

Obedezco y regresamos caminando al coche. Ya no suelto más bromas.

Cuando llegamos, Jones me empuja contra el maletero.

—Entra —me dice—. Ahora.

—Lo siento. Patton está bien. Está vivo. No sé qué cree que he hecho...

Oigo el chasquido de la pistola amartillada, peligrosamente cerca de mi oído.

Dejo que Jones me meta en el maletero. Luego saca la cuerda, me ata las piernas con ella y la une a la cadena de las esposas, apretándola bien para que apenas pueda moverme. Ya no podré correr.

Entonces oigo el ruido de la cinta adhesiva al rasgarse. Jones me envuelve las manos por separado, formando una especie de crisálidas pegajosas. Me está pegando algo a las palmas de las manos, algo que pesa: piedras. Cuando termina, me da la vuelta. Veo la carretera tras él. Cada vez que un coche pasa a toda velocidad creo que se parará, pero ninguno se para.

—Sabía que era demasiado impredecible meterte en esto. Eres demasiado peligroso. Nunca serás leal. Intenté explicárselo a Yulikova, pero no me hizo caso.

—Lo siento. —Empiezo a estar desesperado—. Yo se lo diré. Le diré que usted tiene razón. Pero dígale dónde estamos.

Jones se echa a reír.

—De eso nada. Además, tú ya no eres Cassel Sharpe, ¿verdad? Eres el gobernador Patton.

—Vale. —El miedo me hace balbucear—. Jones, usted es de los buenos. Debería estar por encima de esto. Es un *agente federal*. Escuche, volveré allí. Confesaré. Puede meterme en la cárcel.

—Deberías haber dejado que te incrimináramos —dice Jones, cortando un trozo de cinta adhesiva plateada con un cuchillo militar—. Si nadie te controla, si estás libre y puedes hacer tratos con cualquiera, ¿qué pasa entonces? Solo es cuestión de tiempo que un gobierno extranjero o una empresa te hagan una oferta. Y entonces te convertirás en el arma peligrosa que se nos escurrió entre los dedos. Lo mejor es borrarte del mapa.

Apenas reparo en que yo tenía razón: me estaban tendiendo una trampa.

—Pero he firmado el…

Jones me acerca el trozo de cinta a la boca. Intento escupir y girar la cabeza, pero me la pega con fuerza sobre los labios. Durante un momento se me olvida que también puedo respirar por la nariz y entro en pánico.

—Por eso, mientras tú dabas ese discursito, se me ha ocurrido una idea. He llamado a unos tipos muy turbios que tienen muchas ganas de hablar contigo. Creo que conoces a Ivan Zacharov, ¿verdad? Resulta que está dispuesto a pagar un montón de pasta a cambio del placer de asesinar con sus propias manos a cierto gobernador. —Me sonríe—. Mala suerte, Cassel.

Cuando la puerta del maletero se cierra, sumiéndome en la oscuridad, y el coche arranca, me pregunto si alguna vez la he tenido de otro tipo.

Capítulo dieciséis

El aire se calienta enseguida en el maletero; los vapores del aceite y la gasolina me dan arcadas. Y lo que es peor, cada sacudida del coche me zarandea y me hace chocar contra la estructura de metal. Intento sujetarme con los pies, pero en cuanto el coche describe una curva o pasa por un bache me golpeo la cabeza, los brazos o la espalda contra los laterales. Al estar atado, ni siquiera puedo hacerme un ovillo para protegerme de los golpes.

En resumen, es una forma penosa de pasar las últimas horas que me quedan de vida.

Intento estudiar mis opciones, pero son pésimas. No puedo transformarme llevando tres amuletos en el cuello. Y aunque me las arreglara para arrancármelos, al no poder tocarme la piel con las manos no creo que pudiera cambiar mi aspecto.

Una cosa hay que reconocerle al agente Jones: es concienzudo.

Me doy cuenta de que salimos de la carretera porque el ruido del tráfico se reduce y oigo el crujido de la grava bajo los neumáticos; suena casi igual que una lluvia torrencial.

Unos minutos después, el motor se apaga y escucho un portazo. Oigo voces, pero demasiado lejanas y bajas para entender lo que dicen.

Cuando el agente Jones abre el maletero, tengo los ojos desorbitados por el pánico. El aire frío me golpea mientras lucho con mis ataduras, aunque sé que lo único que voy a conseguir es hacerme daño. Jones se queda mirando cómo me retuerzo.

Después saca el cuchillo y corta la cuerda. Por fin puedo extender las piernas. Lo hago despacio; me duelen las rodillas por haberlas tenido tanto tiempo flexionadas.

—Sal —me dice. Me incorporo a duras penas. Jones tiene que ayudarme a ponerme de pie.

Estamos a las afueras, debajo de un inmenso edificio industrial con enormes contrafuertes de hierro que sostienen una torre que se alza sobre nosotros, escupiendo fuego hacia el cielo nublado de la mañana. Unas columnas de humo tapan los relucientes puentes de acero que conducen a Nueva York. Parece que va a ponerse a llover.

Giro la cabeza. A unos tres metros de mí hay otro coche negro y resplandeciente. Zacharov está apoyado en él, fumando un puro. Stanley, a su lado, enrosca el silenciador de una pistola negra de grandes dimensiones.

Entonces, cuando creo que es imposible que la situación se ponga peor, se abre la puerta del copiloto y sale Lila.

Lleva una falda de tubo negra, una gabardina gris, guantes grises y botas de piel hasta la pantorrilla. Se ha puesto unas gafas de sol y se ha pintado los labios del color de la sangre seca. Sostiene un maletín.

No tengo ninguna forma de hacerle una señal. La mirada que me lanza es fría e indiferente.

Sacudo la cabeza. ¡No, no, no! El agente Jones se ríe secamente.

—Aquí lo tienen, como les prometí. No quiero que el cuerpo aparezca, ¿entendido?

Lila deja el maletín al lado de su padre.

—Tengo su dinero —le dice a Jones.

—Estupendo —contesta—. Empecemos.

Zacharov asiente y echa una nube de humo que se alza en espiral, como las de los edificios.

—¿Qué garantía tengo de que no intentarán cargarle esto a mi organización? Su oferta me ha sorprendido mucho. No solemos hacer tratos con representantes del gobierno.

—Esto es cosa mía, exclusivamente. Solo intento hacer lo que me parece correcto. —El agente Jones se encoge de hombros—. La garantía es que estoy aquí. Voy a ser testigo de cómo lo ejecuta. Aunque yo no me manche las manos, los dos seremos responsables de su muerte. Ni a usted ni a mí nos conviene que haya una investigación. Nunca se sabe si los forenses podrían situarme en el escenario del crimen. Y si lo delato, me acusarán de secuestro, como mínimo. Cumpliré con mi parte del trato, descuide. —Zacharov asiente despacio—. ¿Es que tiene dudas? —pregunta Jones—. Está a punto de convertirse en el héroe de los obradores y va a eliminar a un tipo que intentó matarlo hace poco.

—Eso fue un malentendido —dice Zacharov.

—¿Quiere decir que no ha estado protegiendo a Shandra Singer? Fallo mío. —El agente Jones ni siquiera se molesta en disimular el sarcasmo.

—No tenemos dudas —asegura Zacharov.

—Lo haré yo —se ofrece Lila. Luego mira a Stanley y señala la pistola—. Dámela.

Abro los ojos de par en par con una súplica muda. Muevo el pie por la tierra para dibujar. Consigo trazar rápidamente una Y del revés, para que Lila la pueda ver. Quiero escribir la palabra YO.

El agente Jones me pega en la sien con la culata de su pistola con tanta fuerza que se me desenfoca la vista. Casi noto cómo el cerebro me vibra dentro del cráneo. Caigo bocabajo, con las manos esposadas a la espalda. Ni siquiera le he visto desenfundar la pistola.

Me quedo ahí tirado, resollando.

—No esperaba que fuera tan placentero verlo retorcerse sobre el polvo —comenta Zacharov, acercándose a mí y agachándose para darme un cachete en la mejilla con la mano enguantada—. Gobernador, ¿de verdad se creía intocable?

Niego con la cabeza, aunque no sé cómo lo va a interpretar. *Por favor, di que necesitas preguntarme algo. Arráncame la mordaza. Por favor.*

Lila se adelanta con la pistola en la mano. Me mira fijamente.

Por favor.

Zacharov se incorpora. Su abrigo negro ondea como una capa a su alrededor.

—Levántelo —le dice al agente Jones—. Los hombres deben morir de pie. Incluso este.

El cabello rubio de Lila se agita suavemente en torno a su rostro, como un halo dorado. Se quita las gafas de sol. Me alegro. Quiero mirarla a los ojos una última vez. Uno ojo verde y el otro azul. Los colores del mar.

Mi abuelo me decía que las chicas así se perfuman con ozono y virutas de metal. Lucen los problemas como si fueran una corona. Cuando se enamoran, son como un cometa que incendia el cielo a su paso.

Al menos vas a ser tú quien apriete el gatillo. Ojalá pudiera decirle eso por lo menos.

—¿Estás segura? —le pregunta Zacharov a Lila.

Ella asiente y se lleva el dedo enguantado a la garganta, casi sin darse cuenta.

—Acepté las marcas. Debo aceptar el riesgo.

—Tendrás que esconderte hasta que estemos seguros de que no podrán relacionarlo contigo —le previene Zacharov.

Lila vuelve a asentir.

—Valdrá la pena.

Implacable. Así es mi chica.

El agente Jones me obliga a levantarme. Yo me tambaleo como un borracho. Quiero gritar, pero la cinta adhesiva ahoga cualquier sonido.

La mano que empuña la pistola tiembla.

La miro por última vez y luego cierro los ojos tan fuerte que noto lágrimas en las comisuras. Tan fuerte que unas motas bailan en la oscuridad de mi visión.

Ojalá pudiera despedirme de ella.

Pensaba que el disparo sería el ruido más fuerte que he oído nunca, pero me había olvidado del silenciador. Solo oigo un silbido.

Lila está inclinada sobre mí, quitándose los guantes para poder despegar la cinta adhesiva de mi boca con la uña. Me la arranca de un tirón. Contemplo el cielo de la mañana, tan agradecido de seguir vivo que apenas soy consciente del dolor.

—Soy yo —balbuceo—. Soy Cassel. Soy yo, lo juro…

No recuerdo haberme caído al suelo, pero estoy tendido sobre la grava. A mi lado está el agente Jones, inmóvil. Hay un charco de sangre en la tierra. Sangre de un rojo tan vivo que parece pintura. Intento ponerme de lado. ¿Está muerto?

—Ya lo sé. —Lila me toca la cara con los dedos desnudos.

—¿Cómo? ¿Cómo has…? ¿Cuándo…?

—Mira que eres burro —me dice Lila—. ¿Crees que no veo la tele? He visto ese discurso de locos que has dado. Pues claro que sabía que eras tú. Me contaste lo de Patton.

—Ah. Claro. Es verdad.

Stanley registra a Jones y abre las esposas. En cuanto me las quita y arranca la cinta adhesiva, llevándose consigo piel, piedras y tinta, me abro el cuello de la camisa, me quito los amuletos y los tiro al suelo.

Ahora mismo solo quiero escapar de este cuerpo.

Por primera vez, el dolor de la reacción me resulta liberador.

Despierto en un sofá desconocido, abrigado con una manta. Al incorporarme, me doy cuenta de que Zacharov está sentado en el otro extremo de la habitación, leyendo bajo un pequeño haz de luz.

El resplandor de la bombilla ensombrece su rostro, dándole aspecto de estatua. La efigie de un jefe mafioso en reposo.

Levanta la mirada y sonríe.

—¿Te encuentras mejor?

—Supongo —contesto con la mayor formalidad posible, teniendo en cuenta que estoy casi tumbado. Tengo la voz ronca—. Sí.

Me siento y me aliso el traje arrugado y hecho polvo. Ya no es de mi talla. Los brazos y las piernas me asoman por las mangas y las perneras. La tela me cuelga como si fuera piel sobrante.

—Lila está arriba —me dice Zacharov—. Ayudando a tu madre a hacer el equipaje. Puedes llevarte a Shandra a casa.

—Pero si no he encontrado el diamante...

Zacharov baja el libro.

—No suelo hacer cumplidos, pero lo que has hecho... ha sido impresionante. —Se ríe entre dientes—. Sin ayuda de nadie, has saboteado una ley contra la que llevo mucho tiempo luchando y has eliminado a uno de mis enemigos políticos. Estamos en paz, Cassel.

—¿En paz? —repito, porque no me lo termino de creer—. Pero si...

—Por supuesto, si encuentras el diamante, te agradecería mucho que me lo devolvieras. No puedo creer que tu madre lo *haya perdido*.

—Lo dice porque nunca ha estado en nuestra casa —digo, aunque no es del todo cierto. Una vez entró en la cocina, y es posible que haya estado más veces sin que yo lo sepa—. Usted y mi madre tienen un pasado interesante. —Después de que esas palabras salieran de mi boca, me doy cuenta de que no me apetece oír lo que va a responder.

Zacharov parece casi contento.

—Ella tiene algo... Cassel, he conocido a muchos hombres y mujeres malos en mi vida. He hecho tratos con ellos, he bebido con ellos. He hecho cosas que incluso a mí me cuesta aceptar, cosas terribles. Pero nunca he conocido a nadie como tu madre. Es una persona que no tiene límites. O, si los tiene, todavía no los ha encontrado. Nunca le cuesta aceptar lo que hace. —Lo dice pensativo, como admirándola. Miro el vaso que hay en la mesilla que tiene a su lado y me pregunto cuánto habrá bebido—. Cuando éramos jóvenes, ella me fascinaba. Nos presentó tu abuelo. Por lo general ella y yo no nos caíamos demasiado bien, pero a veces sí. No sé qué te ha contado tu madre sobre lo que pasó entre ella y yo, pero quiero que sepas que yo siempre respeté a tu padre. Era tan honrado como puede serlo un delincuente.

No sé si quiero oír esto, pero de pronto entiendo por qué me lo cuenta: Zacharov no quiere que le guarde rencor por lo de mi padre, porque sabe que me he enterado de que se acostaba con mi madre. Carraspeo.

—Mire, no voy a fingir que lo entiendo... No *quiero* entenderlo. Eso es algo entre usted y ella.

Zacharov asiente con la cabeza.

—Bien.

—Creo que mi padre se lo quitó a ella —continúo—. Creo que por eso no aparece. Lo tenía él. —Zacharov me lanza una mirada extraña—. El diamante —le aclaro, cayendo en la cuenta de que no me estaba explicando bien—. Creo que mi padre le robó el diamante a mi madre y lo cambió por uno falso. Para que ella no supiera que ya no lo tenía.

—Cassel, robar el diamante de la resurrección es como robar la *Mona Lisa*. Si hay un comprador interesado, se podría obtener algo similar a su valor real. De lo contrario, solamente lo robaría un coleccionista de arte o alguien que quisiera demostrarle al mundo que es capaz. No se puede vender a un perista. Llamaría demasiado la atención. Habría que cortarlo en fragmentos y ya solo se conseguiría una fracción de su valor. Para eso, más vale robar un puñado de diamantes corrientes en cualquier joyería de la ciudad.

—Se podría pedir una recompensa por él —digo, pensando en mi madre y su delirante plan para conseguir dinero.

—Pero tu padre no pidió ninguna —replica Zacharov—. En el caso de que lo tuviera. Y solo pudo tenerlo durante un par de meses. —Lo miro fijamente y Zacharov resopla—. No creerás ahora que yo provoqué el accidente de coche de tu padre, ¿verdad? Creo que me conoces mejor. Si quisiera matar a un hombre por haberme robado, te aseguro que lo habría utilizado para dar un escarmiento. Todo el mundo se habría enterado de quién era el responsable de su muerte.

Pero yo nunca sospeché de tu padre. Hacía trabajos pequeños, no era codicioso. De tu madre sí que sospeché, pero la descarté. Y resulta que me equivoqué.

—Quizás él supiera que iba a morir —aventuro—. Quizá creyó que el diamante podía mantenerlo con vida. Como Rasputín. Como usted.

—No se me ocurre nadie que no apreciara a tu padre... Y si de verdad tenía miedo, estoy seguro de que habría acudido a Desi. —Desi, mi abuelo. Me estremezco al oír su nombre de pila; a veces se me olvida que tiene uno.

—Supongo que ya nunca lo sabremos.

Nos miramos fijamente un buen rato. Me pregunto si Zacharov verá a mi padre o a mi madre cuando me tiene delante. De pronto desvía la mirada.

Me doy la vuelta. Lila está en la escalera, con su falda de tubo, sus botas y una vaporosa blusa blanca. Nos sonríe, ladeando la boca con expresión irónica.

—¿Me prestas a Cassel un minuto?

Me dirijo a las escaleras.

—Devuélvemelo de una pieza —le dice su padre.

El dormitorio de Lila es, al mismo tiempo, lo que cabría esperar y totalmente distinto de como lo había imaginado. Como estuve en su habitación de la residencia de Wallingford, daba por hecho que esta habitación sería una versión más bonita. No he tenido en cuenta la fortuna de su familia ni su amor por los muebles de importación.

La habitación es inmensa. En un extremo hay un sofá cama muy largo de terciopelo verde claro, junto a una mesa espejada con tocador cuya reluciente superficie está sembrada de cepillos y frascos de maquillaje abiertos. En el suelo hay varias otomanas de satén.

En la otra punta, junto a la ventana, hay un enorme espejo ornamental con algunas manchas negras que indican su antigüedad. Al lado está la cama. El cabecero parece antiguo, francés, tallado en una madera de color claro. Todo es de satén, el cobertor y las almohadas de color amarillo claro. Una estantería repleta hace las veces de mesilla de noche, con varias torres de libros y una lámpara dorada grande. Del techo cuelga una enorme lámpara de araña con cristales centelleantes.

Es la habitación de una estrella de cine de otra época. La única incongruencia es la funda de pistola que cuelga de un lado del tocador. Bueno, y yo.

Me veo en el espejo. Tengo el cabello negro alborotado, como si estuviera recién levantado, un moratón a un lado de la boca y un chichón en la sien.

Lila se detiene una vez que entramos, como si no supiera qué hacer.

—¿Estás bien? —le pregunto, sentándome en el sofá cama. Me siento ridículo con los restos del traje de Patton, pero aquí no tengo más ropa. Me quito la chaqueta.

Ella enarca las cejas.

—¿Quieres saber si *yo* estoy bien?

—Has disparado a una persona. Y te marchaste a hurtadillas de mi casa, después de que tú y yo… No sé. Pensé que podías estar molesta.

—Y estoy molesta. —Lila guarda silencio un buen rato. Luego empieza a pasearse por la habitación—. No puedo creer que hayas dado ese discurso. No puedo creer que hayas estado a punto de morir.

—Tú me has salvado la vida.

—¡Sí! ¡Y tanto que te la he salvado! —Me señala acusadoramente con un dedo enguantado—. ¿Y si no lo hubiera hecho? ¿Y si no hubiera ido yo? ¿Y si no me hubiera dado cuenta de que eras tú? ¿Y si a ese agente federal se le hubiera ocurrido alguien que odiara más a Patton que mi padre?

—Eh… —Tomo aire y suspiro lentamente—. Supongo que estaría… muerto.

—Exacto. No puedes ir por ahí trazando planes en los que tu muerte sea un daño colateral. Porque tarde o temprano alguno *funcionará*.

—Lila, te juro que no lo sabía. Suponía que me metería en un lío con los federales, pero no sabía lo que haría el agente Jones. Se le fue la olla. —No le digo lo asustado que estaba. No le digo que creía que iba a morir—. Eso no formaba parte de mi plan.

—Eso dices, pero no tiene ningún sentido. Estaba claro que ibas a cabrear a alguien del gobierno. Has *suplantado al gobernador de Nueva Jersey* y has *confesado un montón de delitos*.

No puedo evitar la leve sonrisa que me tironea de la boca.

—Bueno, ¿y qué ha pasado después?

Lila sacude la cabeza, pero también sonríe.

—De todo. Lo han emitido en todos los canales. Dicen que ahora la propuesta 2 no se aprobará jamás. ¿Contento?

De pronto se me ocurre una cosa.

—Pero si hubieran asesinado a Patton...

Lila frunce el ceño.

—Supongo que sí. Les habría sido muy fácil aprobarla.

—Escucha. —Me levanto y me acerco a ella—. Tienes razón. Se acabaron los planes locos y los trucos demenciales. De verdad, de verdad. A partir de ahora me portaré bien.

Lila me observa, intentando averiguar si estoy diciendo la verdad. Le pongo las manos en los hombros menudos y acerco mi boca a la suya, confiando en que no me dé un empujón.

Ella suelta un leve sonido y levanta la mano, enreda los dedos en mi pelo y tira de mí sin miramientos. Su beso es ansioso y violento. Noto el sabor de su pintalabios y el tacto de sus dientes; bebo los sollozos jadeantes de su aliento.

—Estoy bien —le digo, con la boca pegada a la suya, repitiendo sus propias palabras mientras la abrazo con fuerza—. Estoy aquí.

Ella recuesta la cabeza en mi cuello. Habla tan bajo que apenas distingo sus palabras:

—He matado a un agente federal, Cassel. Voy a tener que marcharme un tiempo. Hasta que todo se tranquilice.

—¿Qué quieres decir? —El temor me vuelve idiota. Quiero fingir que no la he oído bien.

—No será para siempre. Seis meses, tal vez un año. Para cuando te gradúes, seguramente todo habrá pasado y podré volver. Lo único es que… no sé en qué situación nos deja eso a nosotros. No necesito que me prometas nada. Ni siquiera somos…

—No deberías tener que irte tú —protesto—. Todo ha sido por mí. Es culpa mía.

Lila se zafa de mis brazos, camina hasta el tocador y se seca los ojos con un pañuelo.

—Tú no eres el único que puede hacer sacrificios, Cassel.

Cuando se da la vuelta, veo las sombras del maquillaje emborronado.

—Me despediré de ti antes de irme —me promete, contemplando el enrevesado patrón de una alfombra con pinta de ser ridículamente cara. Luego me mira.

Debería decirle que la voy a echar mucho de menos o que un par de meses pasarán enseguida, pero una rabia terrible me atenaza la garganta y me deja mudo. *No es justo*, quiero gritar al universo. Acabo de descubrir que Lila me quiere. Todo acababa de empezar, todo era perfecto y ahora me la vuelven a arrebatar.

No lo soporto, quiero gritar. Estoy harto de sufrir.

Pero como sé que no está bien que le diga esas cosas, consigo quedarme callado.

Un golpe en la puerta quiebra el silencio. Al cabo de un momento entra mi madre y me dice que tenemos que irnos.

Stanley nos lleva a casa en coche.

Capítulo diecisiete

A la mañana siguiente, cuando me levanto, Barron está abajo, preparando huevos fritos. Mi madre, en bata, bebe café en una taza de porcelana desportillada. Lleva el pelo negro peinado en tirabuzones y recogido con una llamativa pañoleta.

Está fumando un cigarrillo cuya ceniza va arrojando en un cenicero de cristal azul.

—Hay algunas cosas que voy a echar mucho de menos —dice—. A ver, a nadie le gusta ser una rehén, pero si tienes que estar encerrada, por lo menos que... Ah, hola, cielo. Buenos días.

Bostezo y me despereza, levantando los brazos hacia el techo. Me siento genial al volver a llevar mi ropa y mi cuerpo. Mis vaqueros son cómodos, viejos y gastados. Ahora mismo no tengo ánimos para ponerme el uniforme.

Barron me pasa una taza de café.

—Tan negro como tu alma —me dice con una sonrisa. Lleva un pantalón de vestir oscuro, zapatos de pala perforada y el pelo alborotado con chulería. Cualquiera diría que no tiene ni una sola preocupación en la vida.

—No queda leche —me informa mi madre.

Bebo un largo trago, agradecido.

—Puedo salir a comprar.

—¿No te importa? —Mi madre sonríe y me aparta el pelo de la frente. No me resisto, pero aprieto los dientes cuando sus dedos desnudos me tocan la piel. Por suerte, ninguno de mis amuletos se rompe—. ¿Sabes lo que dicen los turcos sobre el café? Que tiene que ser negro como el infierno, intenso como la muerte y dulce como el amor. ¿A que es bonito? Mi abuelo me lo dijo cuando era pequeña y nunca se me ha olvidado. Pero me temo que a mí me gusta tomarlo con leche.

—Quizá fuera turco —dice Barron, concentrado en la sartén. Es posible. Nuestro abuelo nos ha contado un montón de historias distintas para explicar nuestra piel morena, como que descendemos de un marajá de la India, de antiguos esclavos fugados o incluso una historia relacionada con Julio César. Lo de los turcos no lo había oído nunca. Hasta ahora.

—O lo leyó en un libro —replico—. O un día se comió una caja de delicias turcas y en la caja venía esa frase.

—Pero qué cínico eres —dice mi madre mientras recoge su plato. Tira las cortezas de pan a la basura y lo deja en el fregadero—. Portaos bien, chicos. Voy a vestirme.

Sale de la cocina y oigo sus pasos por las escaleras. Bebo otro sorbo de café.

—Gracias —digo entonces—. Por haber entretenido a Patton. Me has… Gracias.

Barron asiente con la cabeza.

—Han dicho en la radio que lo han arrestado. Ha contado muchas cosas sobre conspiraciones por las que me atribuyo todo el mérito. Me lo pasé muy bien. Por supuesto, después de ese discurso que dio, todo el mundo sabe que está chiflado. No sé de dónde sacaste…

Sonrío.

—Eh, venga ya. Ha sido una gran lección de retórica.

—Sí, eres el nuevo Abraham Lincoln. —Me pone delante un plato con huevos y tostadas—. «Deja ir a mi pueblo».

—Eso lo dijo Moisés. —Agarro el pimentero—. Bueno, parece que mis años en el equipo de debate han servido para algo.

—Sí —dice Barron—. Eres el héroe del momento. —Me encojo de hombros—. ¿Y qué harás ahora?

Sacudo la cabeza. No puedo decirle a Barron lo que pasó cuando bajé del escenario, que el agente Jones quiso matarme y que ahora está muerto, que Lila se marcha de la ciudad. Para mi hermano todo esto ha sido una gigantesca broma, una inocentada que le he gastado a Yulikova.

—Creo que ya me he hartado de los federales. Y espero que ellos también estén hartos de mí. ¿Y tú qué?

—¿Estás de coña? Me encanta ser agente del gobierno. Yo no me muevo de allí. Pienso ser tan corrupto que me conocerán hasta en Carney. —Sonríe, se sienta frente a mí y me roba una tostada—. Además, me debes una.

Asiento con la cabeza.

—Ya lo sé —digo con cierto temor—. Y voy a pagar mi deuda. Lo que tú quieras.

Barron gira la cabeza hacia la puerta y luego me mira.

—Quiero que le digas a Daneca lo que he hecho por ti. Que te he ayudado. Que he hecho algo bueno.

—Vale... —contesto con el ceño fruncido. ¿Dónde está la trampa?—. ¿Eso es todo?

Asiente.

—Sí, solo quiero que le digas eso. Déjale claro que no tenía por qué ayudarte y aun así lo hice.

Suelto un resoplido.

—Como quieras, Barron.

—Hablo en serio. Me debes un favor y eso es lo que quiero que hagas por mí. —Tiene una expresión que he visto muy pocas veces. Parece extrañamente cohibido, como si creyera que voy a decirle alguna crueldad.

Sacudo la cabeza.

—No hay problema. Dalo por hecho.

Me muestra su habitual sonrisa despreocupada y relajada. Abre el tarro de la mermelada mientras yo apuro mi taza de café.

—Voy a buscar la leche para mamá. ¿Me prestas el coche?

—Claro. —Señala el armario de la entrada—. Las llaves están en el bolsillo de mi cazadora.

Me palpo los vaqueros y me doy cuenta de que me he dejado la cartera en mi habitación; la escondí debajo del colchón antes de irme con los federales.

—¿Me prestas también cinco pavos?

Barron pone los ojos en blanco.

—Vale.

Rebusco en el bolsillo interior de su cazadora de cuero hasta que saco las llaves y la cartera. Abro la cartera y, mientras busco el dinero, veo que tiene una foto de Daneca en una funda de plástico.

Saco la foto y el dinero y salgo enseguida, cerrando de un portazo.

Al llegar a la tienda, me siento en el aparcamiento y contemplo la foto. Daneca aparece sentada en el banco de un parque, con el cabello agitado por una leve brisa. Mira a la cámara con una sonrisa que no había visto nunca. Nunca la he visto sonreírnos así ni a mí ni a Sam. Irradia luz interior, resplandece con una felicidad tan inmensa que me resulta imposible ignorarla.

En la parte trasera de la foto encuentro la característica caligrafía de mi hermano: «Esta es Daneca Wasserman. Es tu novia y la quieres».

La miro y la miro, intentando encontrar algún significado aparte del más evidente: que lo que dice es verdad. Nunca había imaginado que Barron pudiera sentir eso por nadie.

Pero Daneca ya no es su novia. Cortó con él.

Apoyado en el capó del coche, miro la foto por última vez antes de rasgarla. Tiro los pedazos a la papelera que hay frente a la tienda y estos caen como confeti de colores sobre los envoltorios abiertos y las latas de refresco. Luego entro en la tienda y compro un cartón de leche.

Me digo a mí mismo que Barron iba a tirar la foto de Daneca de todas formas, que simplemente se le ha olvidado hacerlo. Me digo que he destruido esa foto por el bien de mi hermano. Su memoria está llena de agujeros y este recordatorio obsoleto solo serviría para confundirlo. Se olvidaría de que ya han roto y se pondría en evidencia. Me digo a mí mismo que lo suyo no habría salido bien, desde luego no a largo plazo, y que Barron será más feliz si se olvida de ella.

Me digo a mí mismo que lo hago por él, pero sé que no es verdad.

Quiero que Sam y Daneca sean felices juntos, como antes. Lo he hecho por mí. Lo he hecho para conseguir lo que *yo* quiero. Quizá debería sentirme mal, pero no puedo. A veces uno hace algo malo y espera que tenga un buen resultado.

Cuando vuelvo a la casa, delante hay un coche negro con el motor encendido.

Aparco en la entrada y salgo. Me dispongo a entrar en casa cuando la puerta del copiloto se abre y aparece Yulikova. Lleva un traje de color crema y sus característicos collarones. Me pregunto cuántas de esas gemas son amuletos.

Me acerco unos pasos, pero me detengo para que ella también tenga que hacer el esfuerzo.

—Hola, Cassel —me dice—. Tenemos que hablar de un par de cosas. ¿Te importa subir al coche?

Le muestro el cartón de leche.

—Lo siento, pero ahora mismo estoy un pelín ocupado.

—Lo que has hecho… no creerás que no va a tener consecuencias, ¿verdad? —No sé si se refiere al discurso o a algo peor, pero me da bastante igual.

—Me tendió una trampa —le respondo—. Todo era una gran estafa. No puede echarme en cara que haya sido listo y no haya caído en ella. No puede culpar a la víctima. La cosa no va así. Respete un poco las reglas del juego.

Guarda silencio un buen rato.

—¿Cómo lo descubriste?

—¿Qué importa eso?

—No pretendía traicionar tu confianza. También intentaba protegerte cuando accedí a que implementáramos...

Levanto la mano enguantada.

—Corte el rollo. Creía que ustedes eran los buenos, pero resulta que no hay nadie bueno.

—Eso no es verdad. —Su turbación parece sincera, pero ahora ya sé que soy incapaz de leerla. Cuando tienes delante a un magnífico embustero, no te queda más remedio que dar por hecho que miente siempre—. No habrías pasado ni una sola noche en la cárcel. No íbamos a encerrarte, Cassel. Mis jefes creían conveniente tener algo de influencia sobre ti, nada más. Tú tampoco has demostrado ser muy fiable que digamos.

—Se suponía que ustedes eran mejores que yo. En cualquier caso, ya es agua pasada.

—Crees que conoces la verdad, pero hay factores en juego de los que no eres consciente. No entiendes el panorama general. No puedes entenderlo. No eres consciente del caos que has creado.

—Quería librarse de Patton y al mismo tiempo conseguir que se aprobara la propuesta 2. Por eso decidió convertir al gobernador en un mártir. Dos pájaros de un tiro.

—No se trata de lo que quiera yo —dice Yulikova—. Esto es más importante.

—Creo que hemos terminado.

—Sabes que eso no es posible. Ahora hay más gente que sabe de tu existencia, gente importante del gobierno. Y todos tienen muchas ganas de conocerte. Sobre todo mi jefe.

—No se hace una idea de lo poco que me importa.

—Firmaste un contrato, Cassel. Es vinculante.

—¿De verdad? —digo con una sonrisa burlona—. Creo que debería echarle otro vistazo. Sospecho que entonces se dará cuenta de que en realidad no he firmado nada. Mi nombre no aparece por ninguna parte. Ha desaparecido. *Gracias, Sam*, pienso. No creí que un bolígrafo de tinta que desaparece pudiera resultar tan práctico.

Por una vez, a Yulikova se le nota la irritación en la cara. Me siento extrañamente victorioso. Carraspea.

—¿Dónde está el agente Jones?

Lo dice como si fuera su as en la manga.

Me encojo de hombros.

—Ni idea. ¿Es que no lo encuentra? Espero que aparezca. Aunque, siendo sincero, no éramos precisamente íntimos.

—Tú no eres así. —Yulikova agita la mano en el aire para señalarme. No sé qué esperaba, pero es evidente que mi reacción le parece frustrante—. Tú no eres tan... tan *frío*. Quieres hacer del mundo un lugar mejor. Recapacita, Cassel, antes de que sea demasiado tarde.

—Tengo que irme ya —digo, señalando la casa con la frente.

—Podrían presentar cargos contra tu madre —dice entonces Yulikova.

Esbozo una mueca de furia. Me da igual que ella se dé cuenta.

—Y también contra usted. Me han dicho que utilizó a un chico obrador para incriminar a un gobernador. Usted puede arruinarme la vida, pero para ello tendrá que destruir la suya también. Eso se lo garantizo.

—Cassel —exclama, levantando la voz varios decibelios—. Yo soy el menor de tus problemas. ¿Crees que en China estarías en libertad?

—No me venga con esas.

—Ahora mismo eres un problema más grave que Patton. Y ya has visto cómo abordaron ese asunto mis superiores. La única manera de que esto termine es que tú...

—*Esto no va a terminar nunca* —grito—. Siempre habrá alguien que venga a por mí. Siempre hay consecuencias. Pues *ADELANTE*. Estoy harto de tener miedo. Y estoy harto de usted.

Dicho eso, regreso a la casa. Pero al llegar al porche titubeo y me doy la vuelta para mirar a Yulikova. Espero hasta que vuelve a su reluciente coche negro, se mete dentro y se marcha. Solo entonces me siento en el escalón.

Me quedo mirando el jardín un buen rato, sin pensar en nada en concreto, temblando de rabia y adrenalina.

El gobierno es grande, demasiado grande para que una sola persona se enfrente a él. Pueden ir a por las personas que me importan, pueden ir a por mí, pueden hacer algo en lo que yo no haya pensado aún. Y tendré que estar preparado. Tendré que estar siempre preparado a menos que quiera renunciar a todo lo que tengo y a mis seres queridos.

Por ejemplo, podrían ir a por Lila, que ha matado a una persona a sangre fría. Si se descubre y la acusan del asesinato del agente Jones, sé que haré cualquiera cosa con tal de que no la encierren.

O podrían ir a por Barron, que trabaja para ellos.

O...

Mientras pienso, me doy cuenta de que estoy mirando nuestro viejo cobertizo. Hace años que nadie entra ahí. Está lleno de muebles antiguos, herramientas oxidadas y un montón de cosas que mis padres robaron y no querían para nada.

Allí fue donde mi padre me enseñó a forzar cerraduras. Guardaba todo su equipo allí, incluida la supercaja. Recuerdo claramente a mi padre trabajando con el purito en la boca, engrasando los engranajes de una cerradura. Mi memoria añade los contrapines, las cerraduras de embutir y los cerrojos.

Recuerdo que nadie logró forzar esa caja nunca. Sabíamos que dentro había chucherías, pero nunca conseguimos abrirla.

El cobertizo es el único sitio en el que mi abuelo y yo no hicimos limpieza.

Dejo la leche en el escalón, camino hasta las grandes y gastadas puertas de madera y abro el pestillo. La última vez que estuve aquí fue en sueños. Ahora también siento que estoy soñando. Mis pisadas levantan polvo y la única luz es la que entra por las rendijas de los tablones, porque las ventanas están oscurecidas por las telarañas y la mugre.

Huele a madera podrida y a animales. Casi todos los muebles están tapados con sábanas apolilladas que le dan a todo un aspecto fantasmal. Veo una bolsa de basura llena de bolsas de plástico y varias cajas de cartón viejas repletas de objetos de vidrio opalino. Hay una vieja caja fuerte tan oxidada que la puerta abierta se ha fundido con el resto.

Dentro solo encuentro un montón de monedas verdosas y fusionadas entre sí.

La mesa de trabajo de mi padre también está tapada con una tela. La quito de un tirón y observo sus herramientas desordenadas y amontonadas: un tornillo de banco, un extractor de bombines, un decodificador de candados, un martillo con cabezales intercambiables, la supercaja, una bobina de bramante y unas cuantas ganzúas oxidadas.

Si mi padre tenía el diamante de la resurrección, si quería conservarlo, si no podía venderlo, me lo imagino escondiéndolo en un sitio donde a ningún desconocido se le ocurriría buscar y al que ningún miembro de su familia pudiera acceder por falta de destreza. Rebusco durante unos minutos y luego hago lo que nunca se me habría ocurrido hacer de niño.

Sujeto la caja con el tornillo de banco, enchufo una sierra de sable eléctrica y la corto.

Cuando termino, el suelo está lleno de montones resplandecientes de virutas de metal. La caja está totalmente destruida, con la pared superior separada del resto.

Dentro no hay ningún diamante, tan solo unos cuantos papeles y una piruleta muy vieja y medio derretida. Si hubiera logrado abrirla de pequeño, me habría llevado un chasco tremendo.

Como el que me estoy llevando ahora.

Al desplegar los papeles, una fotografía me cae en las manos. Varios chicos rubísimos posan delante de una casa enorme con vistas al océano, una de esas mansiones de veraneo con mirador y columnas. Le doy la vuelta y descubro tres nombres escritos con una caligrafía fina que no reconozco: «Charles, Philip y Anne». Parece que uno de ellos no era un chico.

Durante un momento me pregunto si estos documentos habrán formado parte de la preparación de una antigua estafa. Luego despliego otro papel. Es el certificado de nacimiento de un tal Philip Raeburn.

No Sharpe, un apellido que siempre me ha parecido más falso que un billete de tres dólares. Raeburn. El verdadero apellido de mi padre. El apellido al que renunció y que nos ocultó.

Cassel Raeburn. Lo digo mentalmente, pero me suena ridículo.

También hay un recorte de periódico que dice que Philip Raeburn murió con diecisiete años en un accidente de navegación en la costa de los Hamptons. Una forma ridículamente cara de morir.

Los Raeburn podían permitirse comprar cualquier cosa. Desde luego, podrían permitirse comprar un diamante robado.

La puerta se abre con un chirrido y me doy la vuelta, sobresaltado.

—He visto que has dejado la leche en la puerta. ¿Qué haces aquí? —pregunta Barron—. ¿Y... qué le has hecho a la supercaja de papá?

—Mira —le digo, mostrándole la piruleta—. Era verdad que había chuches. Qué cosas, ¿eh?

Barron me mira con la expresión de horror de quien se acaba de dar cuenta de que, al final, resulta que el hermano más sensato era él.

Vuelvo a Wallingford justo después de la cena. Mi supervisor, el señor Pascoli, me mira raro cuando le doy el justificante que me ha firmado mi madre.

—No hace falta, Cassel. El decano me informó que estaría unos días fuera.

—Ah —digo—. De acuerdo.

Casi se me había olvidado que el decano Wharton había hecho un trato conmigo y con Sam. Estaban a punto de pasar tantas cosas que no pensaba que ese trato fuera a servirme para nada. Pero ahora que estoy de vuelta en Wallingford, me pregunto hasta qué punto me dejarán hacer lo que me dé la gana.

Por ejemplo, si podría meterme en la cama y dormir hasta que dejara de estar cansado.

Seguramente, no.

No sé lo que esperaba ver al entrar en mi habitación, pero Sam está tumbado en la cama, con la pierna izquierda vendada y Daneca a su lado. Los dos están disputando lo que parece ser una partida muy reñida de *gin rummy*.

Por lo visto a Sam le han dado permiso para que entren chicas en nuestra habitación. Le ha echado narices.

—Hola —los saludo, apoyándome en el marco de la puerta.

—¿Qué te ha pasado? —pregunta Daneca—. Nos tenías preocupados.

—Yo también estaba preocupado —contesto, mirando a Sam—. ¿Estás bien? Me refiero a lo de la pierna.

—Aún me duele. —La baja con cuidado hasta apoyarla en el suelo—. Ahora camino con bastón, pero el médico dice que podría quedarme cojera. Que quizá no me recupere del todo.

—¿Ese matasanos? Espero que hayas pedido una segunda opinión. —La tremenda culpa que siento hace que la frase me salga más áspera de lo que pretendía.

—Hicimos lo correcto —dice Sam, inspirando hondo. No recuerdo haberlo visto tan serio. Se nota que le duele—. No me arrepiento. He estado a punto de echar a perder mi futuro. Creo que antes daba por sentado… todo. Una buena universidad, un buen trabajo… Lo que hacías tú me parecía muy emocionante en comparación.

—Lo siento —le digo, y es verdad. Si Sam pensaba eso, lo siento muchísimo.

—No. No lo sientas. Fui un idiota. Y tú has impedido que me metiera en un lío gordísimo.

Miro a Daneca. Sam siempre es demasiado generoso, pero si ella piensa que he hecho algo mal, sé que me lo dirá.

—Yo no quería… no quería que os pasara nada a ninguno de los dos por mi culpa.

—Cassel —dice Daneca con el tono afectuoso y exasperado que se reserva para cuando nos portamos como dos idiotas rematados—. No puedes culparte por lo de Mina Lange. Tú no la trajiste a nuestras vidas. Estudia aquí, ¿recuerdas? Tú no has provocado esto. Y no puedes culparte por… por lo que sea que estés pensando ahora mismo. Somos tus amigos.

—Quizás ese haya sido vuestro primer error —digo entre dientes.

Sam se echa a reír.

—Hoy estamos de buen humor, ¿eh?

—¿Has visto? —me pregunta Daneca—. Van a rechazar la propuesta 2. Y Patton ha dimitido. Bueno, lo han arrestado, así que supongo que no ha tenido más remedio. Seguro que lo has visto. Hasta confesó que tu madre no había hecho nada malo.

Me planteo contarle la verdad a Daneca. De todas las personas a las que conozco, ella es la que estaría más orgullosa de mí. Pero me parece injusto meterlos en esto, más allá de lo que piensen, sobre todo porque nunca me había metido en algo tan grande y peligroso.

—Ya me conoces —respondo, sacudiendo la cabeza—. No me va mucho la política.

Ella me mira con suspicacia.

—Es una pena que no lo vieras, porque si me dan la matrícula de honor de nuestra clase, me gustaría que me ayudaras a redactar mi discurso, y el de Patton sería el modelo perfecto. El tono es exactamente el adecuado. Pero si te da igual…

—¿Quieres contarle a todo el mundo que vas a hablar con el corazón y a confesar todos tus delitos? Porque yo pensaba que no tenías casi nada que confesar.

—¡Entonces sí que lo has visto! —exclama Sam.

—Eres un embustero, Cassel Sharpe —dice Daneca, pero no está enfadada—. Un mentiroso profesional.

—Supongo que escuché algo por ahí. —Sonrío, mirando el techo—. ¿Qué queréis que os diga? El que nace lechón muere cochino.

—A menos que ese lechón fuera un obrador de la transformación —dice Sam.

Creo que no hace falta que diga nada; parece que ya tienen una teoría propia.

Daneca sonríe a Sam de oreja a oreja.

Procuro no pensar en la foto de la cartera de Barron ni en cómo Daneca le sonreía a mi hermano en ella. Y, sobre todo, procuro no compararla con la sonrisa que tiene ahora.

—Yo también quiero jugar en la siguiente ronda —digo—. ¿Qué apostamos?

—La dicha de la victoria —me dice Sam—. ¿Qué si no?

—Ah. —Daneca se levanta—. Antes de que se me olvide. —Camina hasta donde ha dejado la mochila y saca una camiseta arrugada. La desata y extiende la tela. Dentro está la pistola de Gage, engrasada y reluciente—. La saqué del despacho de Wharton antes de que llegaran los limpiadores.

Contemplo la vieja Beretta. Es pequeña y tan plateada como las escamas de un pez. Resplandece bajo la luz del flexo.

—Deshazte de ella —me dice Sam—. Y esta vez hazlo de verdad.

Al día siguiente comienza a nevar. Los copos van cubriendo los árboles con una fina capa y cristalizan sobre la hierba.

Voy a clase de Estadística, Ética del Desarrollo y Lengua. Todo es extrañamente normal.

Entonces veo a Mina Lange, caminando apresuradamente hacia su clase con una boina negra espolvoreada de nieve.

—Tú —le digo, cortándole el paso—. Por tu culpa dispararon a Sam.

Ella me mira con los ojos como platos.

—Eres una timadora penosa. Y bastante mala persona. Casi me das pena. No tengo ni idea de lo que les pasó a tus padres. No tengo ni idea de cómo terminaste trabajando para Wharton, sin saber cuándo podrías dejarlo y sin amigos a los que acudir. Ni siquiera puedo decir que yo no habría hecho lo mismo que tú. Pero Sam ha estado a punto de morir por tu culpa y nunca te lo voy a perdonar.

Se le llenan los ojos de lágrimas.

—Yo no quería…

—Ni lo intentes. —Meto la mano en la chaqueta y saco la tarjeta de Yulikova y la pistola enrollada en la camiseta—. No te prometo nada, pero si de verdad quieres escapar, toma esto. Hay un obrador mortal, un chico llamado Gage, que quiere recuperar su pistola. Si se la das, estoy seguro de que te ayudará. Te enseñará a establecerte por tu cuenta, a conseguir trabajo sin estar en deuda con nadie. O puedes llamar al número de esta tarjeta. Yulikova te meterá en su programa como recluta. Ella también está buscando la pistola. Te ayudará, más o menos.

Mina mira fijamente la tarjeta, dándole vueltas mientras aprieta contra el pecho la camiseta enrollada. Me marcho sin darle tiempo a que me dé las gracias. Lo último que quiero es su gratitud.

Mi forma de vengarme de ella es obligarla a tomar esa decisión.

El resto del día va tan bien como cualquier otro. En Alfarería consigo hacer otra taza que no revienta. El entrenamiento de atletismo se cancela por mal tiempo. La cena es un *risotto* de champiñones algo chicloso, judías verdes y un *brownie*.

Sam y yo hacemos los deberes tumbados en nuestras camas y nos lanzamos bolas de papel.

Esa noche la nevada es aún mayor. Por la mañana tenemos que abrirnos paso bajo una guerra de bolas de nieve para llegar a clase. Todo el mundo tiene hielo derretido en el pelo.

En el club de debate hay reunión por la tarde, así que me presento y garabateo en mi cuaderno. Por pura falta de atención terminan endosándome el tema de «Por qué los videojuegos violentos son malos para los jóvenes». Intento escaquearme con argumentos, pero es imposible polemizar contra todo el equipo de debate.

Mientras cruzo el patio para volver a mi habitación, suena mi móvil. Es Lila.

—Estoy en el aparcamiento —me dice antes de colgar.

Camino pesadamente por la nieve. El paisaje es apacible y silencioso. A lo lejos solo se oyen los coches avanzando sobre la nieve batida.

El Jaguar espera con el motor encendido junto al montón de nieve que la quitanieves ha arrastrado hasta el fondo del aparcamiento. Lila está sentada sobre el capó, vestida con un abrigo gris y un gorro negro con pompón que le da un aspecto adorable de lo más incongruente. Varios mechones de su cabello dorado flotan al viento.

—Hola —digo mientras me acerco. Mi voz suena ronca, como si llevara años sin pronunciar palabra.

Lila se aparta del coche y viene a mis brazos con gesto dulce. Huele a pólvora y a un perfume floral. No se ha maquillado. Sus ojos hinchados y enrojecidos me hacen pensar que ha estado llorando.

—Te dije que me iba a despedir. —Su voz es casi un susurro.

—No quiero que te vayas —murmuro, con la boca apoyada en sus cabellos.

Ella retrocede un poco, me echa los brazos al cuello y arrastra mi boca hacia la suya.

—Dime que me vas a echar de menos.

En vez de hablar, le doy un beso mientras enredo las manos en su pelo. Todo está en silencio. Solo existe el sabor de su lengua, la curva de su labio inferior, la línea de su mandíbula. Su aliento jadeante y tembloroso.

No hay palabras que describan lo mucho que la voy a echar de menos, pero intento expresárselo con mis besos. Intento contarle con ellos toda la historia de mi amor, que soñaba con ella cuando estaba muerta, que las demás chicas eran un espejo que me mostraba su rostro. Que me ardía la piel por ella. Que besarla me hacía sentir que me ahogaba y me salvaba al mismo tiempo. Confío en que ella pueda saborear todas esas sensaciones agridulces en mi lengua.

Me estremezco al darme cuenta de que al menos puedo hacer esto, de que por un momento Lila es mía.

Entonces ella retrocede con vacilación. En sus ojos veo el brillo de las cosas que quedan por decir; sus labios están enrojecidos por la presión de mis besos. Se inclina y recoge su gorro.

—Tengo que…

Tiene que irse y yo tengo que dejar que se vaya.

—Sí. —Bajo las manos y las cierro para no volver a abrazarla—. Lo siento.

No debería sentir su falta tanto ni tan pronto; ni siquiera se ha ido todavía. He tenido que dejar que se fuera muchas veces. Con tanta experiencia, debería resultarme más fácil.

La acompaño hasta el coche. La nieve cruje bajo mis pies. Vuelvo la vista hacia los deprimentes edificios de ladrillo.

—Aquí estaré —le digo—. Cuando vuelvas.

Lila asiente, sonriendo un poco, como queriendo seguirme la corriente. Creo que no es consciente de lo mucho que la he esperado, de lo mucho que la seguiré esperando. Finalmente me mira a los ojos y sonríe.

—No te olvides de mí, Cassel.

—Nunca.

No podría ni aunque lo intentara.

Y lo sé porque ya lo intenté.

Lila sube a su coche y cierra de un portazo. Me doy cuenta de que le cuesta mucho restarle importancia, dedicarme una última sonrisa y un último saludo, meter primera y salir del aparcamiento.

Entonces caigo en la cuenta. En un solo instante todo se vuelve repentina y gloriosamente claro. Puedo elegir.

—¡Espera! —Echo a correr y golpeo la ventanilla con los nudillos.

El coche da un frenazo.

—Me voy contigo —digo cuando Lila baja la ventanilla. Sonrío como un bobo—. Llévame contigo.

—¿Qué? —Está perpleja, como si creyera que no me ha oído bien—. No puedes. ¿Y la graduación? ¿Y tu familia? ¿Y tu vida entera?

Durante años, Wallingford ha sido mi refugio, la prueba de que podía ser una persona normal o, al menos, que sabía fingirlo de manera que nadie notara la diferencia. Pero ya no lo necesito. He aceptado que soy un timador y un estafador. Que soy un obrador. Que tengo amigos que espero que me perdonen por largarme de viaje sin previo aviso. Que estoy enamorado.

—Me da igual. —Subo al asiento del copiloto y doy un portazo, aislándome de todo lo demás—. Quiero estar contigo.

No puedo dejar de sonreír.

Lila se me queda mirando un buen rato y de pronto se echa a reír.

—¿Quieres escaparte conmigo llevando solo la mochila del colegio y la ropa que tienes puesta? Puedo esperar a que vayas a la residencia o podemos pasar por tu casa. ¿No necesitas nada?

Niego con la cabeza.

—No. Nada que no pueda robar.

—¿Y no vas a avisar a nadie? ¿A Sam?

—Lo llamaré por el camino. —Enciendo la radio del coche, inundándolo de música.

—¿Ni siquiera quieres saber a dónde vamos? —Lila me mira como si yo fuera un cuadro que acaba de robar pero que sabe que no podrá conservar. Parece exasperada y curiosamente frágil.

Miro por la ventanilla y contemplo el paisaje nevado mientras el coche empieza a moverse de nuevo. Podríamos ir al norte para visitar a la familia de mi padre, o intentar encontrar el diamante del padre de Lila. Me da igual.

—No —contesto.

—Estás loco. —Lila vuelve a reírse—. Lo sabes, ¿verdad, Cassel? Estás loco.

—Nos hemos pasado mucho tiempo haciendo lo que nos decían los demás. Creo que ya es hora de empezar a hacer lo que queramos nosotros. Y esto es lo que quiero yo. Tú eres lo que quiero. Lo que siempre he querido.

—Eso espero —contesta, recogiéndose detrás de la oreja un mechón de ese cabello que parece oro hilado y reclinándose en el asiento. Su sonrisa es toda dientes—. Porque ya no hay vuelta atrás.

Sus manos enguantadas dan un volantazo. Noto el subidón embriagador que solo se siente cuando algo termina. Cuando me doy cuenta de que, contra todo pronóstico, al final lo hemos conseguido.

El gran golpe.

Agradecimientos

Varios libros me han sido muy útiles a la hora de crear el mundo de los obradores de maleficios, en particular *The Big Con*, de David W. Maurer; *Influence: The Psychology of Persuasion*, de Robert B. Cialdini; *Son of a Grifter*, de Kent Walker y Mark Schone, y *Speed Tribes*, de Karl Taro Greenfeld.

Estoy en deuda con mucha gente por sus aportaciones a este libro. Gracias a Cassandra Clare, Sarah Rees Brennan, Josh Lewis y Robin Wasserman por leer muchísimas versiones de ciertas escenas y por sus sugerencias para dos pasajes en concreto. Gracias a Delia Sherman, Ellen Kushner, Maureen Johnson y Paolo Bacigalupi por diversas recomendaciones sumamente útiles y por animarme cuando estuvimos en México. Gracias a Justine Larbalestier y Steve Berman por sus notas tan detalladas y por centrarse en perfeccionar los detalles. Gracias a Libba Bray por dejarme repasar todo el final con ella. Gracias a la Dra. Elka Cloke y al Dr. Eric Churchill por sus conocimientos de medicina y su generosidad. Gracias a Sarah Smith, Gavin Grant y Kelly Link por ayudarme a pulir todo el libro hasta dejarlo impecable.

Y, sobre todo, gracias a mi agente, Barry Goldblatt, por su sinceridad y su apoyo; a mi editora, Karen Wojtyla, que me empujó a crear unos libros mucho mejores y cuidó mucho todos los aspectos de esta serie; y a mi marido, Theo, que me dio multitud de información sobre estafas y colegios privados y, una vez más, me dejó leerle el libro entero en voz alta.